"Ab-o'th'-Yate" Sketches

and other short stories

in three volumes

Volume I

by Ben Brierley

Edited by
James Dronsfield

Illustrated by
F. W. Jackson

EDGAR WOOD

British Library Cataloguing-in-Publication Data
A catalogue record for this book is available from the
British Library

PREFACE.

BEN BRIERLEY.

LANCASHIRE mourns the loss of her popular and worthy author Mr. Ben Brierley, who breathed his last at his residence "The Poplars," Moston Vale, on Saturday, January 18th, 1896, in the 71st year of his age.

He was born at Failsworth, on the 26th of June, 1825, and the humble cottage in the "Rocks," in which he first saw the light, although now very much altered, is still standing near to the bridge which spans the Rochdale Canal, not far off Failsworth Pole. The locality of his birth never lost its interest for him in after life. With it are associated the greater part of his literary creations, many of his characters being drawn from the old hand-loom weavers of the neighbourhood, a class of honest hard-working men to which he himself belonged.

The many droll stories which he has told of these people are full of a peculiar humour much relished by Lancashire readers. They possess a pathos, too, which makes them locally appreciated. It is not too much to say, that there is hardly a home in South Lancashire but has been made the brighter and happier by these efforts of Ben Brierley to faithfully portray scenes and characters, once so familiar to him, of every-day provincial life.

Comparisons have been made between Edwin Waugh

and Ben Brierley, as Lancashire authors, and frequently to the latter's disadvantage. I have been an admirer of both throughout their careers as authors, and always found it difficult and even unfair to compare the two, there being such a marked difference both in the style and the characters they portray. Each in his own locality was inimitable. Waugh was in his happiest moods when describing the heathery moorlands with their rippling rills and tumbling cascades, or depicting the quaint humour of the sturdy farmers and quarrymen, and other lone dwellers on the moor borders. His songs and poems are highly treasured and will prove a lasting monument to his fame. Brierley was no less successful in his portrayal of the joys and sorrows of the hand-loom weavers and other residents of Walmsley and Treadlepin Fowts, Hazelworth, Birchwood, Daisy Nook, &c., such as "Ned i'th' Ginnel," "James o' Joe's," "Billy up steps," "Fause Juddie," "Jack o' Flunters," "Owd Thuston," "Tum Hobson," "Red Bill," "Th' Owd Poot," "Owd Shadow," and best known of all, the Walmsley Fowt philosopher—"Ab-o'th'-Yate." He exhibited the sterling qualities he found existing in this humble class of society in the quiet nooks and villages of his day, where original characters dwelt almost shrouded in obscurity. The models from which he drew his graphic characters are now, alas! almost passed out of existence, and now that Mr. Brierley is laid low, Lancashire loses a chronicler of country scenes and local events such as she may never be able to replace.

I was much amused some time ago when talking with a man who was a stranger to me, about the merits of Lancashire authors. He was inclined to be rather critical.

He was an admirer, he said, of Edwin Waugh's songs—
*Come Whoam to thi Childer an' Me; What ails thee
my son Robin; The Dules i' this Bonnet o' Mine;*
and *Sweetheart Gate.* He declared them to be gems
of original poetry. He also admired Ben Brierley's songs
such as *Th' Wayver o' Wellbrook; Live in a Cot o'
your own; Fotchin' th' Keaws up; and Waverlow
Bells.* These, he admitted, were grand songs and true to
nature; but he wound up his enthusiasm by saying—
"Yo' may talk abeawt Edwin Waugh and Ben Brierley!
but, for real Lancashire wit and humour, "Ab-o'th'-Yate"
bangs 'em boath." He was not aware that "Owd Ab"
and "Ben" were synonymous. To place "Owd Ab" at
the head of his contemporaries in this fashion was rather
a flattering compliment to Ben Brierley.

The Manchester *Weekly Times* in its literary notice on
Ben Brierley says:—

"He was no great believer in himself as a poet, and
his gifts in this direction cannot even be put in
comparison with those of Edwin Waugh. Yet he
could write a good ballad, with real local humour
and flavour therein, as for instance his *Go tak' thi
ragged Childer and Flit,* and that he could touch
the note of true pathos, is shewn in *The Weaver
of Wellbrook,* and some of the poems occasioned by
the early death of his only child. . . . . Brierley
shewed the sterling worth of the metal he was made
of. There was humour in almost every line; there
was keen observance and loving record of the beauti-
ful in nature; there was discernment of the Lancashire
character to its inmost nook and cranny; and there
was the power of telling in their own language the

quaint and tender and pathetic things which the people he knew so well did and said. These gifts have enriched almost everything he has done. He could also construct a good, elaborate, and interesting plot; and on this point he contrasts strongly with Waugh, whose stories were always short and sketchy. He had genuine dramatic instinct and could group his characters effectively as well as make them speak with homely truth and vigour."

The relationship existing between the two great Lancashire authors thus contrasted is well seen from the following reminiscence contributed by Mr. Thomas Lythgoe :—

AN AFFECTING INCIDENT.

" An incident of an affecting nature, and of which I was a witness, may be of interest to a many of your readers, and especially to the personal friends and admirers of these two Lancashire writers. In November, 1866, I had just completed my apprentice-ship as a letterpress printer in Leigh, and was offered and accepted a situation in Manchester. I was on very intimate terms of acquaintance with an uncle of Mr. Brierley's, a Mr. Richard Taylor, of whom Ben speaks so highly in his *Home Memories*, and to whom he dedicated one of his early works, *Irkdale*. On informing Mr. Taylor, who then resided in Leigh, of my coming to Manchester, he gave me a letter to Mr. Brierley. After reading the same, Mr. Brierley handed it to his wife, and it turned out to be a request that Ben should secure me a 'safe retreat.' Though putting herself to some inconvenience, Mrs. Brierley decided that I must stay with them, and it was during the period that I was under their 'protection' that the incident I am about to narrate occurred. It appears that in the early portion of that year some little misunderstanding existed on the part of Waugh which created a coolness towards Ben. Ben had been advised to put himself forward for some post which Waugh was anxious to secure. Waugh's desire for the position was quite unknown to Ben. The two had been almost in nightly companionship when their engagements would allow, together with several of their friends. For many months they had been in the habit of meeting at the Clarence Hotel, the Shakespeare, or the Balmoral, Queen's-road, behind which Brierley at that time was residing. A little later on in the year Ben composed a parody on Waugh's beautiful production—*Come Whoam to thi Childer an' Me*, which old Wallet, the jester, was so fond of reciting in his circus. The parody was entitled—*Go tak thi Ragged Childer an' Flit*, and was printed and published by Abel Heywood & Son, and many thousands were sold. This act on the part of Ben caused Waugh to completely isolate himself from his former companion, and, on occasions when about to meet in the street, he would cross over the road, or dart into a shop, or down a bye street. These actions caused Ben much pain, and after each occurrence he would moan and mutter in his sleep, and could not take his food, which caused his wife to say that if something did not alter soon he would be ill. One morning, after he had been tossing about all night, Ben got up earlier than his usual time, and, after a

slight attempt at breakfast, he went into his sanctum
and remained there all day. In the evening, soon
after my arrival, he called me to him, and handed
me some slips of manuscript, asking me to read
them. When I had finished, he said, 'Well, what
does t' think o' that?' I replied, 'It should fetch
him.' 'If it winno', he's a foo'.' The production
was a long poem, and was headed 'The Two
Robins.' It began by depicting the grief borne by
poor Robin Ben at being forsaken by his brother
Robin Ned, who had for so long twittered and
nestled together in their nest, but

> Neest seems desolate beaut
> Thee hustlin' up to me.

The poem appeared in *Country Words*, and in the
supplementary portion of the *Manchester Weekly
Times*, but shorn of its original head and the first
three or four verses, the following being substituted :

TO EDWIN WAUGH.

What ails thee, Ned? Theau'rt not as't wur,
Or else no' what aw took thee for,
When fust theau made sich noise an' stir
    I' this quare pleck.
Hast' flown at Fame wi' sich a ber
    As t' break thi neck?

Or ar'ta droppin' fithers, eh;
An' keepin' th' neest warm till some day,
To'ard April tide or Sunny May,
    When theau may'st spring
An' warble eaut a new-made lay
    On strengthen't wing?

For brids o' sung mun ha' the'r meawt,
As weel as other brids, aw deaut :
But though they peearch beneath a speaut,
    Or roost 'mung heather,
They're saved fro' mony a shiverin' beaut
    By hutchin' t'gether.

Come, let Owd Mother Dumps a-be,
An' wag thi yead wi' friendly glee ;
Fly o'er, a humble brid to see.
    This wo'ld is wide ;
Ther's reaum for boath thee an' me,
    An' mooar beside.

On the Monday forenoon following its appearance in
the 'Weekly Times,' Ben and I were proceeding
along Rochdale-road, he having an appointment with
some gentleman at the Fox Hotel, Victoria-street,
when just as we got to the bridge nearly opposite to
Reather-street, Ben suddenly gave a start and me
a nudge, saying 'Sithi! Does't see whoa's yon
comin'?' 'Yes,' I replied, 'It's Ned.' 'Watch
him scamper off, as soon as he sees us.' But
Waugh was looking straight at Ben, and came on
with quickened strides, and when about half a dozen
yards from us, he jumped forward, with outstretched
hand, crying 'Ben, forgie me!' 'O reet, lad!'
And the two stood looking at each other as well as
they could, for tears of joy by the one and of regret
by the other were streaming down their cheeks.
Their disengaged hands were placed on those already
locked, and both were speechless for a couple of
minutes it seemed to me. Ben was the first to
recover himself, and feebly articulated 'Wheere art
beaun?' 'Nowheere,' replied Waugh. The fact
was, he was proceeding to Ben's residence to make
the 'amende honorable.' 'Well, come on,' said Ben,
and we proceeded on our way to the Fox. On arriving
there, the room was empty, with the exception of the
gentleman Ben had come to meet, but in little over
half an hour the room became filled with close friends

of both parties, who had in some way been informed
of the reconciliation and of their whereabouts.
'Pop,' such as 'Ab-o'th'-Yate' partook of when
'eating a bootjack' in London, and which 'took
away mi wynt,' flowed freely. I stayed with them
some time, and on leaving, Ben asked me to tell his
wife that he should not be home for dinner. When
I narrated the incident to Mrs. Brierley, she was
quite overcome with gladness. We sat together at
night awaiting Ben's arrival, but it was not until
very late that he landed, and after being assisted
to his chair, his wife smilingly addressed him with
' Well, theau'rt a nice lookin' chap, that theau art.'
' Howd thi noise, lass, howd thi noise, t'other chap's
wur nor me!'"

As a portrayer of the Lancashire weaver-life Mr. Ben
Brierley established a reputation such as was never
before attained by any other writer in provincial literature.
Having been born and reared amongst the rattle of shuttles
and buzzing of bobbin wheels he had every opportunity
of studying the weavers' characteristics and getting
thoroughly intimate with their quaint mode of expression in
the pure dialect, which then existed in the quiet " nooks,"
" fowts," and scattered villages all over the country side
of south Lancashire. Whilst a piecer in the cotton mill
at Hollinwood he began to read the earlier works of
Charles Dickens, a privilege granted to him by the
manager who was a subscriber to the same. This created
in him a thirst for literature, and he began to purchase such
books as his limited means would afford, he being then
under thirteen years of age and somewhat delicate in health.
He extended his readings to Shakespeare, Burns, Shelley,

and Byron, and by the time he entered his " teens" he began to use his pen with a determination to become an author. He was looked upon as a precocious youth, for although young in years he had an old-fashioned head, which seemed to have done duty upon the shoulders of some quaint philosopher of a by-gone period. At sixteen years of age he ventured to write an Italian tragedy, and ere he had attained his twentieth year he was giving Shakespearian readings in the village institute. The youthful aspirant ventured to submit some of his early poetical effusions to his " Uncle Dick," (Richard Taylor) a relation on his father's side, a well-read man, and one conversant with the works of eminent authors. His uncle used to smile at Ben's efforts, and nicknamed him, with kindly sarcasm, " Owd Pee Colin," after a quaint character who lived in the neighbourhood. He failed to get a favourable opinion from that quarter however, Uncle Dick shaking his head as he returned the manuscripts with a smile, saying " That he thought ' Owd Pee' would make more progress in weaving silk than writing poetry." These remarks somewhat damped Ben's efforts, but he still continued to write being fully confident that he would in future make his mark as an author.

Subsequently Ben's favourite companion, William Crossley, submitted a poem in manuscript to Uncle Dick, asking his opinion of the verses. After carefully reading the lines he pronounced them to be excellent and well worthy of a place in the "poets' corner" of the newspaper, and he eagerly enquired who was the author. Crossley replied that " Benny" had written them, but that he, Crossley, had had them copied in another handwriting in order to get an unbiassed criticism. The uncle was struck with astonishment and exclaimed, "Has 'Owd Pee Colin' really composed that poem? Well, I must admit that it is very good, and he seems to have more in him than I have previously given him credit for." Ben, as may be imagined, was in ecstacy when his friend, Crossley, made known to him the result of the stratagem he had devised to obtain Uncle Dick's unprejudiced opinion. Elated with the compliment thus paid him, Ben's ambition was aroused, and he was determined to venture into the field of literature as an author.

He began to write in a vigorous and original style, and soon made his mark as a humorist, his pictures of Lancashire life and character being strikingly true to nature.

About that time Brierley and his companions established an Amateur Dramatic Society in Failsworth, where he soon became an adept and versatile actor, the rôle of characters for which he was cast ranging from Shakespeare's tragic heroes down to the rollicking Irish comedian. This part of his history, however, will best be told in his own words, for it was a memorable event in Brierley's life when the Old School in Pole Lane, Failsworth, was transformed into a Thespian Temple.

BRIERLEY AS AN AMATEUR ACTOR AND DRAMATIST.

"We set about at once and planned a stage. Rude and meagre were the materials out of which we proposed to do honour to the histrionic art. A number of planks that served as a gallery for the choir at 'Charities' and Christmas 'piece speakings,' were appropriated to our use; and, in the absence of scenery, we had a pair of green bed-quilts strung across the stage. An orchestra composed of a flute, a clarionet and a bassoon, played the 'overture,' which had been arranged out of a dovetailing of several hymn tunes. Our first piece was 'Ducks and Peas; or the Newcastle Rider,' a little behind Shakespeare, but good enough for a start. I played 'Joseph,' which brought down the advice of my mother, not to be 'too consequential.'

The success of our first attempt at acting led us to try another rung on fame's ladder. This was Christmas, and the interval betwixt then and Easter would afford us time to cook something bigger than 'Ducks and Peas.' The ambition of a Bonaparte fired my breast,— I would write the piece; and set about the work with as much assurance as if I had written all Shakespeare's plays, and allowed him for a consideration to claim the authorship. In a few days, during which my father thought the loom was very silent, as I did not weave in the same room as he worked in, I produced a terrible tragedy under the title of 'Marinello the Monk; or, the Italian Lovers.'

With what a shout of approval it was welcomed! Every character was a 'part,' so that there was no murmuring at the cast. There were daggers to be used in the piece,—two tin ones, cost threehalfpence each, and a veritable pistol,— an old flint and steel that sometimes would not 'go off' when murder was to be committed, but create a scare when it was not in the plot. Being the author, I had the privilege assigned to me of taking the leading part,—the villain of the piece. Almost smothered beneath the folds of a black cloak belonging to an aunt, I stalked about the stage—planks, I mean—intent upon my murderous design, in a manner that I have imagined since, Irving must have copied, it was so melodramatic.

When the performance was over, all who had taken part in it were lionized, excepting myself, who had created such a dislike that my little sweetheart declared she would have nothing more to say to 'sich a bad un as thee.' That cured me of dramatic authorship for a very long time. If I am suffering from a severe cold, and wish to sweat it away, I think of that attempt to become great; and perspiration requires no additional stimulus to make it boil out of me."

I would advise those who wish to know more about the early career of Mr. Brierley to read his Autobiographical Sketch *Home Memories*. It is teeming with racy humour, and is a graphic little history of his native village at that period.

Reverting to the time when Brierley began to aspire to literary fame he became quite a notable in his little community. Being full of confidence in his ability to succeed as an author he ventured into print with a few of his short sketches, which created no little envy amongst his associates, who were reluctant enough to admit his literary talent. Adverse criticism on his early productions apparently served only to stimulate him to renewed energy, for he had a soul within him which soared above difficulties, and to use his own words which he has often been heard to express,--"I had to make my own ladder before I could climb."

I remember a companion of Mr. Brierley's once asking me if I had seen an article in the Manchester *Spectator* the previous Saturday from the pen of a gentleman named " Saxon Wallbridge," describing a summer ramble in the country. I replied that I had read the article named and considered it to be very good.

"Good? It is excellent!" exclaimed my interrogator, "and decidedly the best sketch written in the dialect that I ever read. That man, whoever he is, will make his mark in that class of literature," and he wound up by saying, "If I were Ben Brierley I would never again venture as a Lancashire writer because he cannot compare with Saxon Wallbridge." When he had finished his laudations I told him that I was very glad to hear him express such a favourable opinion, because I confidently believed that Saxon Wallbridge and Ben Brierley were one and the same person. Ere I had read many paragraphs I concluded from certain local incidents mentioned therein that no other person but Ben Brierley could possibly have written the story. The critic pooh-poohed my assertions and walked away sceptically, shaking his head, but in a short time afterwards he had to admit that my judgment was correct.

Meeting with Mr. Brierley some time afterwards I began to talk the matter over with him about the un-known author. He seemed rather reticent at first, but I noticed a faint smile on his countenance when I began to beat about the bush for information. At length I ventured to enquire if Saxon Wallbridge was any relation of Ben Brierley's. His smile was soon transformed into a hearty laugh, and he replied, " Gex agen and theau'll happen be fur off th' mark."

It afforded him much amusement when I told him the opinion of his friend and would-be critic on his popular story, *A Day out, or a Summer Ramble to Daisy Nook.* Amongst his voluminous productions that sketch stands yet unsurpassed for truthful and graphic description. It provokes the risible faculties with its broad humour, and draws the tear of sympathy with its pathetic touches.

At the time *The Day Out* was published in the *Spectator*, I carefully cut out the slips and posted them to Samuel Bamford, the Lancashire poet and author, who at that time was employed at Somerset House, London. I considered that he would be a good authority to judge of their literary merits, and I sent him the real name of the writer. Shortly afterwards I received a letter from Bamford which contained the following reply :—" I cannot say that I have the pleasure of knowing the Mr. Brierley you mention ; he is, however, a clever person, there is no doubt about that ; the slips you sent me—and for which I thank you—are sufficient proof of his power as a writer, whilst his orthography of the Lancashire dialect is as good as any I have read, since I could read, and that is saying a good deal, since Waugh is in the field. Indeed I had seen one or two slips in the *Spectator*, and I had not the remotest idea that any other than Waugh had written them or could have written them. I am getting old, and must soon drop these kind of things, but I am really happy to think that after I am laid low others will remain to do justice, I hope, to the local records, and homely, kindly modes of expression of days long past." Such was the honest, out-spoken opinion of Bamford on the merits of a rising literary genius, for such Ben Brierley has proved himself to be, as his works bear testimony.

Mr. Brierley has not confined himself to the dialect,

but has written many stories in current English, with great success. *Cast upon the World* he considered the best amongst his novels.

His " Ab-o'th'-Yate's " stories are in the main broadly humorous, and may be said, in loom-house phraseology, to be a warp of reality " picked " with the weft of fiction.

It is said of Fielding in the preface to "Joseph Andrews," that " there was scarce a character or action which he had not taken from his own observation and experience, but the characters were so disguised that it would be impossible to guess at them with certainty." The same remarks are applicable to Mr. Brierley's writings. " Owd Thuston," " Fause Juddie," and " Sam Smithies," who take prominent parts in "Ab-o'th'-Yate's" little comedies, were drawn from real life, and the originals were all well known to me before they were laid in their graves.

The late Mr. Samuel Broadbent, of Mossley, who formerly was in the silk trade at Woodhouses, was proud of being the original of " Sam Smithies "—Ab's" friend and patron. "Owd Thuston " (" Owd Smethurst ") was a well-to-do farmer who lived in a fold in Failsworth. From this place the author got his idea of " Walmsley Fowt" where the dwellings of " Ab-o'th'-Yate " and " Fause Juddie " are supposed to be located.

You may search in vain for " Fause Juddie's " grocer's shop, where he sailed for bacon in a flour tub when the cellar was flooded, his frail boat capsizing ere he had reached the " Cheshire side."

" Ab-o'th'-Yate " is a mythical character of the author's own creation, but the "Walmsley Fowt" philosopher is well drawn and resembles several well-known country humorists ingeniously rolled into one person, and he has been the happy medium through which the author tells his droll stories, many of which are pure inventions of his fertile brain.

If Mr. Brierley had been asked who " Ab-o'th'-Yate" really was, he would have been puzzled to answer the question—quite as much so as Washington Irving was to define the original of the " Stout Gentleman " or the " Great Unknown" in "Bracebridge Hall." His answer to the enquiry was, that he was as anxious to know as his readers, and was often at a loss to distinguish in his own works what to believe,—reality being so interwoven with fiction.

Some of the " Ab-o'th'-Yate " stories may be thought to be improbable ; perhaps they may be so, but be it remembered that " Ab " was an eccentric dreamer, and we all know the strange vagaries of the mind when rambling in dreamland.

Mr. Brierley may also be said to be the architect of several of the villages mentioned in his stories. " Th' Owd Bell," " Pig and Fork," and " Wheel and Barrels," quaint old country inns, named in his sketches of Hazelworth, Langleyside, Birchwood and Waverlow, also the old halls and rustic cottages, are real material gathered, as it were, in different parts of the countryside and " knocked together," as an artist would say, to make up a picture—fact blended with fiction.

For a period of about 30 years Mr. Brierley was before the public as a reader of his own works and was very successful in that capacity. When Samuel Bamford, the Lancashire author, returned from London about 1858, I introduced Mr. Brierley to him at his cottage in Hall Street, Moston, and a very cordial greeting took place. Mr. Bamford having recently been reading the *Daisy Nook Sketches*, complimented the author upon his cleverly written stories, and from that time a friendship sprang up between them which lasted until the old veteran was laid low in Middleton Church yard. When Bamford was over 70 years of age he commenced to give readings in public as a means of obtaining a livelihood, Mr. Brierley assisting him in several entertainments. Thus the two weavers for a time wove as it were on the same loom, but it was evidently too late in life for Bamford to engage in such an undertaking and eventually a number of his admirers kindly allowed him a competency of five pounds a month and smoothed his declining days, his death taking place April 20th, 1872, when he was eighty-four years of age. Mr. Brierley continued to give readings in public, until about the year 1889, when his health broke down. At one time he was writing stories to eleven local papers, some of which were afterwards published in book form and proved a fair source of income. In 1869 he commenced his *Ben Brierley's Journal*, which he piloted with success for about 16 years, the stories which appeared from his pen being eagerly read, more especially his "Ab-o'th'-Yate" papers.

Mr. Brierley dramatised the following selections from his popular stories :—*Thistledown Hall ; The Cobbler's Stratagem; Fratchingtons of Fratchingthorpe ; The Layrock of Langleyside ;* and *Ab-o'th'-Yate Insuring his Life.* Mr. Brierley was frequently engaged to appear in their production in such parts as 'Joe o' Dicks;' 'Solomon Mak' a Penny,' &c., his most successful character being Joe o' Dicks in *The Layrock of*

Langleyside. This play had a successful run of several nights at the Theatre Royal, Manchester, with the stock company of that period. Mr. Brierley was highly complimented by the press for his clever and humorous acting of the wily old weaver, and was especially successful in the " courting " scene with Widow Andrew.

With close application to mental work for so long a time, his health gave way, and about 1880 he paid a visit to America to recruit his energies. He paid a second visit about four years afterwards, and the result of his two trips are now before the public in a volume of 324 pages, entitled *Ab-o'th'-Yate in Yankeeland.*

From this book an extract was published in the Manchester *Guardian* entitled, *How Englishmen have risen in America*, and as a proof that it was well received in that country, a gentleman connected with the American shipping trade asked Mr. Brierley's permission to reprint 50,000 copies, which may be regarded as a tribute to the breadth and accuracy of the statements the book contained.

It was previous to Mr. Brierley's setting sail to America that a public testimonial was set on foot to be presented to him on his return.

His native townspeople entertained him at a soiree and presented him with a splendid album containing twenty-seven photographic views of familiar places, as well as the portraits of a large number of friends and celebrities.

He was also feted at Manchester, Oldham, Leigh, and Clayton Bridge. A performance was given at the Prince's Theatre, Manchester. in aid of the testimonial fund, and the example was followed at the Theatre Royal. Oldham. The testimonial was presented to Mr. Brierley in the Mayor's parlour of the Town Hall, Manchester,

in the presence of a large number of friends and admirers.
The Mayor (Mr. Alderman Harwood), presided, and
after several complimentary speeches had been made,
he presented Mr. Brierley with a silk purse shaped like
an old stocking which contained a cheque for £650. In
the course of his remarks, the Mayor said that Brierley
and Burns were very much alike in one respect, for
Burns said of his father—

> He bade me act an honest part,
>   Though I had ne'er a farthing,
> For man without a manly heart
>   Is never worth regarding.

Mr. Brierley, he said, might properly say the same of
his father. He wished him every blessing, and that he
might enjoy good health, and consecrate his remaining
days to doing good to those who needed it.

Mr. Brierley received a grant, many years afterwards,
from the Royal Literary Fund of £150. This sum was
well bestowed at the time, because in his shattered state
of health he was unable to follow his literary pursuit, his
right side being disabled by an attack of paralysis and his
speech was much impeded.

It was a source of consolation to Mr. Brierley to live
to see his talents substantially recognised by English-
speaking people in almost every part of the globe, for
wherever Lancashire men have set foot, (and in what part
of the world have they not?) they have to thank Ben
Brierley for many joyous hours whilst perusing his
graphic glimpses of the old home life.

The following lines by Mr. David Lawton, of Greenfield,
which appeared in several of the local newspapers shortly
after Ben Brierley's death, are much too good to be lost,
and are very suitable for insertion here :—

In Memoriam.

BEN BRIERLEY (Ab-o'th'-Yate),

Died January 18th, 1896.

———

THREE voices now are hushed, three singers sweet
    Are gone to sing their stirring songs elsewhere :—
Waugh, Laycock, Brierley ; now, methinks, they greet
    And mingle voices in yon happier sphere.
Each one—a son of toil, a child of song—
    Has added to his county's fair renown,
Has striv'n to make his fellows pure and strong
    And worthily has worn the poet's crown.
Not least, though last to go, we mourn to-day
    Fun loving, mirth provoking Ben, whose mind
Was like a child's,—transparent, yet refined,—
    And whose creations cannot pass away.
Now by his darling's* side lay him to rest,
    And may each mourner feel that God knows best.

DAVID LAWTON.

Greenfield,
Jany 20th, 1896.

*Referring to his only child, Annie, who died in her nineteenth year, on the 13th of June, 1875.

In the preparation and selection of these sketches and short stories, I have received considerable assistance from Mr. John Dronsfield, whose intimacy with the writings of Mr. Brierley is well known through his public recitals.

With the exception of the frontispiece to the first volume, which is a truthful portrait of the author, from a photograph taken in June, 1894, the illustrating of the three volumes has been intrusted to Mr. Fred W. Jackson, whose intimate acquaintance with Lancashire life in the districts from whence the author found most of his material has been of much service in finding and drawing characters suitable to the text. Mr. Jackson has drawn nine good pictures, all of which have been most carefully reproduced by the " Collotype" process, and add considerably to the interest of this edition.

The following lines are probably the last which Ben Brierley wrote. They reveal a side of his character which was scarcely known except to his intimate friends. Mrs. Brierley found them a few days after his death, written in lead pencil, amongst the papers he had last handled :—

SONGS OF THE ANGELS.

Round the Great Creator's throne,
  Hear the loud hosannas ring ;
Earth is silent when 'tis known
  We can hear the angels sing.

How sweetly now the music steals
  Through the air in liquid strains ;
Each tone the sacred truth reveals,
  That in heaven Jehovah reigns.

JAMES DRONSFIELD.

2nd June, 1896.

It is the mournful duty of the Publisher of these volumes to announce that the Editor, Mr. JAMES DRONSFIELD, died on the 24th of June last, after a short illness of eighteen days' duration, having been stricken by an apoplectic fit whilst in the performance of his ordinary occupation.

Mr. DRONSFIELD'S duties as Editor were, with one or two exceptions, completed a few days before his attack. What he left undone in the way of examining and passing the proof sheets has been ably performed by his son, Mr. JOHN DRONSFIELD, and Mr. CHARLES WALTERS. To these gentlemen the Publisher's thanks are due, and he hereby gratefully acknowledges their kind services.

25th September, 1896.

"Ab=o'th'=Yate" Sketches

AND OTHER SHORT STORIES,

IN THREE VOLUMES.

———

VOL. I.

CONTENTS.

———

Contents.

ILLUSTRATIONS.

A MOSTON RENT DINNER.

> " Was't ever your lot
> To visit the spot
> Where the heather was once in its glory?
> Where the farmers and yeomen
> Would give in to no men,
> In mowing or telling a story!"—*The Bard o' Bow Green.*

IT happened before Manchester invaded Moston;—
when the "Mosscrops" and "Bottom-enders"
were as much at feud as were the Orangemen and the
Ribbonmen in Irish history, but fought not with pistol
or bludgeon. The land was in darkness, materially and
mentally. The "Harpurhey Lighting Committee" had
not yet illuminated the paths by which the invaders
nightly crept to their camps, after carousing at "Jim's,"
or "George's," or raising a political dust at "Tom's!"
That fine sheet of water known as "Dicky Pit" had
not ceased to do duty as a weatherometer, to show the
inhabitants when it rained. The one razor that mowed
all the beards about the "Green" was still carried from
house to house in an old lantern; and the old clock that
had lost a fortnight and four hours was still permitted to
tell its lies in its privileged nook, and grunt and wheeze
as though the infirmities of clocks were something akin
to those of their owners! "Billy Buttonhole" still strode

c

the lane with tragic mien, and bellowed forth the "Hail-stone Chorus" in tones of thunder when offered the gift of a piece of crape. Funeral parties from neighbouring villages rested and fought at "Besom's;" and "Bet-at-Owd-Nan's" shrill voice could still be heard above the musical inflictions of her donkey. Moston was in its primitive state, and its land was largely productive of blackberries and rushes !

But a new landlord had come upon the scene, and a change for the better was to be inaugurated. Farms were to be put in order, and made more fertile than they had hitherto been. Tumble-down buildings were to be renovated, old-fashioned notions of husbandry were to be superseded by the newest of all improvements, and the ridding-up of fences and introduction of draining tiles staggered the "slow-coaches," who had been content with thin crops and low rents,—enjoying their pipes and their home-brewed in peace, not caring for the go-aheadedness of the world without. It was quite natural that these innovations would interfere with the prejudices of a class of people who have always been known to harbour strong ones. "Hodge" scratched his head, and exhibited a state of bewilderment at these changes that showed he was far from being prepared to accept them. The mutterings of a rebellious disposition grew into growlings, and the tap-room of the "Blue Bell Inn," Moston, (not the "Old Bell" of Ab-o'th'-Yate,) nightly rang with denunciations of all new-fangled ideas of land cultivation. "What!" it was said, "do away wi' rushes ? Never! What mun we do for rushcarts ? Another pint afore aw brast!"

To conciliate the mutinous spirits, the new landlord offered to give a dinner on the first rent day, and it should

be such a dinner as was never known to be eaten in that
part of the uncivilised world! It was to consist of *real*
turtle, salmon, lamb and green peas, veal cutlets, and
such other viands as were only known to be spread on the
tables of the rich. These things were to be washed
down,—not with fourpenny, but with champagne, and
everybody was to be made gloriously drunk! The event
was looked forward to with the impatience of children
yearning for the "bearing-whoam day" that was to bring
them new clothes. A slow state of starvation was
advocated, and that rigid course of self-denial found many
adherents. Jack o' Bill's so far neglected his meals
that his jacket hung on his back as if hanging from a peg,
and he declared that "if th' rent-day doesno' come soon,
aw shall do for a shippon lantern!" A noted sportsman
grew so weak that he could not raise his gun to fire! and
it is said that rabbits "sit up at him," and the one
sparrow,* which some people believed was a feathered
ghost, flew about his head defiantly! Baking days were
"shifted" the wrong way about, and the solitary shop-
keeper, who monopolised all the trade at the "Bottom
End," wondered if a rival had set up opposition. The
butcher could do with half a sheep instead of a whole
one, and flitches of home-fed bacon had almost ceased to
swing.

For weeks nothing was talked about at the "Bell" but
the rent dinner, and speculations were rife as to what the
first course to be served would be like, and what it could
possibly consist of to be worth a guinea a quart

---

* Johnny o' th' Bell, the host of the "Blue Bell," used to declare
emphatically that there was only one sparrow in Moston, and it
was black with being shot at !

Tummy at th' Bluestone said he knew what turtle soup was made of, because he had been told by a butcher who supplied the material to a certain hotel in Manchester.

" Well, what is it, then ? " gruffly demanded Sammy at th' Rushpit, who was incredulous of Tommy's superior knowledge of things.

" Cauve's brains ! " was the reply.

" Art' theau made o' cauve's brains ? " Sammy blurted out with a sneer ; and the whole company decided to ignore the Bluestone authority.

The rent day came at last, after many seeming " put offs," and with it came the last stage of the starvation period.   The old inn, where the festivities were to be held, was quite alive with preparations for the " feed," and noses were sniffing at the door to get a foretaste of what the palate was more substantially to enjoy.   The soup, the salmon, the veal cutlets, and other luxuries had to be sent up from one of the Manchester hotels, and the spring-cart that conveyed all these wonderful edibles was followed as far as Harpurhey by a crowd of children, eager to discover the meaning of that mysterious visitation. Sauces and " dips " of various kinds were being handed about the kitchen, and bottles that were likened to " gowden skittles," displayed their aristocratic necks in the otherwise plebeian bar.   When the steward arrived to superintend the feast he was greeted with such tokens of welcome as were never heard before where champagne was King of the Board.   There was no dribbling in of guests when he mounted the stairs.   They flowed into the room in a body, each man holding his hair in a determined grip, as if afraid of it being separated from the scalp by the blaze of cutlery that was shimmering on

the table! Sly glances were directed towards polished
covers, and no doubt rude guesses were made as to what
was hidden beneath them. When the company were
seating themselves Jack o' Bill's and Sammy at th' Rush-
pit both dropped on the same chair, as if intending joint
occupancy.

" Here aw say, Sammy, conno' theau find a boose for
thi own cauve?" said Jack, giving his companion a good
shouldering.

" Ther's to be two to a cheear!" replied Sammy, doing
a bit of shouldering in return.

" Heaw dost' mak' that eaut?"

" Wheay, doestno' see ut ther's two knives and two
forks to one plate, theau blynt meaudewarp?"

" Then aw'm off to a corner bi misel'; ther's no reaum
for swellin' eaut here. Aw meean havin' elbow reaum!"
And Jack made a move, with the intention of leaving
the table.

The dispute was settled by the steward intimating that
there were two sets of dinner "tools" for each guest;
and Sammy at th' Rushpit took the chair next to his
friend Jack.

After grace the soup was served, and eyes were opened
in blank astonishment.

" This's a rare big spoon for so little broth!" remarked
Johnny at th' Cheean to his equally astonished neighbour.
" We could ha' done wi' a tae-spoon to this mess. But
aw reckon it's becose it's so dear. Aw wonder what this
green stuff is?"

" It looks like a bit o' owler bark," said the other, who
was pulling his face at the first spoonful.

" Aw dar'say it's a yarb o' some sort, for t' seeason it

wi'. Aw'll taste, chus heaw!" and Johnny tasted, then began to splutter. "Oh, by—— !" he exclaimed, flinging down the spoon, "if this isno' tooad broth ; and that's a tooad back swimmin' at th' top ! Aw've yerd folk say ut they made soup eaut o' frogs; but this is a tooad! Aw'll ha' no moore o' that stuff," and he kept his word.

"Aw dunno' care if it's made o' askers,*" said Jack o' Bill's, who had got the rim of his soup plate at his lips, that he could drain the last drop. "It's rare stuff for grooin' off! Aw feel it abeaut th' roots o' my yure neaw !"

The clatter of spoons having ceased, the salmon was brought on and speedily served. No one at the table had ever tasted salmon before, except the steward; and all eyes were directed towards this worthy to get the cue as to the manner of eating it.

"What's this stuff, Jack ?" asked Sammy at th' Rush-pit of Jack o' Bill's.

"It says *sal*-mon upo' that papper," replied Jack, sounding the *l* with a strong emphasis. "It smells meeterly like fresh herrin'! Aw wonder what they putten on it ? But aw reckon owt'll do. It's accordin' to a mon's taste. Aw'll try a sope o' this." And he took hold of a "boat" of caper sauce, that was intended for the boiled leg of mutton. "Sowe,† wi' black paes in it ! Ne'er mind, if gentle-folk con ate it, ther's a stomach here ut winno' be feart on't—so here goes!" And Jack poured the contents of the vessel on his plate.

"Theau shouldno' use thi knife," Sammy at th' Rush-pit whispered. "Th' stewart doesno' use his."

"Heaw mun aw get it to mi meauth, then ?" demanded

Askers : Newts.   †*Sowe :* Paste made from flour.

Jack, turning round upon his neighbour.

"Theau mun do same as aw do,—use thi fork as if it wur a knife, an' thi fingers i'stead ov a fork." And Sammy gave practical effect to his instructions.

"Aye, aw reckon fingers wur made afore knives an' forks, an' they're a deeal readier wi' stuff like this. Theau'rt fit to dine wi' a king, Sammy!" Jack chuckled, as he uttered this piece of flattery. Then he hid his finger nails in the salmon. "Theau'rt noane havin' no sowe to thine, aw see."

"Nawe," said Sammy, "its good enoogh beaut owt."

"Aw'll tell thi what, these black paes are some an' warm!" said Jack, pulling his face, and applying his sleeve to his mouth, while the sauce dripped from his finger ends. "Aw'll put 'em o' one side, like plumstones. Aw conno' say ut aw mich care abeaut this sowe. Aw've happen getten th' wrung sort o' stuff on. Aw'll hoide it, too!" And at it he went again.

"What's th' next, Jack?" inquired Sammy, after he had despatched the last bit of salmon skin.

"Aw'll tell thi when aw've mopped up," was Jack's response, finding himself too busy to attend to the other. "Aw've made a wary mess o' this table-cloth! Sarve 'em reet! they shouldno' ha' put it on."

He told the truth, he *had* made a "mess" of the table cloth. It had the appearance of having had a bill-poster at work near it, and in a hurry to get finished. Jack had splashed the "sowe" all over his share of it; and his left-hand neighbour's glasses were freckled with the same kind of liquid. He was relieved of his embarrassment on hearing a cork fly.

"Hello! someb'dy shot, bi owd Sam!" he exclaimed,

bobbing up from his chair, and looking towards the head
of the table. " Nob'dy bleedin', noather ; it's th' cham-
pagne ut's gone off. It's comin' this road neaw. Eh,
my throttle ! theau'rt gooin' t' have a rare bathe in another
minute ! "

Presently a glass of the delectable juice was fizzing
under our friend's nose ; and his mouth watered at the
prospect.

" Supposin' aw're a dog, Sammy," he said to his
neighbour, " and theau ax't me t' sit up ! "

" What by that ? " said Sammy, evidently thinking
Jack was losing time by putting the question.

" Well, supposin' aw did sit up when theau axt me."

" Sit up, then ! "

" Well, aw'm sittin' up. Ceaunt twenty, an' then aw'll
sup ! "

Sammy counted twenty, then up went Jack's glass,
and down went its contents. Two pairs of eyelids
expanded, and one pair of eyes suddenly grew into
goggles. A pair of lips smacked like the cracking of a
whip ; and a large rough hand was employed in going
over a waistcoat, as a roller is employed in going over
uneven land.

" Sammy ! "

" What ? "

" Aw wonder heaw mich o' this stuff 'ud kill a mon ? "

" Aw've yerd it said ut abeaut six bottles 'ud be a
finisher."

" Aw've a good mind to do my job, then. Aw couldno'
dee i' betther company. They could nobbut hang me for
it after, an' then aw shouldno' care. What's that ut's
comin' neaw ? "

" Look at th' papper."

" Oh, veeal cutlets. Aw wonder whether its knife wark, or spoon wark, or fork an' fingers?"

" Knife wark ; doestno' see? They're fiddlin' away deawn yonder."

The veal cutlets were handed to each of the two guests under notice, and they took care to empty the dish.

" They look'n like hen's legs wi' th' shanks cut off!" Jack remarked, as he fingered one of the cutlets. "Aw shanno' use a knife to mine, they're nobbut a meauthful apiece, an' hardly that. Nawe! no moore sowe, Sammy!"

Bolt went one cutlet after another to the number of four, and in about two minutes the bones, clean picked, lay on the plate.

" Aw should mak' a rare gentleman, Sammy, if ther' sich like pastur' as this every day. Aw should be as red abeaut mi ears as eaur Molly's back. [Molly was a red cow.] Oh, lamb an' green paes next, aw see! Aw shall ha' no moore black uns, they're to' warm for me, mi tongue's blister't neaw! Aw weesh they'd be sharp. Oh, here it comes! They're sayin' deawn here ut they should ha' mint sauce to lamb. Which is it, Sammy?"

" Aw dunno' know, beaut it's that wi' th' pot spoon in it."

" Well, just hond it o'er for me, wilta?—an' aw'll try a barrowful, for t' see what it's like."

Sammy reached over the table, and placed the vessel pointed out at his friend's elbow.

" Theigher!" said Jack, as he stirred up the sauce, " ther's no black paes i' this. Aw con smell summat like rum, or brandy. It mun be peppermint sauce, a bit doctor't! Aw'll taste on't fust;" and Jack raised the

ladle to his lips, and drank off the contents. Eh, Sammy!
wheay, this byets that fizzin' stuff! By th' makkers! but
gentle folk dun live! Ther's no stint aw reckon, is ther'
Sammy?"

" Not ut aw know on."

" Then aw'm havin' o this to misel';" and Jack
emptied the " boat " on his plate. " Gi' me that spoon
eaut o' th' pottato deesh, Sammy; aw shall want ony
ameaunt o' tools to this lot. Oh, some moore cham-
pagne! Deawn it go's!" and down it went. " By th'
mass, Sammy, that's stirred thoose three pint o' fourpenny
aw had ut th' 'Owd Loom!' Every meauthful aw
swallow neaw 'll leet plunge, like droppin' in a well! Eh,
bu' these are rare dooins !"

How Jack o' Bill's enjoyed his lamb and green peas is
not recorded; but he nearly went to sleep over the mess.
He was seen to nod several times; and he never spoke a
word until he had emptied his plate. Then he said
" domino!" and placed his elbows on the table, and rested
his head on his hands. Presently he was heard to snore;
but when the champagne came round he suddenly
chopped off his music, and said " Come!" " Do!"
responded Sammy; and they both drank "Jone o'
Bardsley " fashion, which means " bottomin'."

When the turn for pudding came there was a cry
raised for the " brandy dip." There was the vessel that
had held it a short time before, but that was all! Where
had the stuff gone to?

" Jack, theau's etten it!" said Sammy at th' Rushpit,
turning to his neighbour.

" Nay, it wur mint sauce ut wur i' that pot!" Jack
protested with some warmth.

"Nowt o'th' sort, it wur brandy dip!"

"Well, chus what it wur, it's wheere it'll tarry! Aw could do wi' some moore, beaut lamb. It mak's me feel rayther wambley, too. If they'n say nowt, aw'll go deawn th' steers an' ha' mi pipe till they'n topped up. Aw'm full to th' eend o' mi tongue misel'. Mind, owd lad, an' lemme come!"

It would have been better for Sammy if he had "minded;" for no sooner did Jack attempt to rise from his chair than he and his friend were rolling on the floor. Sammy sprang to his feet as quickly as he could, and the rest of the company crowded round Jack o' Bill's, wondering what was the matter with him; but all they could elicit from the inebriated farmer were the two monosyllables—"mint sauce!"

It would add nothing to this story to say what followed, until a very sedate procession was seen moving down Moston Lane, headed by a wheelbarrow, in which Jack o' Bill's was reclining. How often he tumbled out was not scored; but, as the Yankees would say, he was "dumped" at his door, rather worse for his ride than otherwise, as it turned out after.

A few days after the spree the steward met Jack in the lane, and the peculiar manner in which the old farmer carried his head attracted the other's notice.

"Got a stiff neck, Jack?" "Aye, seemin'ly."

"A cold?" "Nawe; wheelbarrow trindle t'other day."

"How did that affect you?"

"It wore o' th' yure off th' back o' mi yead, an' took part o' th' yead wi' it! Aw've just bin to th' doctor a-havin' it dressed. Another rent day 'ud kill me!"

AB-O'TH'-YATE IN LONDON.

DESCRIBED IN A SERIES OF EIGHT LETTERS TO HIS WIFE.

FIRST LETTER.

THE JOURNEY UP, AND FIRST IMPRESSIONS.

Aldgate Pump, Lunnon Fowt,

June —, 1868.

MY Dear Owd Rib,—Here aw am—i' Lunnon— actily i' Lunnon, an what's mooast surprisin', after sich a journey, aw'm wick! Never thee talk o' followin' me up here, as theau does to th' aleheause; theau'd be oather lost, or ridden o'er, or takken up for collectin' a creawd abeaut thee afore theau'd bin londed two minutes; for aw know heaw aw wur, an' theau knows aw'm noane quite so gawmless as thee—not ut theau'rt different to other women, or else aw wouldno' ha' said it. Well, bless thee!—when theau'rt awhoam! for theau'rt a reet un when theau'rt wheere wives should aulus be—upo' their own hearthstones. An' tho' women up here seem to be nowt short nobbut wings an' English tongues to mak' 'em into angels, aw'd rayther see th' pattern o' thy bedgeawn, and yer th' neckle o' thy clogs (never mind thi tongue), nur see "Rotton Row" i' full blaze, or yer a simperin' beauty, donned i' a full cut o' muslin, an' a fent or two beside—co me a " dear, funny old chaip !" an' ax me heaw mich aw'm going to "staind!"

Aw da' say theau'll want to know summat abeaut mi journey—heaw aw liked it, an' whether aw made a foo' o' misel' on th' road, or behaved misel' like a Christian. Aw'll tell thi if theau'll nobbut ha' patience to read.

When aw geet i' th' railroad carriage at Manchester, th' fust time ever aw wur i' one, theau knows, aw felt as if Walmsley Fowt had gone cleon eaut o' th' map of owd England, an' ut aw never should see it agen—nor thee, nor eaur Ab, an' Joe, an' Dick, an' t'other childer! Dunno' thee think aw'm soft when aw tell thee aw'd moore use for mi pocket napkin nur aw ever thowt aw should have had, an' ut tears fell on mi clogs as big as sparrow eggs, wi' thinkin' abeaut what aw'd laft beheend me ! But no matter what theau thinks abeaut it, it wur so. A cant owd woman i' black sit next to me, an' hoo cried too ; but whether it wur to keep me company, or like me, hoo'd laft someb'dy beheend her ut wur like th' whul wo'ld to her, aw couldno' tell at th' fust ; but whichever it met be aw felt comforted by it. Ther's aulus comfort i' bein' at th' side of a woman, speshly if hoo's a pratty un, when hoo's wringin' her deeshcleaut (dishcloth). If ther's a storm gooin' on, it isno' a storm o' hard words peltin' yo' abeaut th' ears like a sheawer o' hailstones; an' heawever roogh it may be, one may put it deawn for sartin ut ther's sunshoine no' far off. It wur so wi' this owd crayther. Hoo mopped up afore aw'd gradely done swillin', an' turnin' her fat greasy face to'ard me, hoo said—

" Are yo' thinkin' abeaut yo'r wife ?"

Aw said aw wur !

" An' childer too, aw reckon ?"

" Aye, an' childer, too !"

Hoo said nowt no moore for a bit, but sit as if hoo're thinkin' abeaut summat—neaw an' then shakin' her yead, an' givin' a wipe abeaut th' corners o' her een. At last hoo said—

" Whoa are yo' i' mournin' for ?"

Aw must say ut aw felt a bit puzzl't at that; for aw couldno' mak' eawt heaw hoo coom to think aw're i' mournin' for onybody. At last aw bethowt misel' o' that broad black ribbin theau'd put reaund mi hat for t' let Lunnoners see ther' fine folk i' England as weel as Lunnon ; so aw towd her ut if aw wur i' mournin'—hoo must not ha' yerd th' " if "—it wur for a very dear friend o' mine.

" A woman ?" hoo said ; an' hoo stroked her thin grey yure (hair) at th' back of her ears, an' tried to mak' hersel' look as yung an' as pratty as hoo could.

" A woman," aw said.

" Happen yo'r wife ?"

Aw put mi napkin to mi ee'n, an' said nowt. Wi' that hoo leet her hont drop o' mi knee wi' sich a sos, ut it made me jump as if hoo'd flung a red cinder at me, an' hoo said—

" Yo'n lost yo'r best friend!"

" Neaw then, Ab," aw thowt, " theau'rt in for summat neaw, owd lad ! It's a good job ther's someb'dy i' th' carriage beside thisel', or else theau'd never get to Walmsley Fowt again. Theau mun mind what theau'rt abeaut as it is."

" Has hoo left a big family ?" hoo said.

" Middlin'!" aw sobbed.

"Are they groon up?" Then hoo looked at me, as if hoo could ha' liked to ha' look'd at mi teeth, same as they done hosses when they want to get at the'r age; an' when hoo'd finished her calkilation, hoo said—

"They conno' be so very owd!"

"Yo're reet," aw said, "they areno'."

"Well," hoo said, and hoo fetched up a soik (sigh) as hoo said it, "aw never knew what it wur to be a mother."

"But yo'n bin a wife?" aw said.

"Eh, aye, aw have—to mi sorrow!"

"Wurno' yo' comfortable wi' one another?" Aw said.

"Yoi'—Yoi'—very," hoo said; "but yo' seen if aw'd never had a husbant, aw should ne'er ha' known t' loss o' him—not ut he's laft me badly, becose aw've what ut'll keep me as lung as aw live—if aw've owt to live for."

Just then th' engine gan a whistle, an' a yung woman—as bonny a lass as ever Peggy Thuston wur—popped her yead in at th' carriage dur, gan th' owd woman a bus, put her face to'ard mine, ut made me feel as if aw're goin' off in a swither, then findin' ut hoo're as nee as a toucher makkin' a mistake, said "good-bye, aunt!" an' shot eaut o'th' seet in a crack! Then th' station begun a doancin' a three hond reel, an' aw felt as if someb'dy wur pooin' at me! It kept goin' leeter i'th' carriage, till, in abeaut a minute, full dayleet flashed on us, and aw fund we'rn fairly off to Lunnon.

"Farewell, owd England!" aw said, as heauses kept rattlin' past us, just as if they wanted to get eaut o'th' road.

Th' owd woman said, "Farewell, owd England!" too, an' then we sat as quiet as moice for what looked to be abeaut ten minutes. Then th' engine whistled, th' train slackened, an' aw fund we'rn stoppin'.

"We're no' getten to Lunnon bi neaw, are we?" aw said.

Wi' that o'th' company set up a crack o' laafin', an' one yung woman showed a set o' teeth ut looked like a hontful o' mustard spoons, an' said aw must ax that in abeaut eight heaurs!

"Eight heaurs?" aw said; "mun we be eight heaurs beaut oather owt t' ate or owt sup?"

Th' owd woman took a fat reticule fro' under th' form, an' oppent it.

"Yo'n no need to clem," hoo said, "nor be dried up noather," an' hoo showed me three or four pies as big as mi 'bacca pot; a stack o' thin buttercakes wi' bits o' ham between; a lot o' little things like top-cooat buttons, an' very nee as hard; two big bottles o' summat ut fairly made mi throttle wartch wi' lookin' at it, an' hoo hinted slyly ut aw'd nowt to do nobbut spake, an' aw met ha' mi fill.

"Come," aw thowt, "aw'm droppin' into good livin' by neaw. If aw keep on aw shall be as big as owd Jammie Howt afore aw come back!"

Just as th' train stopt aw put mi yead eaut o' th' carriage window, for t' look abeaut me. Aw'd no sooner done so nur some'dy sheauted eaut:

"Hallo Ab! heaw art' gettin' on for chep beef?"

"Whoa's that," aw wonder't, "ut knows me so far off Walmsley Fowt?" Then another sheauted eaut:

"Theau conno' cut that wi' th' scithors!"

An' before aw could spake, another mon said,

"Aw'll oather mak' that yure (hair) o' thine lie deawn

or else aw'll brast thee!"

Theau knows what they wur hintin' at—that chep beef we had once fro' owd Thuston, that ut eaur Joe said aw couldno' cut wi' th' scithors, same as aw did bacon sometimes, an' ut made eaur childer's yure lie deawn as smoot' as a bit o' satin! Theau'll recollect, aw know, becose it made a strange auteration in thee. *

Whoa these chaps wur aw dunno' know, for they'd popped eaut o' th' seet in a crack; an' aw could yer 'em laafin' like madlocks as we'rn bein' drawn eaut o' th' station.

Whether it wur wi' watchin' trees an' heauses an' meadows an' hills fly past us as if they'rn runnin' races at Karsey Moor, or it wur bein' rocked like bein' in a kayther (cradle), aw dunno' know, but o' someheaw aw fund misel' dreamin' abeaut Walmsley Fowt, an' thee, an' th' childer, an' ut aw'd come back fro' Lunnon wi' mi pockets full o' gowden pavin' stones for thee, a wick monkey for eaur Ab, an' a lot o' cakes wi' brids o' th' top, (ut th' Queen had gan me becose aw'd prevented a revolution) for t'other childer! Heaw lung aw slept aw conno' tell. Aw happen met ha' bin sleepin' yet if aw hadno' bin disturbed in a very temptin' way. But just as aw'd finished th' plan of a monkey cote for eaur Ab, an' wur ceauntin' th' gowden pavin' stones, an' wonderin' heaw aw could turn 'em into sovverins, aw begun o' at once a-feelin' as if someb'dy wur smooarin' (smothering) me wi' crommin' red-hot turf up mi nose! Aw beaunced up wakken, an' catched th' owd woman just wipin' her lips, an' fund ther sich a strung smell o' summat like rum i' th' carriage ut aw could hardly get mi wynt!

---

*See "Ab-o'th'-Yate and Chep Beef," in Vol. III.

"Win yo' taste ?" hoo said, lookin' a bit fluttert, as if hoo'd bin catched doin' summat hoo shouldno' do. An' hoo twisted a little white napkin reaund th' bottle neck, an' held it eaut to me.

Aw know theau'rt thinkin' aw wouldno' refuse an offer o' that sort, an' theau'rt reet—aw didno'. Aw just said aw didno' mind—very softly—lest hoo met think aw didno' want, an' th' bottle neck wur at mi meauth afore theau could ha' said Jack Robi'son.

It wurno' rum, it wur summat betther, it wur brandy! an' if it had ever seen cowd wayter, it had nobbut smelt at it, for ther' wurno' mich on't had fund th' road into th' bottle. Aw took a good swig—ut wur very nee doin' mi job, for aw're some time afore aw could spake after it!

"Yo'd do neaw wi' a bit o' pie, wouldno' yo ?" th' owd woman said, as aw honded her th' bottle back.

Aw dunno' know what aw said. T'other folk wur asleep, an' as they couldno' see nor yer what wur gooin' on, aw thowt aw met as weel ate a bit, if it wur for nowt nobbut to lesson th' weight o'th' reticule. So aw poo'd mi owd scythe eaut o' mi pocket, an' prepared for mowin'.

It wur a feeast, an' no mistake! an' what wi' meauth-fuls o' pie, an' meauthfuls o' brandy, one followin' another like playing at cups an' balls, aw'd crommed misel' as full as a fitch afore aw knew gradely what aw're doin'. Aw felt as if aw'd bin at a main-brew, an' could no moore keep mi music fro' brastin' eaut nur if aw'd bin a "Cat-alley band" on th' spree! So aw begun o tootlin' "Woodpecker," an' th' owd woman made so mich trouble o'th' chorus, ut aw'd no chance after th' fust verse. Hoo held on as lung as hoo'd wynt, an' when that failed her, hoo dropped her yead upo' mi shoother i' sich a way ut it

played the very dule wi' a bunch o' black fleawers 'at
grew eaut o' her bonnet, an' made me feel rayther comical.
Luckily we shot into a tunnel, an' bi th' time we popped
eaut at t'other end, th' owd woman had getten betther o'
her brandy fit, an' hoo sat up as straight as an eight-days'
clock, an' lookin' as if hoo'd never tasted o' nowt strunger
nur owd Thuston's mowin' drink!

Aw believe aw'm one o'th' "Swinish multitude," for
aw'd no sooner tightened mi waistcoat nur aw felt as if
a bit o' a snooze amung some straw would be welcome
for a change. Aw kept thinkin' abeaut it, an' watchin' a
chap ut wur swayin' his yead to an' fro like a popilary
(poplar) tree in a storm, an' snoorin' as leaud as a pair o'
smithy ballis, till aw threw mi yead back, an' went at it
misel'. Aw slept this time as seaund as midneet, till
aw're wakkened up bi a mon sheautin' eaut—

"We're within ten mile o' Lunnon!"

Aw beaunced up, an' stretched misel', and looked eaut.
We'rn gooin' then like a shot, an' fields, an' meadows,
an' trees wur ginnin' reaund like whirligigs at a
wakes! Aw could see th' heauses as wi passed 'em wur
a deeal grander nur they are i' Walmsley Fowt, or in
Manchester oather; an' aw're like as if aw could yer bells
ringin'—"Turn again, Whittington! Lord Mayor of
London!" as they did when moice wur moore plentiful,
an' cats wur wo'th moore brass nur they are neaw.

On we went, as if th' train wur takkin' a run-a-ber an'
wur gooin' to jump o'er Lunnon, an' lond somewheere i'
France or Ameriky! Heauses thicken't; fields grew
less; streets begun a-showin' thersels' i' lung straight
lines, an' ther' so mony big signboarts wi' brewer's
names on 'em kept following one another, like colours

when th' Oddfellys are walkin', ut aw begun a-thinkin'
ther nowt gooin' on i' Lunnon nobbut fuddlin'.

At last we slackent, as if th' train had autered its mind
an' wouldno' jump o'er th' teawn that time, but would
wait till aw coom again. Folk begun a-scrapin' their bits
o' things together, an' preparin' the'rsel's for the'r pil-
grimage through th' deserts o' Lunnon. So aw scrawmt
mine fro' under th' form, an' stretched mi shirt collar, ut
aw could be ready for bowtin' as soon as th' train stopt,
for aw felt th' owd woman wur hutchin' closer to me
nur theau'd ha' liked on if theau'd bin theere, an' aw
could smell th' brandy bottle again,—reet under mi nose !

" What part o' Lunnon are yo' gooin' to ?" hoo said,
an' hoo laid her hont upo' mi arm.

Aw said aw could hardly tell ; but aw meant to spend a
day or two i' th' Bridcage Walk, an' if ther' ony lodgin's
to be had i' Rotten Row, aw meant to put up theere for
a change ! But Aldgate Pump wur mi fust coin' shop.
Aw intended peearchin' theere for an odd neet or so, if
th' pump stone wurno oready engaged ! At ony rate, aw
should be fund oather theere or at th' Marble Arch, unless
it wur so at th' Queen couldno' spare me—a thing ut
must be considered, an' alleawed for.

" Heaw lucky !" hoo said, an' hoo slapt her owd fat
knees—" Aw'm gooin' to'ard Aldgate Pump, too, an' if
yo'n a mind we con go together ! Aw've a nevvy lives
deawn theere, an' he's comin' a-meetin' me at Lunnon
Station, an' carryin' mi box."

Aw felt someheaw as if th' owd lass wur gooin' to nail
me, an' ut that broad black ribbin theau'd put reaund mi
hat wur dooin' summat theau hadno' calkilated on ; so
aw towd her aw hardly knew whether aw should be at

liberty or not, as th' Lord Mayor's carriage 'ud be waitin'
for me, an' he happen met object to two on us, speshly
when he see'd one wur a woman.

Th' owd besom looked deawn at mi clogs, then at th'
buttons o' mi breeches-knees, then up at mi waistcoat,
till hoo raiched mi face ; an' when hoo catched me winkin'
at th' yung woman wi' th' mustard spoons, hoo set up
sich a crack o' laafin, ut aw thowt wur leaud enoogh to
stop th' train ! For it did stop that minute, an' th' engine
blew off steeam as if it wur rejoicin' ut it had done its
wark an' lunged to get into th' stable an' have a rest.

Neaw for a scramble ! Eaut wi tumbled—me wi' mi
nose to th' greaund, an' th' owd woman o'th' top o' me—
palin' me abeaut th' yead wi' her empty reticule, as if
hoo're in another brandy fit ! When aw geet on mi legs
aw could see nowt on her—hoo'd gotten mixed up wi'
th' creawd ut wur jostlin' one another same as they done
at a play-heause dur. Aw reckon her nevvy had collar't
her, an' saved me fro' bein' a Latter-day Saint, an' havin'
moore wives nur aw could keep i' clooas an' good
temper !

Aw'd no sooner getten eaut o'th' station nur aw fund
misel' i'th' middle o' a creawd o' ragged lads ut wanted
to carry mi bundle, and aw're fear't once they'd ha'
takken it off me an' divided it amung 'em. But aw thowt
aw'd let 'em see ut they'd getten howd o' an Englishman,
an' not a Lunnoner. So aw up wi' mi fist an' fotched one
on 'em a cleaut o'th' side o'th' yead, an' another aw leet
taste o' a bit o' jibblet pie off th' end o' mi clog ! That
wur enough for th' lot on 'em, for they piked the'rsel's off,
an' went an' collar't an owd mon ut wur frabbin' wi' a
tin box an' a bass fiddle, as if he thowt he could carry

booath hissel'!

Well, aw darted eaut o'th' gates, an' aw'd no sooner done so, nur aw fund misel' under a hoss's yead, wi' a whip-lash touching me on a tender part, ut made me feel rayther wakken.

"Hi,—hi, gaffer!" someb'dy sheauted eaut, "get out of the way there! Pick up yer clogs, old fellow!"

Aw did pick up mi clogs as sharply as aw knew heaw, an' made a dart across th' road. Aw dunno know heaw many hosses yeads aw went under i' mi travels, nor heaw mony whip lashes aw felt afore aw londed upo' th' flags; but aw felt as if aw'd bin scramblin' through a hedge, an' someb'dy helpin' me wi' the'r foout. When aw looked reaund aw fund aw'd bin i'th' middle o' a neest o' one-hoss coaches, ut looked as if they'd bin doancin' Morris beaut music, an' th' fun ut wur gooin' on wur like a wakes! Aw took misel' off as quietly as aw could, an' when aw'd getten a bit on th' road, th' coachman, ut aw reckon towd me to "pick up mi clogs," drove past me, an' theau may be sure aw're some takken when aw seed he're drivin' th' owd woman ut had come wi' me on th' train. Th' owd Jezebel sheauted eaut—

"Is that yo'r Lord Mayor's carriage?"

Aw felt so mortified aw could hardly howd; but they conno think o' one thing lung i' Lunnon, they getten so knocked abeaut. Aw're jowed o' one side bi one mon, an' then at t'other wi' someb'dy else. Another ud come slap into mi stomach, an' welly knock th' wynt eaut on mi! Beside everybody wur gettin' the'r legs fast i' mi bundle, an' aw dropped in for one or two blessin's fro' a grand lady wi' a painted face, ut wur so good as to leeave part o' her silk dress under mi foout, an' went off like a hen ut's had some o' her tail plucked eaut. Aw thowt this sort o' wark wouldno' do lung—ut aw should be gettin' misel' into trouble if aw kept on, sayin' nowt abeaut th' danger aw wur in o' havin' mi bundle ripped away, an' thoose fine calico shirts theau made me finding the'r road into some popshop; for aw could see ther'n noane short o' sich like places i' Lunnon, no moore nur they are i' England. So aw squeezed misel' into a shop dur, wheere they sowd 'bacco an' black dolls, thinkin' to wait till th' creawd had gone past. But aw met ha' waited theere till th' "keaws coom whoam," an' ne'er bin nar, for th' creawd kept gooin' thicker instead o' thinner, an if aw put mi yead eaut, someb'dy wur sure to leet bump again it, as if theyr'n playin' at Punch and Judy.

At last aw bowted, like a rotten eaut of a hole, an' fowt mi road till aw geet to an alehease ut they coed th' "Angel," wheere aw thowt aw'd stop an' look abeaut me.

Th' streets, aw fund, wurno' paved wi' gowd, as aw'd bin led to believe, like a leatheryead ut aw mun be. Aw'd some deauts as to whether they wur paved wi' owt, for they'rn as slutchy as ever Hazel'orth Green wur after a bullbait. Aw fund it eaut too, ut everybody wurno' lords an' ladies ; but ut amung heauses ut wur so grand they met ha' bin built i' fairylond, an' brout theere i' balloons, ther' ragged, dirty childer ; women ut looked as if they'd hired the'rsel's eaut for mops, an' wur gettin' far worn — an' men ut seemed as if they didno' care heaw soon th' wo'ld 'ud be at an end, if it 'ud nobbut stop that weary creawd fro gooin' on, on, on, an' let 'em rest.

Heaw aw geet to Aldgate Pump aw dunno' know ; but aw fund misel' theere at last. Well aw'm gettin' sleepy,

so good neet, owd craythur! till aw write agen, an' tell
thee heaw aw'm gooin' on.

Thine till theau'rt weary,

AB.

Tak' Notice !—Let eaur childer have as mich skooin'
as they con get, so ut they winno' be sich thickyeads as
the'r feyther !

AB.

AB-O'-TH'-YATE IN LONDON.

SECOND LETTER.

THE CROSSING SWEEPER ; ST. PAUL'S.

Gowden Ball, Paul's Cross,

Lunnon Fowt, June —, 1868.

OWD Craythur,—Aw'm "up," too—as hee as aw con get, for aw'm peearched like a monkey, grinnin' through a cage abeaut a hundert an' twenty yard above other folk, an' lookin' if aw con see Walmsley Fowt. Heaw aw geet here is a marvel to me ; but aw'll tell thee as mich as aw con recollect o' th' journey an' what aw con see neaw aw've getten here.

Aw're up afore th' lark, if ther' is sich a thing as a lark i' Lunnon, an' after duckin' mi yead in a bucket, an' stretchin' mi fithers, not forgettin' to spend a penny on mi clogs, aw looked eaut for a chep breakfast. Th' streets wur as quiet as if everybody had flitted, or gone on a chep trip to Manchester, an' aw'd summat to do afore aw could get a chance o' havin' mi waistcoat tightened. After strowlin' abeaut, an' cloddin' at cats for an heaur or so, aw coom upo' summat wi' two legs, stondin' at a corner ; but whether it wur a mon or a lad aw couldno' weel mak' eaut. If it had stood in a curn-fielt

aw should ha' coed it a crow-boggart, it wur so ragged
an' dirty! He'd a stump of a besom in his hont, a besom
ut, if it ever had seen better days, had never seen sich
good uns, an' bi th' way ut he kept turnin' his een up to
th' sky, ut then wur a nice sweet blue, aw're led to
wonder what he're abeaut. Thinkin' he met be able to
tell me wheere ther' some sort o' thickenin' stuff to be had,
aw made bowd to spake to him.

" Con yo' tell me wheere aw con get a chep breakfast ?"
aw said, " an' soon ?"

He shuffled abeaut an' muttered summat, an' then
pointed his finger deawn th' street, an' made a hook of
his arm ; but what wur th' meeanin' o' what he oather
said or did theaw just knows as mich as aw do.

" Here !" aw said, " come wi' me, an' show me."

" Kim along then !" he said ; an' he went o at once as
wick as a hummabee, shoothered his besom, an' shuffled
deawn th' street. Aw betted misel' fifty to one, an' won,
'at he'd seen no breakfast that mornin'. He took me
eaut o' that street into a narrower, an' then eaut o' that
into a narrower still, an' londed me at a dur wheere ther'
a smell o' coffee, an' bacon, an' herrin' coome to my nose
quite strung.

" Git yer grub here !" he said, an' he put his hont up to
what should ha' bin his hat, an' looked as if he wanted to
gie me summat.

Aw thanked him, but he're like as if he'd made his mind
up to put summat i' mi road, for he kept pooin' at his hat
till aw begged on him no' to put hissel' abeaut ony furr,
as aw could manage beaut him.

" Aint tasted wittles for two blessed days !" he said, an
he showed me heaw slack his senglet wur.

Aw seed at once 'at aw'd bin mistakkin' his meeanin', 'at i'sted o' him wantin' to gie me summat, th' clog wur upo' t'other foot ; so aw darted into th' shop, an' towd him to follow. He didno' need twice axin. He're at th' back of a table afore aw could wink, and byettin' the dule's drum wi' a knife an' fork !

Bi th' time aw'd getten sit deawn ther' a chap at mi elbow, ut looked as if he'd bin sleepin' i' a dog kennel, an' had nobbut slept wi' one part of his body at a time. He wanted to know what mi' " pleasure " wur, an' aw towd him good atin' an' drinkin' wi' a bit o' a sung neaw an' agen. He met bring some coffee an' buttercakes for a start.

" Two pints of coffee ? " he said.

" Two pints."

" How many slices ? "

" It depends on th' thickness. Bring a stack !" aw said.

" Crast or crammy ? "

Aw didno' know what he meant by that, but aw ventured upo' " crammy," thinking it met be better for one's teeth.

" Rasher ? "

" What's that ? "

" Bacon."

" Nawe. no Lunnon pig for me ! they feeden 'em too queerly, if o be true one reads abeaut 'em !"

He grinned at that, then shot hissel' into a place abeaut th' size o' a bonnet-box, an' begun a-knockin' cups an' saucers abeaut.

Aw turned to th' lad, or mon, or whatever he met be ut wur wi' me ; but aw con assure thee o' one thing, aw didno' sit so close to him. He're a strange lookin'

craythur. His face look'd as if it had bin made eaut o'
dirty putty, an' tredden into shape wi' a pair o' clogs; an'
he could look wi' one e'e at th' table, an' watch th' flees
(flies) doance upo' th' ceilin' wi' t'other! His shirt no lad
would ha' punced if he'd seen it lyin' i'th' loane; an' heaw
his cooat hung on his back, or heaw he geet hissel' i'th'
inside on't, is as big a puzzle to me as that conjurin' chap
wur ut could conjure a shillin' eaut o' a mon's pocket, but
couldno' conjure it back again. When aw fust seed him
he looked as glum as a mournin' coach eaut o' wark, but
he'd no sooner getten ut th' back o'th' table nur he went
as merry as a cricket on a bakin' day; an' he poo'd his
meauth i' sich a shape wi' whistlin', ut theau'd ha' thowt
he'd had a piece cut eaut, an' drawn it 'gether again wi'
a bant!

"What are yo'?" aw said.

"Hope I ain't a sinner!" he said; but as he said it aw
thowt he looked moore like a sort o' varment nur a
Christian.

"That isno' what aw meean," aw said; "what dun
yo' do for a livin'?"

"Sveeps a crossin'."

Come, aw thowt, that's a new soart of a trade to me,
but if it wouldno' afford better doins' nur clemmin' two
days, an' chettin' mops o' what should belung to 'em, it's
hardly wo'th while takkin' it to Walmsley Fowt. Heaw-
ever, aw thowt aw met as weel know what it wur, so aw
axt him.

"Well," he said, an' he looked at me same as if he're
gooin' to measur' me for a suit o' beggar's uniform—
"*You* aint long from the caintry—don't know a crossing!"
an' then he geet howd of his besom, said some soart o'

gibberish ut aw couldno' have understood if aw'd had
four pair o' ears, an' then made sich wark amung th'
sawdust upo' th' floor ut aw're very nee choked wi'
dust. Luckily th' coffee coom in, an' th' besom wur
flung under th' table, an' if theau'd seen that poor owd
dog worry his " crammy," theau'd ha' believed he hadno'
tasted for a week.

" Bad time for sveepers !" he said, after he'd lessened
th' stack o' buttercakes, an' made hissel' look more
Christian-like. " Aint nothing to sveep. Too dry—too
dry. Shower worth a bob; the veeper, wot's the vater
cart, worth a tizzy—Aint neither. On'y picked up nine
browns yes'day ; guv it all to the old ooman for the kids.
Aint nothink for myself. Jolly good feed this, guv'nor.
Sveep like a machine if the veeper kims round. Hope
it'll kim before the ladies turns out ; they sveeps it all up
with their togs they does. Hullo ! there he goes !" an'
he begun a-swallowin' at th' rate of a maut mill.

Aw yerd a rumblin' seaund i' th' street, an' aw looked
through th' window for t' see what it wur. Aw fund it
wur a cart looad o' wayther, an' just as it wur passin' th'
driver turned a handle an' eaut th' wayther coom, squirtin'
like comin' eaut of a deggin' can ! That wur th' "veeper."
Th' besom wur nipt fro' under th' table in a crack, an'
eaut th' mon shuffled i' less toime nur aw could tell thee.

" Thank yer, guv'nor !" he said as he haumpled eaut ;
" go to bizness, yer see. Kim to my crossin', and vont
I sveep for yer ! Good mornin' !".

" Theigher !" aw said to misel' when he're gone, " if
theau'rt a sample o' Lunnon folk, ther's a nice kettle on
'em somewheere If theau coom to Walmsley Fowt,
theau'd ha' to be drawn through Owd Thuston's pit afore

theau're alleawed to goo in at a dur, an' ha' th' clooas
brunt beside! What shall aw see next aw wonder?"

Afore aw'd finished mi breakfast aw fund ut th' place
wur as thrung wi' folk as a herrin' basket; but heaw or
when they'd come in wur a puzzle to me, it wur done so
quietly. An' a weary lot they looked! Some wi' the'r
e'en part unbuttoned, others ut favvort as they'd never
had the'r clooas off the'r backs sin they'rn fust put on, an'
didno' meean to tak' 'em off till they'rn ready for a
wooden suit; an' for o they couldno' afford to spend above
thrippence on a breakfast, they'd talk abeaut havin' the'r
"pots o' beer" th' neet afore, as if drink wur like to be
had, chus what becoom o' mayte an' clooas an' whoam
comforts. Aw thowt abeaut Walmsley Fowt, an' bakin'
days, an' breet, cosy Setterday neets, an' happy Sunday
mornin's—eaur childer wi' the'r white bishops on, an'
the'r clean, rosy faces—gooin' to th' skoo, an' th' Sunday
dinner, ut sets one reet for a whul week o' thinner pastur',
an' pleasant neighbourin' amung pleasant folk, wi' just an
odd pint for t' set one a-singin', an' aw made up mi mind
ut these poor sowls could ha' nowt o' that sort, but tore
wearily on i' drink an' dirt, till a black box wi' an owd
reawsty bob or two at th' top, too short to nod, coom an'
shifted 'em eawt o'th' road for ever! These thowts made
me feel as glum as winter weather, an' it took me some
time afore aw could rally misel'.

Breakfast o'er an' paid for, aw sallied eaut an' fund 'at
as musty as th' street wur, it wur better nur bein' stifled
in a dirty box o' a place, wi' three or four flees (flies) at
once pearchin' upo' yo'r nose, an' abeaut a dozen buzzin'
i' yo'r ears. Aw followed th' track o'th' wayter cart till,
when aw'd gone up a street or two, aw fund it eaut what

a "crossin'" wur. Aw tumbled upo' th' owd sweeper again, scrattin' away wi' his stump of a besom as if he're determined upo' rootin' th' stones up. Aw watched him awhile. If onybody wi' a fine cooat had passed, he'd his hont at his hat in a jiffy. If they'd dropped a copper, or a "brown," as he coed it, it would ha' bin in his meauth afore it had time to go cowd, an' he'd peg away wi' his besom as if he'd bin an engine newly fir't up. If nowt had bin dropped for awhile he'd ha' slackened his speed till he'd dropped it o together, an' he'd ha' laint on his besom an' looked abeaut. Seein' me, he briskened up, flourished his besom, then set to, an' made dirt fly like fifty coach-wheels whizzin' through a mizzey (quagmire)!

"Hullo, guv'nor!" he said, "here's a cawpet for yer, three pile Brussels an' a brass knocker! Kim this way again, an' I'll polish yer up like vinkin'! Shawn't forgit yer. Good mornink agin!"

An' o this for a fourpenny breakfast!

An' neaw for one o' th' grandest seets i' Lunnon, for aw'm for seein' Saint Paul's if aw con nobbut find it. Stridin' away, lookin' at shop windows, an' wonderin' what fun folk could find i' knockin' me abeaut, as if to get the'r toes under mi clogs, an' limpin' after, aw soon fund misel' at th' side of a big buildin' ut a chap towd me wur built when glass wur so dear they couldno' afford windows; for ther' wurno' a window abeaut th' place! He said it wur th' "Baink," an' ut ther' as mich brass i' th' cellar, wheere they kept ther' drink, as 'ud buy o Manchester, an' th' pictur o' th' Infirmary i' solid gowd beside! Aw towd him what aw thowt he wur; becose if they'rn wo'th so mich brass, heaw wur it they couldno' afford windows. England again Lunnon for a brew!

Neaw then, which road mun aw goo? Everybody's gooin' every road, an' they seem to be th' same folk again, comin' an' gooin' an' gooin' an' comin', as if that wur o they had to do fro' mornin' to neet. Aw mun stir some road soon, or else be jowed to pieces, for mi clooas are givin' way oready. Someheaw aw think aw mun turn to mi reet, but dunno' know why, aw'll try it; an' then aw yer sich a thungin' seawnd, ding dong, ut mak's me fairly shake i' mi clogs. Folk looken at ther' watches, an' then aw'm towd Saint Paul's is strikin' ten. Aw goo to'ard wheere th' seawnd comes fro', an' after havin' bin poo'd three or four times fro' amung carriage wheels, an' pushed to within an inch o' smashin' a big window full o' watches, aw geet to a place wheere Bobby Peel stonds i' th' middle o' th' street, howdin' a meeting by hissel' abeaut th' curn laws. Then what do aw see? A white stone cleaud, or meauntain, buildin' it conno' be, unless it wur built when folk wur giants, an' played at marbles wi' thunner-bowts! It's so big ther's no gettin' past it, for like th' moon it seems to be followin' as we goo on, an' aw could stare at it till aw fancied it wur a mile off an' then th' minute after it 'ud seem to come lumberin' to'ard me as if it wur gooin' to bury o before it! Aw put mi hont o'er mi een an' looked up to th' gowden apple till aw felt as drunken as if aw'd been fuddlin' a day at th' " Owd Bell," an' mi yead wur same as if it wur quite leet! Aw turned to a mon ut wur lettin' a hoss sup eaut of a bucket, an axt him heaw he thowt they managed to build it that height.

"Oh! easy! They built it laid on one side, then reared it up!"

"A good plan, too," aw said "Has ther' ever onybody bin o'th' top sin it wur built?"

"Lots every day. See 'em sometimes perched on the cross like clothes pegs! Yer may stand on yer 'ed there for a capple o' bobs, and see Landon upside down! Or yer may git inside the ball, an' lor bless yer! yer'll be no more than a pippin in a orange!"

"Which is th' road into th' church?" aw said, for aw felt a hankerin' notion o'seein' as mich as aw could see.

"The door there," an' he pointed across th' yard. "Take them "bawges" off yer feet if yer don't wish to waken the stiff uns!"

Aw'd no notion o' doffin' mi clogs, aw con assure thee; but aw'd no sooner put mi nose inside th' church nur aw yerd abeaut fifty pair o' clogs rattlin' away i' every part. When aw stopped they stopped, as if they'd made me the'r leader; an' when aw couldno' see a pair beside mi own aw wonder't wheere they wur, or what wur t' meeanin' o' sic a clatter. So aw spoke to a gentleman ut wur lookin' at a stone chap tumblin' off a stone hoss, an' aw axt him if he thowt ther' some sort o' hornpipe doancin' gooin' on! He looked deawn at mi feet an' then laafed.

"It's the echo of your clogs," he said; an' just then someb'dy knocked a form o'er, an' ov o th' noieses ever aw yerd that wur th' flogger. "Come," aw thowt, "if th' deead areno' as fast asleep as ever owd Juddie wur when it wur his turn to pay, they'n be wakken't up wi that;" for it wur t' same as if th' floor wur made o' drum ends, an' th' church tumblin' on to it! Aw could understand then why that chap eautside towd me to poo mi "bawges" off.

Well, aw clomper't abeaut, th' regiment o' clogs followin'
me, till aw geet i'th' middle o' what seemed to me to be
a bull-ring flagged o'er ; an' when aw looked up aw thowt
mi shoothers ud ha' gan way, an' mi yead flown off, for it
favvort as if they'd takken th' inside o'th' meauntain eaut,
an' laft nowt nobbut th' ribs. Theere ther' a lot o' little folk
walkin' like flees (flies) on a wo', or on a ceilin' ; an' when
aw're towd aw could goo up theere, an' ut it wur as safe
as bein' upo' th' hearthstone, aw wonder't moore an' moore.
Afore aw'd time to calkilate th' consequence o' havin' mi
brains knocked eaut, or whether ther'd be a chance o'
thee drawin' th' brass eaut o'th' buryin' club if aw're cut
up into spoon mayte, a mon wi a black geawn rayther
wurr for wear coom to me, an' said—

This way to the Whisperin' Gallery ! Pay your money
inside that door !"

Whether it wur ut th' dur wur summat like th' vestry
dur at Hazelo'th church, an' ut aw fancied aw're gooin'
a-bein' wed o'er again, aw dunno' know, but aw shot
through it as sudden as aw did that mornin' aw're teed
to thee, when theau said theau never seed me in a bigger
hurry i' thi life ! When aw geet through aw fund misel'
at th' bottom of a pair of queer-lookin' steers an' two men
sit at a table wi' a lot o' bits o' pasteboard afore 'em.
They axt me wheere aw're gooin', an' aw towd 'em aw
wanted to know that, an' aw expected they could tell me.

" Whispering Gallery ?" they said.

" That's one shop, aw believe," aw said.

" Golden Gallery ?"

" Ay, aw mun see that."

" Clock ?"

" Aw con see that eautside," aw said.

" But not the works. Very interesting, sir : by all means see the clock."

" Well, book me for th' clock," aw said.

" Ball ?"

" Ay, aw met as weel goo in for th' dollop, neaw aw'm here."

" Two and eightpence ! If you wish to see the crypt, you'll have to go the other way."

" What's the crypt ?" aw said, an' someheaw aw shuddert at th' name.

" The tombs of the heroes—Nelson, Wellington, Picton, and——"

" Stop a bit ! " aw said, " aw'm noane gooin' theere ! Aw'll goo onywheere above greaund, but when yo' catchen me in a grave aw'll be boxed up for it ! So gie me mi tickets, an' let's be gooin' up these steers.

Aw geet mi ticket, paid mi brass, an' begun o' climbin'. It wur climbin', too, an' as oft as aw thowt aw should be somewheere soon, aw seemed to ha' getten nowheere, for ther' kept bein' steers at th' top o' steers, summat like thoose steps i' th' New Bailey, ut folk con walk up three months an' ne'er get to th' top. When aw're just at th' point o' givin' up, an' wishin' misel' at th' bottom again, aw coom to a dur-hole, wheere a chap stood ut favvort he'd bin buried once, an' takken up again, for he looked sunken an' worm-etten, an' when he spoke his voice seaunded as if it wur comin' fro' under a flag. Aw beaunced as if someb'dy had pricked me wi' a pin when he drawled eaut—

" Take—off—your—hat ! "

Aw did as he towd me, an' then popt through th' dur hole, an' fund aw'd getten amung thoose little folk inside

summat ut looked like a great beehive, ut they'd coed
th' "Whisperin' Gallery." Aw whispered to misel'—
" Bless eaur Sal!" an' aw could yer it as plain as owt!
so aw kept blessin' thee, an' it wur so nice when aw could
yer it amung a lot o' folk ut aw thowt didno' talk gradely
English. Then aw blessed eaur Ab, an' Joe, an' Dick,
an' t'other childer, till aw'd blest yo o reaund, an' felt
drops o' summat weet upo' mi cheeks !

Th' place wur shelved reaund wi' flags rail't off i'th'
front, so as folk ut had notions .o' flyin' would ha' no
chance o'th' concait bein' takken eaut on em'. Aw thowt
it ud mak' a good cooarse for a hauve mile race, so aw
tried a sprint reaund, but aw hadno' getten mony yards
fro' th' start afore aw thowt everybody wur runnin' eaut,
fear't o'th' place tumblin'! Aw stopt, an' looked reaund,
but nob'dy had stirred. It wur th' echo o' mi clogs agen!
Then that voice coom fro' under th' flag agen—

" Take—off—your—hat!"

Aw'd never put mi hat on, so what could he be tellin'
me a second time for ? Then someb'dy said—

" Dost like me as weel as theau says?"

But as ther' nob'dy within abeaut fifty yard on me,
nobbut a yung mon an' a yung woman, country-lookin',
aw begun a wonderin' if theau'd dee'd brokken-hearted
through me leavin' thee, an' ut thi ghost had followed me
fort' rebuke me, as th' owd book says. Well, while aw're
ponderin' abeaut this, an' feelin' a bit unyessy i' mi crop,
aw yerd another voice say—

" Yon's an Owdhamer i' clogs!"

Aw thowt this caps o! Ther' must be sperrits abeaut,
aw're sure; an' when that voice coom fro' under th'
flag again, an' said—" Take—off—your—hat!" aw felt

bothered eaut o' mi wits, an' stood starin' reaund till a gentleman aw'd seen below coom up to me. Aw said to him—

" Yon mon keeps tellin' me to poo off mi hat, an' aw've never had it on!"

" Oh no," he said, " he's only telling people as they enter, and the sound comes round to you. That's why they call this the 'Whispering Gallery.'"

Aw felt so mad ut aw'd shown misel' sich a leather-yead, ut aw darted reet eaut, an' went up a lung ginnel a-lookin' at th' clock.

It wur like gooin' into an organ loft, an' th' clock itsel' wur like a little factory on short time, for th' wheels, ut wur as big as barrow trindles, wur creepin' as slow as if they wanted oilin', an th' necker nobbut neckt once for eaur owd 'larum twice; an' heaw it could keep time wi' that bothered me above a bit. Just as an owd mon wur tellin' me ut th' minute finger wur as lung as eaur Joe an' me put together, like a fishin' rod, th' clock begun a-strikin' eleven, an' it raised sich a clatter i' that hole, ut aw fund misel' at t'other end o' th' ginnel afore it had strucken three, feelin' as if aw'd getten a lot o' wasps inside mi yead! When aw'd getten reaund a bit, aw made for th' end o' mi journey, feelin' determin't to meaunt to Jericho if onybody else did.

Well, aw begun a-clomberin' up steers through a lot o' owd lumber reawms ut wur as dark as th' fur end of a breek-oon (brick oven), an' when aw raiched th' last on 'em mi shirt wur as weet as if aw'd bin i' th' middle o' Owd Thuston' pit.

" Leave yer hat," a mon said ut stood ut a dur "an' tie a handkycher round yer head, or you'll have yer hair blown off!"

As aw didno' like thowts o' losin' mi toppin', aw did as he towd me, an' a nice pictur' aw da'say aw looked wi' mi yead lapt up like a wesherwoman wi' th' toothwartch! Aw begun a-climbin' ladders ut wur as straight up as a wo' an' when aw'd squeezed misel' through a hole abeaut th' width of a hoss-collar, aw fund dayleet starin' at me as if we'rn strangers, an' a wynt strung enoogh to play a trumpet blowin' at me. An' here wur Lunnon reet under me, lookin' as if it had bin cut eawt o' corkwood, an' creawds o' dolls i' little narrow streets, tumblin' o'er one another like maggots i' cheese, an' hunderts o' penny dobby hosses drawin' little tin coaches, an' tiny boats on a river, skimmin' abeaut like fithers on a duck-hole! An' little wooden churches; an' trees ut looked like bunches o' parsley, an' fields far away, ut looked as if they'rn stitched to th' sky!

"An' this is Lunnon," aw thowt, "ut o th' wo'ld beside is lookin' to'ard; wheere if folk had a mind they could stop every wheel an' spindle i' every country, an' bring sich a crash i' th' wo'ld as no earthquake ever did. Wheere ther's moore sin gooin' on, an' wheere moore kind hearts byetten, by a theausant times nur what'll ever be known to onybody but ONE!"

An' fro' here aw date mi letter, becose, aw think nob'dy ever did beside me; an' wheere, if aw con get safely deawn this time, aw shall never be catcht again as long as aw'm

Thine in his senses,

AB.

AB-O'TH'-YATE IN LONDON.

THIRD LETTER.

AT THE CRYSTAL PALACE.

Sentry Box, Hoss Guards,
Lunnon Fowt, June ——, 1868.

M Y Blessed Lass,—Dunno' thee think aw'm listed
becose aw'm writin' fro' a sodierin' shop. They
wouldno' ha' me if even aw'd a notion o' bein' made into
a thing to shoot at. They sayn mi legs are too bandy for
stoppin' cannon bo's, an' ut aw've walked abeaut so mich
wi' mi honds in mi pockets ut mi shoothers are getten
thrutched eaut o' ther' places, an' mi neck made too short
for owt obbut hangin' by; so ut aw shouldno' do for a
sodier. Thank 'em, aw dunno' want owt o'th' sort, but
as aw thowt a sentry box 'ud be a nicer sleepin' shop nur
a pumpstone, aw'd shift mi quarters, so here aw am.

Aw're saunterin' deawn what they coen Fleet-street
t'other day, an' as aw're ceawntin' mi copper up, an'
calkilatin' heaw far it ud goo i' cheese an' bread an'
soakin' stuff, aw felt a hont coom rayther heavy upo' one
shoother. Aw whizzed misel' reaund wi' th' intention o'
knockin' someb'dy a week nar Kesmus, when whoa should
aw see grinnin' at me but Sam Smithies, own Johnny's
lad i' Irkdale!

"Ab," he said, "what art theau doin' here?" an' he geet howd o' mi fist, an' gan it sich a wring ut welly made me squeeal.

Aw towd him aw'd seen it i'th' newspapper ut they wur just one mon short i' Lunnon, an' ut aw'd coom a fillin' th' place up!

"An heaw lung hasto bin?" he said.

Aw towd him aw'd seen so mich o' what they coed "life," an' bin dragged abeaut so mich amung great folk, ut they'd knocked o reckonin' eaut on me, an' aw couldno' say to a day or two.

"Wheere art stoppin' at? Wheere could aw find thee?" he said.

Aw towd him ut as Lunnon wur situated through me comin' up, it wur unsartin wheere aw could be fund. Ther' so mony big folk to'ard th' West End ut wanted me to stop wi' 'em, ut aw thowt if aw stopt wi' one aw should vex o t'other, so aw're sarvin' 'em o alike. Aw'd bin farmin' Aldgate Pump; but, at present, aw're garrisonin' Whitehall, wheere aw thowt aw should stop till aw're ready to goo whoam!

"Oh, come an' stop wi' me," he said, "ther's plenty o' reaum for thee. Never mind other folk. Beside, they conno' object, bein' as we're owd companions."

That argiment had weight wi' me, an' aw consented at once, upo' condition ut if ther ony bother i' th' newspapper abeaut it he'd back me eaut as weel as he could!

"Well, come on to my hotel," he said, "an' we'n liquor."

So we went an' liquort. It wur a grand place ut he're stoppin' at, an' aw da'say it 'ud cost him a pratty penny. It looked like a church eautside, an' we had to pass through iron gates same as gooin' i' th' New Bailey, nobbut th' smell wur so different, it fairly made me t' yammer. Aw took mi hat off at th' dur, but Sam walked in wi' his on, an' actily whistled as if he're gooin' in his own heause! He took me into a reawm as wide as Owd Thuston's barn, an' boxed off like a church—a table i'th' middle o' every box, an' everyone covered wi' white napkins ut wur sprad o'er wi' knives an' forks an' spoons like rushcart sheets. Aw felt as if aw're walkin' in a hay meadow, for th' carpets wur so thick nob'dy could tell ut aw'd abeaut two peaund o' timber hung at oather foout, so aw crept in beaut bein' mich noticed. Sam motioned for me to sit mi deawn. So aw did. An' when aw looked up aw could see aw're sit under a big thing ut wur hung reaund wi' a lot o' icicles, ut aw thowt made th' reawm feel nice an' cool! Aw could hardly believe it wur ice at fust, but when aw seed two men puttin' lumps i' ther' drinks, aw thowt Lunnon must be a queer place when they could ha' Summer an' Winter booath at once!

"What art' gooin' to have?" Sam said.

Aw towd him mi stomach wurno' a preaud un, if it had had so mony temptations, an' ut a gill o' fourpenny 'ud be as welcome as owt!

He laafed at me.

"Theau'rt noane i' Hazel'o'th neaw," he said, "theau'll ha' to goo to a bigger figure nur fours, or sixes oather!"

"Well," aw said, "aw'll ha' th' same as thee." Aw thowt ut if aw et an' drunk same as other folk, aw should be doin' reet; but that isno' aulus th' best guide, as theau'll see in a while.

"Two glasses o' bitter!" Sam said to a little chap ut favvort a doctor; an' aw con assure thee aw did some stare when aw fund it eaut ut he're nobbut a waiter-on.

Well, th' "bitter" coom in, an' what dost think it wur ?
Nowt nobbut ale wi' th' ribs takken eaut ! Aw said to
Sam —

"Heaw mich dun they charge for this thin stuff?"

"Thrippence a glass," he said.

"Thrippence !" aw said. "Wheay, aw could get a
glass at th' 'Owd Bell' as thick as slutch for a penny!"

Sam laafed at me as if he couldno' believe me ; but aw
towd him he no 'casion, for aw'd towd truth ; an' then
he laafed harder an' harder at me, an' set others agate o'
laafin' too.

"We'n just ha' a meauthful o' lunch," he said, "an'
then, if theau's a mind, we'n goo as far as th' Crystal
Palace, an' dine when we come back. Folk i' Lunnon
dunno' get the'r dinners till neet."

Aw towd him aw didno' mich matter Lunnon ways, as
far as aw'd seen on 'em ; aw'd rayther do as they did i'
England ; but he met pleeas' hissel'.

"Oh, theau'll not ha' mich reaum to grumble," he said,
"beaut theau hasno' tasted for a day or two." So he
ordert lunch, as he coed it, but which aw took to be a sort
o' a bitin' on.

It wur a bitin' on, an' no mistake ! We'd a lump o' beef
fort' cut at ut wur as mich as th' little doctor could carry ;
an' it wur cut an' come agen as oft as we'd a mind. Aw
know theau thinks aw lessoned it, an' theau thinks reet ; aw
did ! When th' little doctor fotch'd what wur left away,
he'd liked to ha tumbled backort, it felt so leet. If that
wur nobbut lunch, aw wonder't what a dinner 'ud be.
When aw'd done, aw fund aw'd wedged misel' between
th' table an' th' form till aw could hardly stir ! Aw said

to Sam—

"Aw'm ready for oather Crystal Palace or owt, neaw!"

"Come on then!" he said, "they winno' want thee to tarry here lung."

So we geet up fro' th' table an' went eaut. As we passed deawn th' lobby aw turned misel' reaund for t' look what time it wur by a clock, an' aw could see ther' six o thoose little doctors grinnin' at me through a window! Aw thowt they'rn brazent folk i' Lunnon !

We marched deawn th' street till we coom i'th' seet o' a railway station ; but fust Sam bargaint wi' me to walk a twothre yard beheend him, for fear we should meet someb'dy ut knew him, an' met think he'd getten into queer company if they seed me clomperin' bi his side. It bothered me sometimes to keep i'th' seet on him, speshly when we had to cross a street. If th' "veeper" had bin reaund, it took me o mi time to keep o' mi feet, it wur so slutchy an' slippy, an' when aw had to fence agen hoss yeads an' coach wheels, theau may be sure aw're full o' wark, an' had some to let eaut. Sam's cooat lap saved me once. Aw made a grab at it when aw fund misel' flyin' backort! If aw'd missed it th' blinds would ha bin deawn i' Walmsley Fowt, for aw should ha' bin squozzen as flat as if aw'd bin put through owd Jinny's mangle, buttons an' o! At last we coom to th' station, an' aw axt Sam if it wur th' Crystal Palace. It wur some fun to him, that wur, an' when he towd me ut th' Palace wur abeaut ten times as big, an' ut it wur mony a mile off, an' we had to goo on th' railroad to it, aw felt as if Lunnon wur grooin' bigger an' bigger, an' lookin' at it fro' th' top o' Sent Paul's wur as decaitful as lookin' through th' wrung end of a telescope.

Well, we geet into a train ut wur just stoppin', an'
theau'll be surprised when aw tell thee ut aw didno' mak'
a single blunder o'er it. Ther' wur some lots o' folk
gooin' besides us, an' so mony on 'em had music books wi'
'em, ut aw wondered if they'rn gooin' to sing on th' road.
Sam towd me it wur th' fust day o' Handel's Festival, an'
these folk wur gooin' a singin' at it.

"Handel!" aw said, "has Handel o' Jone's getten to
that height wi' his tootlin', ut he con get up a grand
consarn like that?"

He said it wurno' Handel o' Jone's, but th' great
Handel of o, ut made that tune abeaut th' "Harmonious
Blacksmith," ut owd Jammie Ogden used to play on th'
"owd oon-dur."

"Oh!" aw said; an' then aw fund we'rn getten eaut o'
Lunnon, an' ut train wur wabblin' away like a lung rattle-
snake, through green fields, wheere t' smell wur like gooin'
through a hay meadow, an' aw felt ut we couldno' be far
off Walmsley Fowt. At last we shot into summat like a
tunnel, an' th' train poo'd up, an' Sam towd me we wur
at th' furr end.

"Here!" he said, as we geet eaut, "put this card i' thi
pocket. We may lose one another. If we done, tak' a
cab when theau gets eaut o'th' train gooin' back; show
th' driver th' card, an' he'll drive thee straight to my
hotel. If aw'm noane theere, theau con order dinner for
thisel', show 'em th' card an' it'll be o reet." Then he
wrote on th' back o'th' card—"Let the bearer have any-
thing he requires, and charge Samuel Smithies." Aw
felt as safe then as if aw'd bin locked up in a bank cellar,
full o' good atin' an' drinkin'.

It wur like a cellar we wur in, an' we'd a good ramble

afore we geet to th' fur end on't. At last we coom to some steers an' after climbin' thoose, th' seet ut aw see'd fairly took mi wynt. Heawever, afore aw'd time to wonder mich, aw fund misel' at a turnsteel, like that gooin' into owd Thuston's "hauve acre," an' we had to go through it. What Sam paid for gooin' in aw dunno know, but it looked a good deeal o' brass.

Aw've yerd folk say ut thoose ut lived i' glass heauses shouldno' throw stones, an' aw thowt at th' time it wur a very silly sayin', as aw'd never seen a glass heause, an' didno' believe ther' wur sich things; but neaw aw're stondin' i' one—starin' wi' o th' ee'n i' mi yead, an' wonderin' heaw onyb'dy could deawt ther' bein' sich a country as Fairylond after a seet o' this sort! Aw could believe i' Tom Thumb, or Jack the Giant Killer, or Dr. Cummins neaw; an' even go to th' length o' hearkenin' a tale abeaut sperrit-rappin' beaut breakin' mi jaws wi, laafin'! Theau may tell owd Thuston ut, if he'd sich a place as this for grooin' keawcumbers in, he met swagger, for whether aw'm stondin' i' th' middle or not aw dunno' know, as aw conno' see noather end nor side. It met be a fielt wi' a glass roof, an' filled so full o' grand things an' grand folk, ut aw believe if aw didno' shut mi ee'n neaw an' agen, an' think abeaut whoam, aw should goo as cleean eaut o' concait wi' thee an' Walmsley Fowt as if aw'd never known noather.

Dunno' stond starin' abeaut thee, as if theau're a turnin' yead in a barber's shop window!" Sam said, gettin' howd o' mi arm, "but come on! an' let's get as good a stondin' shop as we con; sittin's eaut o' th' question, aw see. We'n look at these things when th' festival's o'er."

It wur like wayvin' broad-wark—pick after pick—puttin'

that great creawd together ut stood afore us—a grand
carpet wi' fleawers woven in it, noddin' the'r yeads as
natural as in a garden when a May wynt's blowin' on 'em.
An' thoose fleawers wur women, ut if Peggy Thuston
had seen 'em when hoo're in her curl papper an' gauze
tippet days, we should ha' fund her some mornin' th' clogs
upport i' th' well! for hoo're used to say ut if hoo thowt
ther onyb'dy i' th' wo'ld as pratty as hersel', hoo wouldno'
live no lunger nur hoo could find a sope o' wayther to
dreawn in! (Aw da'say ho's autered her tune by this.)
An' ther' bits o' posies o' these fleawers put together i'
boxes ut looked like big canary cages, an' one grand posy
of o, ut Sam said had two theausant fleawers in, an' as
mony weeds, wur flutterin' its bits o' petals reet i' th'
front on us. Ther' two big summats i' th' middle, th'
shape o' tulips, an' aw axt Sam what they wur. He
said :

" When good King Arthur wur livin' he had 'em for
punch bowls, for th' Knights o'th' Reaund Table to drink
eaut on. After he dee'd they wur made into drums!" He
calkilated ut they'd howd as mich punch as would fuddle
o th' lot. ; so ther' must ha' bin some heavy drinkin'
gooin' on i' thoose days.

Well, while we'rn talkin' an' getten eaursels packed i'
th' creawd, a trumpet seaunded, an' ther' sich a flutter i'
that big posy as theau never seed, while th' fleawer carpet
below, ut we'd getten woven in eaursels, wur same as if
a brisk wynt had swept o'er it, an' browt colours eaut ut
changed an' changed till mi een wur so dazzled aw could
hardly see. Then ther' another flutter i'th' big posy, an'
just after that ther' a sound broke eaut ut fairly lifted me
eaut o' mi clogs, an' aw dunno believe aw touched th'

floor as lung as it lasted! If it had kept on mich lunger nur it did, aw should ha' gone up like a balloon, an' laft mi timber to ha' bin put amung th' curiosities o'th' palace!

Aw never thowt aw'd ony gradely music in me afore then; but aw'd no sooner getten above th' cleauds, as aw imagined, nur aw fund misel' crooning away, like "Crape Billy," when he're used to sing th' "Hailstone Chorus" i' owd Thuston's Barn. Sam nudged me a time or two, an' towd me to keep mi music to misel', an' hearken other folk; but aw towd him if onybody could keep ther' organ quiet amung sich seaunds as thoose, they wur thinkin' abeaut robbin' someb'dy. Sam looked potthert at that, but when th' music swelled up agen, his face breetent, an' aw could yer him ogate o' helpin' t'others, as if he thowt they'rn a singer short.

Theau knows what owd Jammie Ogden used to say abeaut hearkenin' Peggy Thuston sing! He said it wur like suppin' ale through ther ears, an' getten drunken wi' seaund. It wur th' same wi' me! Aw went as wambly as a lad after smookin' his fust pipe, an' someheaw aw fun' misel' gooin' off into a sort o' wakken sleep. That big posy i'th' front o' me changed into a flock o' butterflees, an' then grew into a cleaud o' angels, ther petals takkin' shap' o' wings, upo' which they'rn getten ready for meauntin'! Aw axt Sam heaw soon he thowt they'd fly! He shaked his yed at me, an' said he thowt aw'd bin havin' summat t'sup unknown to him, for aw talked as if aw're drunken!

Well, th' music stopt, an' th' angels sit em deawn, an' shut the'r wings up like a hontful o' cards, an' aw fun' misel' comin deawn to'ard th' floor agen. Then a black hummabee, wi' a white senglet on, coom forrad; an if he

didno' mak' that place ring same as if it had bin hung
reaund wi' a milliont little silver bells, aw'm dreamin'.
Heaw one meauth could mak' o that noise, an' be no
bigger nur other folks, caps me, that it does! Aw think
he must ha' summat in his throat, same as owd Tunni-
cliffe used to lap reaund th' end of his oboy, an' ut he
coed a ' reed;" becose they coed this singer " Sim o'
Reed's." He pleeast me so weel ut if ever he comes to
Walmsley Fowt, he shall have a pint wi' me at th' "Owd
Bell!"

When he sit deawn ther' a noise went through th'
place like th' clatter of a theausant rick-racks, an' Sam
knockt his honds t'gether as busily as ony. Ther' a bit of
a lull after this, an aw felt as if aw're sleepin' on a bed o'
fleawers, till aw're wakken'd up bi summat settin' mi ears
a-tinglin' as if someb'dy had bin battin' at 'em wi' a bunch
o' nettles. Aw soon fund th' cause eaut. It wur a yung
whelp wi' a short stick in his hont, an' a napkin reaund
his neck abeaut thickness of a shoe ribbon, yelpin' eaut—
" Not for Joseph!"

" Aw'll gie thee ' Not for Joseph '," aw said, " ift' doesno'
drop it!" an' whether aw intended it or not aw dunno'
know, but aw fund his yead agen my fist in a crack, an' it
went o' one side, as if th' two didno' agree t'gether so
weel!

" Theigher!" aw said, " goo an' tak' 'Joseph' amung
th' West End nobs, an' couple him to 'Champagne
Charlie,' an' let 'em yelp for th' glory an' th 'edification o'
th' British aristocracy! but if ever aw catch 'em amung
dacent folk, aw'll twitchel 'em, if ther's a pair o' owd cans
or tin kettles to be fund i' Lunnon; so wind thi lip up,
an' ift' mentions 'Joseph' agen aw'll stop th' noise wi' a

piece o' timber!''

He put one hauve of a pair o' spectekels to his e'e, an' looked at mi fist ; an' when he'd measur't it, an' calkilated th' weight, he took his glass deawn, said summat abeaut th' "Nawth," an' "caintry," an' "bawbarism," an' sit hissel' deawn. Aw towd him ut if we wur barbarous, we knew when we yerd good music, an' we wouldno' have it spoilt wi' owt ut folk ut wur o'er civilised could do. Ther' a bit of a clap for me amung thoose ut sit reaund, an' Sam whispered to me ut if aw'd goo wi' him to'ard Piccydilly some neet he'd find mi full wark for booath honds, an' a bit o' o'ertime beside.

Silence ! Ther's another flutter o' wings amung th' angels. They're flyin' this time, an' no mistake! Up they go'n! But stop! they'n nobbut risen to their feet. Next time, aw think, they'n cut th' ropes, an' let 'em off, aw feel as if aw could like to goo wi' 'em. If folk nobbut knew th' peawer o' beauty an' music, what a good wo'ld we should live in! Hush!

"For unto us"—rowls up to th' sky like thunner, an' aw'm off wi' it! Peeal after peeal it kept rowlin' up, an' aw wondered heaw it wur ther' no leetenin'! Drummers wur gooin' at it like a hailstorm, an' fiddlers' elbows wur bobbin' up an' deawn like whul rows o' thoose pegs i' owd Thuston's spinnet when th' lid's up! Aw clenched mi honds so tight ut aw're feeart aw'd drawn blood wi' mi nails ; an' held mi wynt till aw're welly brastin' ; an' if aw didno' stretch mi ears till they'rn as lung as jackass ears, it wur becose they'rn made o' bad stuff an' wouldno' ratch. When th' last peeal had gone up, an' th' storm wur quietnin' deawn to a rumble, as it does when th' sun's gooin' to come eaut, aw took mi wynt, an' unbraced

F

mi fingers, an' felt if mi ears wur th' reet shape. Aw
trembled as if aw'd bin dooin' summat wrung an' wur
fund eaut; an' it wurno' till one o' th' angels coom forrad
an' begun o' warblin' like a lark, strong i' th' throat, ut aw
felt misel' gettin' reaund ! After this, an' a fent of a
storm, ther' another lull, an' Sam axt me if aw could "do
a bitter."   Th' idea o' drinkin' thin ale after bein' i'
Paradise !

   Heawever, aw went quite dry o of a sudden, an' as folk
had begun o' shiftin,' aw thowt aw met as weel shift too,
an'coom deawn to earthly things once moore ; so aw did.

   Well, we went an' bittert, but it wur like feightin' for
it to get howd of a sope ; an' th' wark ut mi clogs made
amung ladies' dresses i' th' scramble, aw never hope to
know, but aw fund three or four soarts reaund mi ankles
when aw geet eaut ! Sam said aw're like a walkin' petch-
work shop newly started i' business. When aw'd doffed
mi wellers, we'd a strowl abeaut lookin' at stone fellys ut
lived i' times afore sewin' machines wur made, an' when
Shudehill cord wur sca'ce. We went through a church
wheere ther' a lot o' kings an' queens an' feightin' chaps
buried, an' into a temple ut Sam said wur within a month
or two o' bein' fifty-theausant yer owd. Heaw they could
calkilate it up so nicely, aw dunno' know, but aw'm gan
o'er wonderin' at owt neaw.   When we coom eaut
o' th' temple we went into a stone heause ut Sam
towd me a Roman family lived in eight theausant
yer sin'.   They fund it i' King George's time, buried
in a fielt, an' when they'd cleared a road to th' dur,
they fund a bobbin wheel an' a three-legged stoo' under
th' window, an' a hazel stick i' one corner, supposed
to be for threshin' th' winder with ; so ut ther' must

ha' bin wayvin' i' thoose days! Fro' here we went
to t'other end o'th' palace, an' a good walk it wur, too.
We geet into a country o' savages, ut wur so nee like
monkeys ut aw thowt it wur hardly worth while makkin'
a difference! Some wur camped reaund, as if they'd bin
havin' a pint or two, an' a sung; others wur preparin'
for feightin', an' one or two looked too idle for owt, obbut
lyin' amung sawdust, parin' the'r finger nails with the'r
teeth. It wur an ugly seet, an' as we could see ugly seets
enoogh beaut comin theere, aw didno mind seein' mich
moore on 'em. So we went amung th' animals, an' seed
a hippo-poti-tummas—a thing wi' a meauth ut ud howd
a wheelbarrow, trindle an' o! A sae-lion we seed an' a
lond-lion feightin' a tiger; an' of o th' savage wark they
favvort makkin' wi' the'r teeth an' the'r nails, that wur th'
flogger. Aw went quite sick, an' when we yerd th' music
strikin' up "Lift up your heads! O ye gates!" an' Sam
said we must yer that, aw felt some relief, so we went
for t' join th' fleaw'r carpet again.

Heawever it wur manag'd aw dunno' know, but some-
heaw i'th' scramble for places, aw lost seet o' Sam, an
chus heaw aw looked for him it wur no use. Aw met as
weel ha' looked for charity in a loan society as for ony-
body i' partikilar amung o thoose folk! Aw seeched for
him till th' singing wur o'er, an' aw fund aw met as weel
give it up; so aw gan it up, an' made mi way eaut o'th'
palace. But th' gooin' eaut wurno' like th' gooin' in.
Aw'd bowted at th' wrung dur, and getten amung th'
carriages; an' if ever a poor dog, wi' a can teed to its
tail, geet so mauled amung a creaud o' lads, as aw did
amung thoose carriages, aw feel sorry for it. But at last
aw fowt misel to th' station, geet i'th' fust train, an'

londed at Ludgate-hill safe an' seaund, save a bit of a rip or two i' mi clooas. Aw beaunced into a cab, like a tip-top nob— showed th' driver mi card—yerd him say " All right," an' in a minute or two aw fund misel at Sam's hotel, orderin' dinner like a prince. What happent after aw'll tell thee i'th' next letter, an' theau'll say when theau reads it, ut aw'm th' biggest yorney i' Lunnon!—

Thine, as aw're eddicated,

AB.

AB-O'TH'-YATE IN LONDON.

Fourth Letter.

EATING A BOOTJACK.

Lion's Den, Trafalgar Square,
Lunnon Fowt, June —, 1868.

MY Best Hearthston' Pictur',—Aw begin to think aw'st never see Walmsley Fowt no moore, for if aw dunno' get lost, or kilt, or takken up for dooin' summat aw never intended dooin', aw shall be i' lumber o' some soart! Aw gan thee a hint i' my last letter ut aw'd bin makkin' a foo' o' misel'; but aw didno' like tellin' thee o at once, as aw knew theau'd carry on so; an' tho' aw'm so far eaut o'th' raich o' thi tongue, aw tremble to think heaw theau'd ha' poo'd th' childer's ears for havin' no better a feyther, just as if they could ha' help't it.

Well, theau may rest satisfied o' one thing,—aw've done nowt ut th' law con touch me for neaw, if ther's th' same soart o' law here as ther is i' England. An' theau may be comforted in another way, too ; aw've done nowt but what mony a one beside me would ha' done if they'd bin put i'th' same fix ; but theau'll see e'enneaw what it is to act "the gentleman" when they're short o' tools, an' ha' no' bin browt up to th' trade ; an' this owt to be a lesson an' a warnin' to mony a one aw know, ut, if they

could just get a lift on th' back of a hoss, they'd ride to
some place wheere they'n no return tickets, and wheere it
doesno' freeze above twelve months i'th' year.

When aw geet back fro' th' Crystal Palace, an' had
getten my knees comfortably kennelled under one o'
thoose little tables at Sam's hotel, wi' a sniff ticklin' my
nose ut aw never smelt nobbut at a club dinner, aw thowt
aw'd do summat grand i'th' atin' way, an' have an extra
blow-eaut if it cost me fifteen-pence; an' if aw paid for
my own atin' an' drinkin, no thanks to nob'dy. Aw'd be a
gentleman for once, an' stroke my waistcoat deawn as
comfortably as an owd farmer at a pig-show dinner, after
aw'd stuffed it in a genteel fashin'. So aw put my finger
up, an' a waiter-on, as fine as if he'd bin cut eaut o' black
and white papper, same as thoose picturs "owd Setturday
Ailse" used to come abeaut wi' an' sell for rags,—coome
waddlin' to me, an' stood afore me same as if he're gooin
to bat his wings an' crow. Aw towd him aw wanted a good
dinner, but aw hardly knew what to start with. If he could
tell me aw'd be mich obleeged to him. He pointed to a
thin book ut lee on th' table, an' said—

"Bill of fare, sir."

"Ay, well," aw said, "that's reet enoof, but let me ha'
summat th' fust! If aw conno' pay for it mysel' Sam
Smithies will," an' aw showed him th' card ut Sam 'ad
gan me.

"All right!" he said, "what do you please to order?"

"Well, han yo' ony pottato pie?" aw said.

"Don't keep it, sir! Never called for."

"Ony frog-i'th'-holes?"

"'Fraid not, sir! What may them be?"

"Beef dumplins, what else?" aw said; an' aw could see

"BRING ME TH' SAME!"

he're a bit put eaut o'th' road becose we'd things i'
England ut they knew nowt abeawt i' Lunnon! So he
said, aw reckon for a bit o' peevishness :

" Hadn't you better look at the bill of fare ? "

Aw towd him again, aw'd had nowt, so heaw could there
be ony bill for me ? Beside, aw're prepared for payin' for
owt they could find me, so ut they'd no 'casion to be
feart on me runnin' away. He mutter't summat like
grumblin' at this, then shot eaut his knees an' jerked
hissel' deawn to t'other end o'th' reawm, leeavin' me
like a dog ut sees a booan an' conno' get at it!

Well, aw thowt aw'd wait till someb'dy else coom in, ut aw
could see what they had, an' aw'd ha' th' same, for aw're so
hungry aw could ha' etten owt, fro a pair o' owd shoon to
a stuffed monkey. Aw hadno waited lung afore two gentle-
men coom in ut favvort they'd bin browt up o' pigeon
milk an' gingerbread, an' they plankt thersels deawn ut
th' next table to me.

" Waiter ! " one on 'em sheauted, as savage as if he'd
bin co'in for a rasp for t' file his teeth wi'.

Th' waiter coom trottin' to 'em, an' him ut had spokken
said :

" How is salmon to-day ? "

" Beautiful, sir !—finest Ribble, sir !—only just come in,
sir ! "

" Well, salmon, peas, and sparrow grass."

Aw thowt that seaunded nice, so aw'd have some too,
an' aw sheauted to th' waiter :

" Bring me th' same!"

Th' waiter seemed as if he hardly knew whether to
bring mine or not, but at last he made up his mind an'
shot eaut o' seet. Thoose two gentlemen looked at

me as if they'rn feart aw're gooin' to ate theers an' o, an'
one on 'em geet howd of a knife an' flourished it, as good
as to say, " Keep to thi own table, my lad, as hungry as
theau looks!" They little thowt at th' same time aw're
wonderin' what aw're gooin' t' ate.

Well, th' plates wur browt in, but aw fund they'rn not as
big as aw expected. To my thinkin' at th' time, aw could
ha' etten five or six on 'em beaut a button givin' warnin'.
Heawever, it ud do for fillin' one's teeth wi' again
gradely atin' coom on. Th' salmon looked like a lump
o' rowly-powly dumplin' wi' a hole through it as should
ha' bin filled wi' currans ; but it smelt so like fresh
herrin', an' had a skin so like it, ut aw reckon it must ha'
bin wick sometime. Aw didno' mich matter th' " sparrow
grass." It wur like chewin' boilt cheear bottoms, but
th' paes wur so nice aw didno' bother wi' a knife, but
scoped 'em up wi' a spoon, an' geet through th' mess
afore t'other chaps had gradely begun. They star't
to some tune when aw rattled my tools on th' plate! But
they star't wur by th' hawve when aw axt 'em t' hond a
bottle o'er to me, ut they'rn drinkin' summat like red
rubbin' stuff eaut on! Heawever, they honded me th'
bottle o'er, an' aw took a good swig on't, an' fund it wurno'
bad takkin'. It wur so nice aw'd try another glass, an'
then one o'th' chaps sheauted eaut—

" That's rather cool, old fellow!"

" An' as nice as it's cool!" aw said ;—"just suits this
weather!"

" Well, would you be so kind as to return the bottle ? "
t'other said, " we're obliged to you for your opinion "

" Oh, aw'm not one as wants above his share," aw said ;
so aw honded 'em th' bottle back, an' they looked fain ut

they'd getten howd on't, an' favvort bein' as greedy o'er it as if it had bin the'r own. Th' selfishness o'th' wo'ld again, aw thowt !

" Well, aw'd no sooner emptied my plate nur th' waiter coom an' nipt it off th' table, an' looked at me as if he wanted t' see whether aw'd pocketed some or not!"

"What shall I bring you next ? " he said ; so aw towd him aw'd wait till t'other wur sattl't deawn a bit.

" Oh, ha,—boa constrictor!" he said, as if he're sayin' it to hissel'. Aw wonder why they conno' spake eaut gradely.

" Aw'll consider on't," aw said. " If it's nice aw may have a bit."

" Wine, sir ? "

" Nawe," aw said; " wine's rayther above my fist! Aw'm quite satisfied wi' what they han upo' t'other table. Heaw is it ther's noane on mine ? "

" Didn't order it, sir."

Aw felt just then as if someb'dy wur leetin' a fire under my ears, an' swat swirted eaut o' my face like squeezin' wayther eaut of a sponge! Aw knew aw'd bin puttin' my foout in it.

" What's that they're drinkin' ? " aw said.

" Claret, sir."

" That's wine, is it no ? "

" Yes, sir."

" Ay, well,—bring me a bitter!"

" Waiter ! " one o'th' gentlemen sheauted out.

" Yes, sir."

' Saddle of lamb, please!"

" Yes, sir," an' th' waiter looked at me.

" Bring me th' same ! " aw said, an' off he went.

Aw begun a wonderin' what a " saddle o' lamb " wur.
Aw'd seen hoss saddles, an' jackass saddles, but never
sheep saddles ; an' aw couldno' think ut oather one or
another on 'em wur fit for cookin'! Aw knew 'at " Billy
Wyndy's " donkey saddle wur made eaut of an owd coal-
seck ; an' if they could mak' owt o' that sort fit for teeth
playing with, it ud be wo'th while takkin' a cookin' lesson
as far as Walmsley Fowt. Happen aw should yer summat
abeaut bridle pie e'eneaw, an' stirrup broth. Heawever,
aw could ate owt ut onybody else could, so felt yessy upo'
that score. Just as aw're wonderin' what sheep wanted wi'
saddles, unless i' Lunnon they had 'em for t' draw
childer's carriages, as nanny-goats did at Seauthport,
th' waiter coom in, an' slipt a plate under my nose ut
fairly made me grin. An' what dost think it turned eaut to
be ? A bit of as nice mutton as ever grais't a thwittle!
An' what wur surprisin', it wanted no mint sauce, becose,
thoose gentlemen said when aw named it, ut th' sheep had
been fed on mint an' vinegar a day or two afore it wur
kilt! But they put summat on theers ut wur meeterly
like mint sauce, too ; but aw didno' like axin what it wur.

Well, aw shifted that lot, an' felt as if aw could do wi'
another o'th' same sort, but thowt aw'd see what ther'
wur beside ; so waited while t'other chaps 'ad done.
E'enneaw aw could see they'rn scrapin' up, an' at last th'
waiter wur beckon't on.

" Cherry-pie an' iced cream !" one on 'em said, an' th'
waiter looked at me.

" Bring me th' same !" aw said, an' off he went again.

Aw wurno' put to my wits end abeaut th' cherry-pie.
Eaur childer would ha' known what that wur, an' they'd
ha' made a noise like a skoo till they'd getten 'owd on't.

But th' iced cre-am rayther bother't me till it coom in,
an' then aw're at reets in a snifter. Aw took it like swallowin'
an egg, an' fund it wur grand stuff! If aw get in to be th'
o'erseer next March, theau shall know what iced cre-am is!

Well, we put that mess eaut o' seet, an' as aw didno' feel
quite satisfied, aw star't hard at t'other table, expectin'
another looad o' summat. But t'other chaps stroked
the'r waistcoats, an' threw their legs upo' th' form, as if
they'd done, an' wur gooin' t' have a snooze. In a bit
they whispered to one another, an laafed. Then they
beckon't o'th' waiter' an' whispered to him. Th' waiter
laafed too, an' looked at me as he'd done afore. Aw thowt
aw're no' gooin' to be sowd that road, so afore he could
dart off aw said—

" Bring me th' same!"

" And, waiter!" one o'th' chaps sheauted, " bring the
' Directory ' as well!"

" Bring me th' same!" aw sheauted; an' then they laafed
at me as if they'd never seen no fun i' Lunnon, an' were
determin't aw should be the'r mak-sport ; but aw thowt
they'd find me too sharp for 'em. Aw'd have what they
had if they coed for twenty different sorts.

This time th' waiter browt two tall bottles wi' silver
shirts on, an' hats o'th' same sort o' stuff. An' he'd a
thick book under his arm, ut favvort owd Thuston's
Bible. He divided th' bottles between us, an' th' book
he laft upo' t'other table.

" We've only one Directory," he said to me. " Would
you please to wait till the other gentlemen have done
with it ? "

" Nawe!" aw said, " aw'll goo beaut! If they getten howd
on't they'n ate it o; so draw that cork, an' let's be suppin!"

Aw never seed a cork drawn wi' pincers afore, like drawin'
teeth! Aw know eaur Ned's pop, when they cuttin th' bant,
blows th' cork eaut like a gun ; but this met be of a
quieter sort. Heawever, when th' cork did bowt, th'
neck reeched like " owd Juddie's " chimdy on a bakin,'
day ; an' th' stuff wheezed up like a hondful o' suds !
Mon ! it wur like drinkin' music ! an' when aw'd bottomed
a glass, aw'd a rift ut welly took my yead off, an' made
tears rowl deawn my face as big as an undertakker's when
he's weel paid ! Aw tried another dose, an' this time wynt
whistled eaut o' my ears like railroad whistles, an' aw felt
mysel gooin' in a sort of a balloon way ; but as t'other
chaps wur drinkin' theers as fast as they could teem it
eaut, aw'd do th' same ; so aw did, till aw fund th' bottle
wur empty !

Well, they ordered another, an' as aw wurno for bein'
beheend, aw did th' same ; an' by th' time th' second bottle
wur empty aw fund mysel' ridin' on a whirligig, an' howdin
on by th' table an' form for fear o' bein' shuttered off.
Tables wur ginnin reaund like wooden hosses wi' white
coverin's ; an' whether they'd stop afore they geet to
Walmsley Fowt or not aw couldno' tell, for they'rn gooin'
at a dule of a rate ! At last aw tumbled o'er asleep, an'
dreamt abeaut bein' at th' battle o' Waterloo, firin' pop
bottles, an' settin' whul regiments o' French agate o'
riftin' and sneezin' till they laid the'r guns deawn, an'
gan th'ersels up.

When aw wakkent, aw fund t'other chaps had bin
asleep, too, for they'rn just rubbin' their e'en as aw're givin'
an obstropilous Frenchman a lesson i' clognose music.
One on 'em sheauted eaut—

" Waiter! bring the bootjack!"

" Bring me th' same!" aw said.

" Why, you don't want the bootjack," th' waiter said. " You've got clawgs!"

" Aw dunno care!" aw said, " if thoose chaps con ate a bootjack, aw con! So bring it in!" Aw wurno gooin' to be byetten, theau sees.

Well, theau should ha' yerd th' laaf ut wur set up! But what fun they could see in it aw conno' tell. Lunnon folk mun be yessily pleeast. Whether th' bootjack wur etten, or whether it wur brought in or not, passes my recollec- tion, for aw went o at once as if aw'd bin drinkin', an' wauted o'er. Heaw aw passed th' neet, or whether aw see'd Sam or not, or kept on makkin' fun for folk, is as blank to me as th' day ut aw're born. An' it's happen a good job, for aw con remember quite enoogh to bring swat eaut on me i' sheawers!

When aw wakkened i'th' mornin' aw fund mysel' in a strange bed, an' aw lee a good while wonderin' wheer aw'd getten to. Th' fust thing ut struck me wur ut th' Queen had sent for me to form a Ministry, an' aw'd bin sleepin' i'th' Cabinet, so ut aw should be nee my wark! Aw're like as if aw could recollect puncin' owd Dizzy an' Lord Darby deawn th' steers, an' seein' John Bright i' one corner, tryin' to squeeze hissel into an owd pair o' Billy Pitt's pantaloons! Aw'd a notion, too, ut owd Dizzy had turn't back an' flung a bootjack at my yed, just to lemme know ut he wouldno' gi' up quietly! Then aw begun o rememberin' odd bits o' things abeaut bein' in a glass heause, an' seein' lots o' folk, an' yerrin' sich singin' as'll never be druven eaut o' my ears. Then it coom to mi mind abeaut bein' in a coach, an' gooin' to a hotel, an' havin' a blow eaut o' green paes an' boilt rushes, an'

drinkin' sich pop as aw never tasted afore. Aw must ha'
'ad summat strunger after it, or else aw should ha'
recollected everythin' at once. Then aw begun o' thinkin'
aw musn't ha' gone fro' th' hotel, but stop't theer o neet;
an' when aw geet eaut o' bed, an' felt as if my legs
belunged to someb'dy else, it wur same as dayleet comin'
suddenly in a dark place. Aw fund eaut wheer aw wur.

Well, aw geet up an' donned mysel', an' when aw coom
to look for my clogs, they'rn gone! Someb'dy 'ad takken
'em, an' left a pair o' soft thin shoon i' the'r place! Aw
said summat savage when aw fund that eaut, for aw'd bin
towd ut folk i' Lunnon wur no honester nur they are i'
England, an' this wur a proof. What mun be done? aw
wonder't. Aw couldno' purtend to slip abeaut Lunnon i'
thoose gingybread things. Aw should be gone through th'
bottoms afore neet! But heawever, to mak' th' best on't,
aw'd go deawn th' steers, an' see if ther' ony moore pop
stirrin', as my throat wur gettin' middlin' like a stovepipe.
So aw oppent th' chamber dur, an' what dost think, beside
me bein' a foo? My clogs wur eautside, just close to th'
dur, an' someb'dy had blackballed 'em till they shoin't
like thy face at a women's club neet! Aw know they'd had
a rare job wi' 'em, for aw'd used a whul candle on 'em th'
day afore! Well, aw slipt my timber on, an' fund aw had
to go deawn a lung lobby afore aw geet to th' steers. As
aw're clomperin deawn th' steers aw yerd someb'dy sheaut
eaut—

"Is that thee, Ab?"

"It's my carcase," aw said, "but aw've getten a yead an'
a pair o' legs belungin' to someb'dy else, an' aw want to
swap 'em!"

"Aw dunno' wonder at that," he said, "wi' th' stuff

theau put o one side yesterneet!"

"Aw'd no' mich o' nowt!" aw said.

"O reet, Mesthur 'No-mich-o-nowt!'" Sam said, for it wur Sam Smithies; "but just thee mind what theau'rt dooin' this mornin'! Order th' breakfast, an' aw'll be wi' thee directly; but theau mun ha' nowt t' sup till aw come deawn steers."

"Aw could do wi' another bottle o' pop," aw said, as aw didno' like th' notion o' waitin' lung i'th' state my throat wur in. Besides, aw'd getten so deeply i' love wi' teetotalism, ut aw wanted try it a bit furr.

"Ay, well," he said, "aw'll pop thee wi' my foout when aw get up, mind if aw dunno'!" an' aw thowt he seaunded rayther ill-tempered.

"What's up neaw?" aw wonder't. Had aw bin feightin' th' neet afore? Or had aw etten an' drunken th' hotel up, an' laft nowt for Sam? Heawever, aw made my road deawn th' steers, an' geet someb'dy's legs under a table again, an' order't breakfast. Aw noticed ut th' little waiter-on kept grinnin' at me, an' hutchin' his shoothers up, an' rubbin' his honds, till aw hinted ut a hoss-collar ud just become him. E'nneaw Sam coom in, an' as soon as he seed me he shook his fist in a way they dun at a wakes, just before a battle.

"Here, owd swell!" he said, "aw want to poo thee o'er th' coals."

"What for?" aw said, for aw felt quite innocent o' owt obbut losin' my wits th' neet afore, an' swappin' someb'dy's legs, happen against the'r will.

"What wur theau drinkin' yesterneet?" he said.

"Well, aw said, "aw dunno' know what aw finished up wi', but aw begun wi' pop!"

" Pop be hanged !" he said, " it wur champagne, ten-and-sixpence a bottle ! "

" By goss, theau doesno' say so ! " aw said.

" It wur nowt else," he said, " an' theau drunk two bottles, an' wur gooin' to have a third this mornin' if aw hadno' stopt thee ! "

" Well," aw said, " aw thowt at th' time aw're drinkin' it ut it had a nicer rift wi' it nur th' pop eaur Ned sells. But it's like to be so neaw; there's no fotchin' it back. Aw wish ther wur, for oather my yead or someb'dy's else has bin whizzin abeaut o neet like a whiptop ! "

" But heaw mun it be paid for ? " he said.

" Aw dunno' know," aw said. " It's eaut o' my peawer."

" An' mine too ! " he said.

" Then we're in a fix," aw said, " an' if we conno' plan a road eaut on't, we're like to tarry."

" Ay, an' what's th' wust on't," Sam said, " at big hotels like this they keepen the'r own policeman, an' if they getten t' know 'ut we conno' pay, he'll be on us in a crack."

" Then we'd better have a bit of a walk somewheer," aw said, " an' get lost."

" That met do for thee," he said, " but o my things are here, an' aw should ha' to leeave 'em; beside, aw've had to sleep i' my boots, an' connot get 'em cleeant ! "

" Heaw's that ? " aw said.

" Well," he said, " they had nobbut one bootjack i'th' heause, an' theau eat it to thy supper yesterneet ! So aw'll ha' to wait till they getten a new un ! "

Aw could ackeawnt then for my inside feelin' a bit queer ! an' aw towd Sam 'at aw felt quite sick an' a bit o' fresh air at th' dur ud happen set me to reets. He agreed wi' me;

so aw went to th' dur, an' as soon as aw geet a snift o'th'
street, aw set eaut off runnin' till aw thowt my clogs ud
ha' flown off! Deawn Lung Acre aw took, an' ne'er stopt
till aw fund mysel' under th' shadow o' Lord Nelson,
makkin' a breakfast off a lion's tail, an' wonderin' if it
wur true ut aw'd etten a bootjack. If aw had, aw hope ther
no nails in it. Heaw my digestion goes on aw'll tell thee
when aw come whoam, an' that winno' be lung to.

Thine, in a predickyment,

AB.

P.S.—Aw never knew afore what wur th' meeanin o'
" o'errunnin' th' constable." Aw've done it i' two ways.
But Sam paid—aw know he did.

AB.

AB-O'TH'-YATE IN LONDON.

FIFTH LETTER.

HYDE PARK. IN THE STREETS. LOST.

Bridcage Walk.

Lunnon Fowt, June—, 1868.

OWD Ticket,--Thi letter coom safe, an' it wur—

As welcome as th' fleawers i' May,
Or mouffins on a bakin'-day.

That's po'try for thee! Aw'm fain to yer theau'rt wick, an' ut th' childer are weel an' hearty. It's a comfort to me i'this great wilderness, wheere everybody seems to be oather runnin' after somb'dy, or runnin' eaut o'th' road o' somb'dy, to know ther's one or two i'th' wo'ld ut are livin' gradely, an' for summat better nur hurryin' up an' deawn, an' knowin' no rest nobbut what th' grave brings 'em.

Th' childer, aw hope, are growin' reet ; an' bless 'em !— keep 'em i'th' way they're in,—honorin' the'r feyther an' mother, an' drinkin' nowt stronger nur churn-milk till the'r booans are gradely set, an' the'r flesh as thodden as leather. Theau'rt reet i' sayin' theau'll never let 'em know what a foo' the'r feyther's bin ; but makkin' it t' appear as if aw're as wise as Owd Solomon, is rayther o'erdoin' it, aw think. Stop a bit short o' Solomon. Mak' 'em believe it's a grand thing to work for the'r livin'; an' ut

if a mon strives his best to do reet, an pay his road,
" Him ut pays o eaur debts when He tak's us into His
sarvice," as Owd Tum Hobson says, will stretch off
what ther' is owin' besides givin' him a bit o' beaunty-
brass when he 'lists amung Heaven's so'diers.

Aw'm fain t' yer they'n getten " Owd Silveryead " eaut
o'th' warkheause, and ut th' neighbours are doin' a bit o'
summat to keep him on his feet till he's co'ed up to th'
top shop. It mak's mi heart wartch to think ut a mon
like him, ut never thrutched nob'dy o' one side i' his road
through life, should neaw be sittin' upo' th' last mile-
stone, beggin' for crutches to help him to th' fur end. Well,
thee do a bit to'ard givin' him "a lift on the way," as
Neddy Waugh says i' that grand song o' his ut " Little
Joe " sings, an' cries o'er. Give him mi owd senglet, an'
that hat ut theau says is too big for me ; it'll just fit him ;
an' tell eaur Ab an' Joe an' Dick ut neaw an' then a bite
o' their butter-cakes would no' be miss't, becose they'd
get an owd mon's blessin' for it, an' that's wo'th summat
when it comes fro' th' heart. Tell 'em too ut they munno'
plague him as they'rn used to do, by rappin' at his loom-
heause window, an' then runnin' eaut o'th' seet, but to
honor owd age, ut the'r days may have a lung summer-
time, an' a gowden autumn at th' back on 'em.

Aw didno' think theau could ha' written sich a letter,
becose aw know th' mooast o' thi larnin' wur hommert
into thi yead wi' a thimble, as mine wur wi' a ruler ! But
thi spellin's rayther owd fashint, an' would do wi' a bit
o' fettlin'. *Buss* isno' spelt wi' a z, nor *love* wi' a u, an'
ther's an E short in *heart*. But these fau'ts are nowt to
punce at when ther's so mich good meanin' to cover 'em.
Aw know theau's frabbed mony an heaur when theau

should ha' bin i' bed for t' send me so mich news, an'
summat aw vally a great deeal moore nur news—thy love!
It's cost thee mony a candle, an' aw da'say thi elbows are
as red. as cherries wi' rubbin' 'em upo' th' table. Well,
bless 'em, an' thi whul carcase too! Theau'st have a
new bedgeawn if ever aw get back, which aw think some-
times is rayther deawtful, for aw'm oather i' some soart o'
danger or another every minute aw'm loce. It wur but
t'other day ut aw're lost; aye, cleean lost! but o' some-
heaw aw fund misel' agen wi' a bit o' hard powlerin', an'
a great deeal moore clog-wark nur felt comfortable to mi
shanks. It happened this road :—

Aw thowt aw'd see one or two chep seets, as mi pockets
wur gettin' in a state o' drought, an' could ha' done wi' a
gowden sheawer for t' mak' 'em so as th' pump 'ud draw.
Aw'd yerd a deeal abeaut Hyde Park an' Rotton Row,
wheere lords went a-winkin' at ladies an' ladies winked
at 'em back. A sort of a meetin' shop for yung folk,
same as Owd Juddie's heause-end. Well, aw set eaut,
shankin' it o th' road, an' a weary treaunce aw fund it,
becose aw started upo' th' wrung scent, an' had to goo by
what Little Nopper used to co a " circumbendibus ";
that's same as gooin' reaund by thi ears to get to thi
meauth. Heawever aw fund th' park at last, an' poo'd
mi hat off to " Owd Wellington" peearcht upo' th' back
of a stone tit, summat like a wooden so'dier eaut o' that
sixpenny toy-box ut Peggy Thuston bowt for eaur Ab at
Knott Mill Fair. It wur as bad as bein' abeaut Lunnon
Bridge,—gooin' into th' park,—ther' so mony hosses
caperin' abeaut, an' carriages wheelin' backort an' forrad.
Beside, th' " veeper" had just bin, an' it wur like treadin'
mortar wadin' through th' slutch ut ther' wur at start.

Then didn't aw see a seet!

Ther' two or three hundert gentlemen o' hossback, ridin' abeaut, lookin' at one another, as if they'd nowt else to do, an' wur seechin' a job. Some wore stovepipes (trousers) like my Sunday uns. Others had knee-breeches an' shoon wi' sleeves to 'em; but mooast on 'em wore lung geawns ut welly raiched to th' floor, an' they rode sideways so ut they could see folk better. Ther' a mon stood aside o' me said they'rn women, but aw couldno' believe ut ther' ony women i' Lunnon as feaw as they wur. But he said that wur becose they belunged to th' aristocracy, an' would be different to other women; so o th' chance they had wur i' bein' ugly, an' he thowt they'd managed it middlin' weel.

"An' what does o this meean?" aw said to th' chap, ut looked like a sort o' a hanger-on at a aleheause dur— howdin' hosses' yeads, an' runnin' arrands.

"It means we hev to keep 'em!" he said, an' he clipt his arms up like a Methody praicher when he's getten his congregation ready for th' hat gooin' reaund.

That wur summat aw hadno' thowt at afore, an' very strange things passed through mi noddle. Heaw it wur ut we kept 'em aw couldno' mak' eaut. But one thing wur plain enoough, they didno' keep the'rsel's if they'd nowt no better t' do nur ride abeaut starin' at one another like poor folk at a wakes or a fair. Aw ponder't at this till aw geet to mi wits' end, an' then aw had to give it up.

When aw're just gettin' to th' end o' mi ponderin', a full cropt besom wi' a red yead, an' a very impident stare, coom gallopin' past; her tit throwin' dirt up like a temperer in a brickcroft. Th' mon said that wur Lady ——, a famous hunter, an' th' nicest swearer i' Rotten

Row.   It wur a sign o' good breedin' he said, when they
could swear so ut it didno' seaund like swearin'!   Hoo're a
good fist at card playin' too, an' would sit a whul neet
playin' at whist, an' talkin' abeaut things ut 'ud mak' a poor
woman's ears brun wi' shawm.   Aw could like to ha'
seen her in a bedgeawn an' check appron an' clogs.
Hoo'd ha' looked a bonny trollops.   Nob'dy would ha'
piked her up for nowt nobbut wringin' deeshcleauts
(dishcloths), or gettin' coals in.   An' hoo wouldno' ha'
getten mich wage for that.   Tak' brass away fro' sich like,
an' what helpless things they'd be !—for aw dunno' think
ther's one i' o th' lot could wayve plain sarcenet, or mak'
a shirt beaut sarvin' her time to it.   Aw wonder what
sich folk thinken at when they dee, after livin' a life ut's
bin o' no use to nob'dy, an' had happen better ne'er ha'
bin lived ?   Aw should be fit to get mi neck measur't
for a rope collar if aw're one on 'em !

Tired o' watchin' folk do nowt, an' say nowt, an' look
nowt, as if they'rn so mony straw dummies, bein' dragged
abeaut fort' let others see what clooas makkers could do,
aw took a saunter deawn by th' side o' th' race cooarse,
an' sit misel' deawn for t' think a bit, an' thwittle a hunch
o' bread an' cheese ut aw'd takken wi' me.   Aw thowt it
wur very good o' someb'dy puttin' cheers theere to sit on,
but when a mon coom to me an' axt me for a penny, aw
begun o' havin' some deawts as to whether ther' owt to
be had i' Lunnon for nowt.   Well, aw forked eaut mi
" brown," as th' owd sweeper would ha' co'ed it, an' set
agate o' paddin' mi waistcoat, ut wur hangin' very slack
abeaut mi ribs, for it wur gone gradely dinner time.

Aw looked reaund me.   I'th' front on me, an' o' o'
oather hond as fur as aw could see, wur these gallopin'

dummies. Beheend me wur lung rows o' carriages, ut favvort they'd browt o thoose women fleawers fro' th' Crystal Palace, an' wur gooin' to wayve a carpet wi' 'em here. An' abeaut me wur beds o' these fleawers, noddin' i' th' wynt, an' lookin' as if a weed 'ud come an' twine itsel' reaund 'em, it 'ud be just what they'rn planted theere for. Noane on 'em favvort thinkin' they'rn i' th' reet place, but kept shiftin' abeaut, an' plantin' thersel's i' fresh plecks, an' lookin' at th' weeds agen, an' they wur weeds an' no mistake, for if o o'th' same sort ut are grooin' upo' th' broad yearth could be browt together an' mown, th' wo'ld 'ud never miss 'em.

"An' is this o ther' is to do i' Lunnon?" aw thowt. "Is ther' no gradely wark gooin' on nowheere? If ther' is, does it matter owt? Would this be gooin' on if every loom wur stopt, an' every tool laid by? Ha'n o these grand things bin made eaut o' nowt, an' would they keep comin' an' comin' like th' fleawers i' spring—ut "toil not neither do they spin," as th' owd book says? Nawe! that dress ut's just wiped th' slutch off th' nose o' mi clog has had tears on it! Aw con see th' spots neaw, an' crumbs o' dry bread han fo'en on it o'er th' makkin', an' happen while it wur bein' woven childer wur watchin' for th' cutmark, so as they could ha' summat t' ate when it wur finished, or happen a poor thing wur ill, ut wouldno' ha' bin if it could ha' bin better done to; an' th' mother wur watchin' it dee while th' feyther wur wavvin' wi' th' heart-wartch; for th' loom munno' stop, nor th' needle be laid deawn, ut th' 'daily bread' con be bowt, an' these thowtless huzzies go fleauntin' the'r finery through 'Vanity Fair,' as th' owd Pilgrim co'es it i' th' Progress!"

These thowts made mi bread an' cheese stick i' mi

throat, as if ther' a lump theere ut it couldno' get past, an' aw felt as melancholy as a hen under a raintub on a weet day. Everyb'dy abeaut me looked as if they'rn wearied o' the'r life, an' wanted a change. But ther' no change for 'em nobbut for th' wurr. They'rn at th' tiptop o'th' ladder, an' kept feelin' for a step above, but could find noane, an' o th' life they had to live neaw would be spent i' feelin' for this step, ut could never be fund till th' grave wur crossed an' a better lond coom i'th' seet. Aw could never like to be one o' these. Let me ha' summat to live for — summat to look up to! Let me ha' some good to do, if it's nobbut in a little way, so ut aw con feel th' pleasure o' havin' done it! Above o, keep me fro' th' misery an' sin o' idleness, ut aw may ate an' drink nowt but what's sweeten't wi' thowts ut aw desarve it, an' ut no other meauths are yammerin' for it! Never let me get to' preaud for Walmsley Fowt, but gie me mi mornin's strength an' freshness; mi day's howsome wark; mi humble meals o' thick-porritch, wut-cakes an' sich like; mi wife's smile an' love; mi childer's blessin'; a pint wi' a friend when th' day's wark's done; a sung afore gooin' to bed; a conscience ut'll let mi sleep; an' th' great uns o'th' wo'ld may parcel it eaut amung 'em as they like an' feight o'er th' difference, but aw shall be king o'er 'em o!

Aw believe aw geet to thinkin' these things aleaud; for when aw looked up aw fund ther' a lot o' one e'ed spectekels levelled at me, an' one or two empty faces wur tryin' to put summat i' the'r looks ut didno' belung to 'em. Ther' a little creawd reaund me directly, an' aw yerd a weed whisper to a fleawer—

"Some great man in cog!" Aw thowt at fust he said "in clogs," till aw yerd it whispered agen by others.

What wur th' meeanin' on't aw dunno' know. They han sich queer words i' Lunnon.

"P'waps Tom Cawlyle!" one said.

"Mo' pwobably John Bwight!" another said.

"Or the Chowbent Chicken!" a mon said wi' very smo' treausers, an' short jacket laps, an' a hat like a broth plate. Then aw could yer sich like things as "Amateur Casual," "Sir Robert Napier," "Governor Eyre;" but when aw seed a yung lady's face leet up like a bit o' sun through a chaney cup, an' yerd her whisper like some low flutin, "My dear, don't you think it is Punch?"—Aw took off mi hat an' bowed. Th' idea ut aw should be takken for Punch!

What wi' th' yeat o'th' weather, an' th' creawd ther' wur abeaut me, aw felt as if aw're gooin' like a candle afore a foire, an' aw could no moore get mi wynt nur fly; an' so aw geet up, an' th' creawd gan way, an' aw made for leavin' th' park as straight as aw could. But aw fund it wur noane sich a yessy job, for wheere ever aw went ther' a creawd followed me, same as th' childer used to do Crazy Molly, when hoo carried a key on her finger an' praiched up an' deawn ut hoo'd getten th' key of a better shop, an' nob'dy could get in beaut hoo'd a mind. They followed me to th' gates, an' when aw geet theere they gan a bit o' a sheaut, an' some took the'r hats off. Then ther' a creawd i'th' street took me i' hond, an' aw could fancy Owd Wellington, peearched on his stone hoss, turned his yead an' nodded at me. This creawd wur wurr nur t'other, for they'rn noisier; an' as they'd no idea ut aw're a great mon, as th' folk i'th' park had, they geet very impident an troublesome. Aw da'say they took me to be a crazy chap, just brokken eaut o' his den, an' aw expected a stone bein' whizzed at mi yead every minnit. Heawever, aw made th' best o' mi road to a narrow street ut wur filled wi' carriages, an' as soon as aw geet theere, aw nipt up mi heels an' set eaut o' runnin' till aw geet fairly clear o' mi tormentors.

Freed fro' th' creaud, aw went ramblin' deawn street after street —street after street, till aw coom to a poorer quarter o' th' teawn, an' when aw seed ut ther' a chance o' havin' a bit o' quietness, after bein' takken for a great mon an' used like one, aw sit misel' deawn upo' th' step of an empty heause for t' have a rest. Aw looked abeaut me. Heaw mich different things an' folk wur here to thoose aw'd just laft! Life an' finery i' one place, i' t'other,—misery an' rags! Here for th' yung ther's no hope nobbut i' drink; for th' owd nowt nobbut th' grave! A dur wi' a strap is for ever upo' th' swing, an' hauve-quarterns o' comfort (?) are bein' begged for at th' back on't, as if very life depended on it bein' sarved! Dirty, slatternly women wi' childer i' the'r arms ut look owd afore they'n getten eaut o' the'r sixpenny shoon, are gooin' in an' comin' eaut o' that shop as if ther' no other i' this wo'ld wheere a bit o' rest, an' relief fro' th' burden o' life, could be had. An' men wi' blank faces, ut 'll never be filled up as faces should be, are shammockin wearily in an' eaut; an' upo' every rag i' that creawd o' mops, as plain as upo' th' fleawered glass i' th' window, wur written that terrible word " Gin! "

Well, just as aw're calkilatin' heaw many suits o' thoose clooas it 'ud tak' for t' be wo'th a hauve-creawn, an' spekilatin' as to what sort o' feythers an' mothers th' childer 'ud mak', aw yerd a box-organ tootling away somewheere no' fur off me. Aw prickt mi ears when aw

yerd t wur playin' "Jack's the Lad," for aw've doanced
that at th' "Owd Bell" till aw welly shaked mi stockin's
off, an' mi feet wur gooin' neaw just as if they could yer
th' music as weel as me, an' couldno' howd still as lung
as it lasted. Th' organ kept comin' nar an' nar, an' th'
music grew leauder an' leauder, till it sent mi legs int' a
sort of a tremblin' fit, same us they wur th' fust neet aw
spoke to thee. E'en neaw aw could see ther' other legs
busy as weel as mine, for ther' two or three bits o'
shrimps darted eaut o' th' end of a street, shakin' the'r
rags like thoose little dolls i' "Owd Rogers" show.
Moore followed, an' heaw the'r bits o' limbs could get
through o that wark, an' do it so weel too, wur a marvel
to me. But th' capper of o wur a monkey wi' a red
jacket on, doancin' amung 'em as weel as ony o' th' lot,
doin' th' double shuffle, leet an' heavy, just like a
Christian, an' playin' a tamborine at th' same time!
That seet warmed mi blood up. "Come," aw thowt,—
"aw'm noane gooin' t' be byetten wi' a monkey!" so aw
sprung to mi feet an' geet mi clogs i' order. "Neaw
then, Ab," aw said to misel', "theau mun do summat
worthy o' th' breed theau'rt on, an' th' trouble ut's bin
made o' thi heels; so here goes for th' honour o' Lan-
cashire, an' Owd England i'th' bargain!" an' aw flew
into th' middle o' th' street like a shuttlecock, an' begun a
peggin' away at "Jack's the Lad," as if aw'd bin gooin'
by steeam.

Theau never see'd nowt like it! Th' childer sheauted
an' aw doanced, an' box organ whizzed away like a little
engine at a fair! Harder aw doanced an' harder th' childer
doanced, an' th' monkey went so vexed it threw th'
tamborine deawn, an' went at it like mad, grinnin' an'

jabberin' till someb'dy flung a penny deawn, when it gan
o'er o at once,—piked th' penny up, an' then jumpt on th'
top o'th' organ, wheere it sat scrattin' it ears, an' laafin'
at me as lung as th' tune lasted. Aw swat same as if
aw'd bin doancin' for a new hat at a wakes; but th'
monkey looked as fresh as a new shillin', an' those bits o'
wick things ut some folk would ha' co'ed childer, had
hardly a yure turned. Aw thowt aw munno' give up that
road; so th' organ struck up th' " College," an' we went
at it agen, th' monkey an' o. But aw fund aw'd no
chance, an' when aw're as nee breakin' deawn as
Wellington wur at Waterloo afore Blucher coom up, aw
took a hontful o' copper eaut o' mi pocket, an' threw it
abeaut me. Th' childer dropt the'r doancin' o at once,
an' wur rowlin' amung th' dust, th' monkey as busy as
ony on 'em, scramblin' for th' brass. Aw'd a quiet victory,
but like mony a battle of a bigger sort, it wur unfairly
fowten, an' had to be bowt at last.

Th' doancin' feight o'er, aw went an' sat misel' deawn
upo' th' dur step agen, an' look't on. Th' organ changed
its tune to what they co'en a waltz, an' childer went
spinnin' reaund like tops i' couples. Ther' noane on 'em
quite little enoough fort' doance wi' th' monkey, so th'
owd lad beaunced on th' organ agen, an' geet howd o' a
little fiddle, an' begun a raspin' away as brisk as Owd
Jammie Ogden at th' rent neet. It did me good fort'
watch thoose mites o' Christian bein's enjoy the'rsel's as
they wur dooin'. It wur a silver linin' to th' cleaud ut hung
abeaut that poverty-stricken place; an' whatever aw may
think abeaut Lunnon when aw get back to Walmsley
Fowt, aw shanno' forget that seet an' th' lesson it towt me,
heaw ut th' bigger price we gi'en for happiness, an' less

we getten on it.

I' this "mood," as "Owd 'Lijah" co'es it (shake his hont for me if he pops in) aw gethered up mi booans, an' strowl't deawn th' street; but wheere aw wur or wheere aw're gooin' to, aw no moore knew nur th' mon i'th' moon, if ther' is such a crayther. Heawever, aw kept on, thinkin' aw should find misel' somewheere e'enneaw; but every street aw coom into looked quite new to me, an' aw went moore an' moore bewildered. At last aw thowt aw'd sper: so aw tackled a policeman ut wur wringin' a little lad's ears for axin' him if he'd getten ony wittles in his hat, an' aw towd him ut aw're oather lost or mislaid, an' aw wanted puttin' reet. O' someheaw he looked as fain, when he seed me, as if aw'd bin a cook-wench, havin' my day eaut; an' afore he towd me owt, he ax't me if aw thowt it wur as warm i' Manchester as it wur theere. When aw yerd he'd an English tongue i' his yead, aw felt as fain as he wur; an' aw ax't him if he knew summat abeaut Manchester.

"Aw owt to do," he said, "for aw're browt up no' far off it."

"Wheere?" aw said.

"Hazel'wo'th!"

As soon as aw yerd that name, aw geet howd of his hont, an' aw shaked it till my arm warcht, then he shaked mine till *his* arm warcht, an' just as he're leevin' loce, aw yerd a little lad sheautin' to another—

"Hi, Johnny! Bobby's copped that dancin' cove! Hooray! give us a brown, old feller, an' aw'll git yer off!" Then he darted eaut o'th' seet, same as if he'd gone deawn a rot hole.

Bobby laafed an' so did I, an' then we coom to sperrin'

one another abeaut whoa we wur, an' sich like.

"Is Boston pump stondin' yet?" he said.

Aw towd him it wur.

"Is Levi livin'?"

"Aye, an' as wick as a yung duck."

"Is he as feart o' tooads as ever?"

"Aw dunno' know, aw think he's wurr feart o' his yung days bein' o'er."

"Jim at Owd John's livin'?"

"Aye," aw said: "aw met him t'other day wi' a kettle lid in his hont, an' he're gooin' to Manchester a-seein' if he could find a kettle ut ud fit it!"

"Aw reckon," he said, "aw've no 'casion t' ax if Red Tum's as merry as ever."

"Nawe," aw said, "gie Tummas th' seet of a pint, an' a comfortable seeat i' th' nook, an' ther'll be no king i' th' wo'ld as weel off as him!"

"Well," he said, "aw'd rayther be punced to deeath i' Hazel'o'th, nur dee natural here!"

"So would I!" aw said, an' we shaked honds agen, an' skrik't (cried) a bit, same as if we'd bin at a buryin'.

"Well," he said when he'd mopt up, "wheere is it theau wants to go to?"

"Th' Bridcage Walk," aw said.

"Theau'rt gooin' away fro' it neaw," he said. "Turn thisel' reaund an' goo deawn this street till theau gets to Ho'born. Turn eaut o' Ho'born into Chancery Lane an' that'll bring thee to Temple Bar; then jump upo' th' fust omnibus theau sees, an' it'll tak' thee to Charin' Cross, an'—"

"Oh, aw'st know wheere aw am then," aw said. So aw thanked him, an' as he said his sergeant wur comin' up, we bid one another good day, as loth to part as two sweethearts, an' then aw swung mi timbers to'ard Ho'born.

Aw da'say aw sperred fifty times afore aw fund Chancery Lane, but when aw did get into it aw pailed deawn it as fast as mi clogs 'ud let me, till aw geet to th' botham ; an' as mi feet wur sore aw did as t' Bobby towd me, an' jumpt on to an omnibus gooin' reet for Charin' Cross as aw thowt.

But what dost think ? Leatheryead as aw wur! Aw're gooin' th' wrung road, an' never fund it eawt till they londed me at th' " Elephant an' Castle," mony a mile off wheere aw wanted to go to! Aw said to him ut they co'en th' guard,—

" What han yo' it painted on th' omnibus ' Charin' Cross ' for if yo dunno' go theere ?"

" Oh, we'll take yer next time," he said, as cool as if he'd done nowt wrung.

" Nay," aw said " aw'll trust yo' no fur. Aw'll peg it." An' aw did peg it; an' a weary treaunce it wur, sayin' nowt abeaut th' times aw're lost an' i' danger o' bein' ridden o'er. At last aw scented th' lions, an' seed owd Nelson on th' look eaut for me, as if he'd getten up o' th' top o' his pow o' purpose. What wur a bit of a surprise to me, Sam Smithies keawert upo' th' edge o' th' big mug ut th' wayther squirts in ; an' aw con tell thee aw're some fain when aw fund it eaut ut i'stead o' comin' a wringin' mi ears, he'd coom a axin me to go to—wheere dost think ? To th' theatry !

Well, we're gooin' t' morn neet ; an' what aw see theere aw'll tell thee abeaut; so good neet Owd Ticket ! an' believe ut aw'm   Thine yet,   AB.

AB-O'TH'-YATE IN LONDON.

SIXTH LETTER.

GOING TO THE PLAY.

Somewheere i' Lunnon,
June —, 1868.

MY Better Three-quarters,—It's hardly safe for
me to tell thee wheere aw think aw am,
becose mi yead's getten turned so far reaund, ut aw
dunno' feel sartin abeaut nowt. Aw wish aw'd come
whoam a day or two sin', as aw'm feart aw'm teetotally
spoilt for Walmsley Fowt, an' gettin' mi livin' wi' mi
clogs on! Aw fund misel' amung very uncomfortable
dreeams this mornin'—sich as aw never could like to
dreeam agen, for aw want nowt nobbut plain Ab as lung
as aw live, an' no' to be takken fro' mi loom, an' thee, an'
th' childer, for to be "exalted amung men," as th' sperrit
o' mi dreeam said aw must be if aw didno' mind what
aw're doin'. Ther' weet on mi face when aw wakkent,
an' for a while aw couldno' help givin' deep heavy sobs
ut welly fotched mi heart up. "Oh, Sally, my wench!"
aw fund misel' sayin', " never let me be beguiled fro' thee
wi' no sort o' witchin' huzzies i' pink silk an' no bonnets,
an' bunches o'th' top o' the'r yead as big as a sixpenny

cob loaf! Send me thi blue printed bedgeawn made up i'
a parcel, ut aw may hang it afore mi e'en, an' remind
misel' o' what aw wur once, an' what aw hope to be agen!"

Aw towd thee i' mi last letter ut Sam Smithies had axt
me to go to th' theatry wi' him; but aw'd. no idea o'th
mischief ut he're plannin' for me, or else aw should ha'
said,—"Away, tempter!" an' corked up mi ears like
bottlin' smo-drink. But aw promised him aw'd goo, an'
t'other neet aw took that step ut may leead me—
goodness knows wheere, if aw dunno' catch howd o'
summat to poo misel' back. Read this letter straight
through beaut stoppin', or theau may happen think wurr
on me nur aw desarve, an' say summat savage abeaut
me, as aw know theau con if theau tries. Aw feel ut aw
did wrung, but aw couldno' help misel' after th' start, as
aw're same as Jammie o' Tum's when he're bathin' i'th'
sae, an' fund he're gettin' nar Ameriky nur he should
ha' bin, aw're like to go th' road ut th' tide went, so aw
did.

" Come to my hotel abeaut four o'clock i' th' afternoon,"
Sam said, " an' aw'll mak' thee so ut yo're Sal wouldno'
know thee afore aw've done wi' thee."

Aw axt him if he thowt they'd forgetten th' pop an' boot-
jack dooment; for if they hadno' aw meant to keep mi
heels to'ard th' dur as mich as aw could.

"Oh," he said, "aw squared that off o reet. They'n
say nowt to thee, unless they just axen thee abeaut th'
state o' thi stomach, or if theau's fund thi own yead an'
legs yet."

So aw consented.

Th' day after, aw rambled abeaut, an' sailed a time or
two up an' deawn th' river in a penny "Express" boat

H

till three o'clock wur struck by th' parlyment church
clock, when aw thowt it wur time to be gettin'
ready; so aw shambled deawn to th' "owd sailor," an'
gan mi clogs a taste o' candle, an' rinsed mi face a bit, ut
aw could forshaum to goo amung big folk.

When aw geet to th' hotel aw met Sam at th' dur,
an' ther three or four o' thoose little doctors grinnin'
through a window at me. One on em' held up a boot-
jack, just like that they said aw'd etten, an' aw shawmt
to some tune when aw thowt what strange notions folk
getten i' the'r yeads when they drinken summat strunger
nur pop.

"Come on wi' me," Sam said, an' he took me deawn
th' street to a barber's shop; an' when aw axt him what
he're for wi' me theere, he towd me he're gooin' to have
twenty year takken off mi shoothers, so ut when aw geet
back to Walmsley Fowt aw should get turned eaut o'th' dur
for bein' takken for someb'dy beside mysel'! Afore aw'd
time to wonder heaw that could be managed, aw fund
mysel' on a wooden cheear wi' a little chap doancin' reaund
me like a toothdrawer, an' chatterin' away at summat ut
wur like French to me. Aw couldno' understond him ut o
till he said—

"City cat?" (cut.)

"Nawe," Sam said, "his yure wants no cuttin', aw
nobbut want yo' to mak' it so as it winno' lie deawn."

"Curling?"

"Aye," Sam said, "if it isno' too short;" an' he geet
howd of a tuft, an' gan it sich a poo, ut made me rip eaut
wi' summat ut sent th' little barber into a shakin' fit.

"Yessir, yessir—all right!" an' th' barber wapt a pair
o' lung pincers i'th' fire, an' put me inside of a white

geawn, ut made me favvor a pa'son.

"Art up to some sort o' marlockin'?" aw said to Sam; "becose ift' art aw'm off in a crack, chus heaw th' theatry goes on," an' aw begun a-feelin' as uncomfortable as if aw're gooin' t' have an owd stump drawn wi' Doctor Hollant after he'd had a week's spree.

"Howd thi bother!" Sam said, "ift' doesno' want blisters raisin' o' thi yead," which aw thowt wur a queer way o' makkin' one feel satisfied.

"Machine brushed?" th' barber said; an' he geet howd of a thing ut favvort a grindlestone made o' bristles' an' twirled it reaund.

"Aye, give him a gradely sceawerin'," Sam said, an' aw fairly swat agen !

He'd no sooner getten th' word eaut nur th' little barber stampt his foout, an' wapt at th' back o' my cheear. Then a engine begun a-turnin', an' aw felt summat druzzin' away at mi yead ut welly lifted me off mi pearch. It wur just same as if a theausant cats had seen a meause i' mi yure, an' wur scrattin' for it; but for o that aw couldno' say but it felt nice, an' "soothin'," as "Shoiny Jim's" wife says th' birch rod is for childer. When aw thowt he'd scraped mi toppin' as nee bare as an ivory cage knob, th' engine gan o'er turning, an' aw sattled deawn i' mi seeat again, wonderin' what ud come next.

Well, theau may think aw wur in a way when th' barber poo'd th' pincers eaut o'th' fire—red wot, an' Sam said—"Mind thi ears, Ab! If theau's ony bant i' thi pocket, theau'd better tee 'em under thi chin, so as they'n be eaut o' th' road." But aw had no bant, so mi ears had to tak' the'r chance as they wur. Aw thowt th' barber wur

gooin' to brun o th' yure off mi yead, if th' steeam brush
had left ony on ; but when he popt th' pincers in a mug
full o' wayther, an' they raised a steeam like makkin cinder
tae, aw felt a bit yessier.

Well, he set to wark, an' he raised sich a storm i' mi
yure, an' gan me sich a twitchin', ut aw fairly think mi
yead 'll never be gradely agen ! It took him mony a
yeatin' o'th' pincers afore he'd finished me off; but at last
he laid his tools deawn, gan mi yure a good soppin' wi'
oil, an' brushed it agen wi' a hondbrush. Then he put
th' comm (comb) through it, an' when he'd fettled a while
wi' that, he poo'd mi geawn off, an' towd me to look i' th'
glass.

By th' mass, Sal ! Aw didno' know mysel'! an' if
theau'd bin theere, theau'd never ha' laft loce on me, for
fear o' some grand lady runnin' away wi' me ! My yead
wur somb'dy's else this time, surely ; for sich a seet wur
never seen i' Walmsley Fowt. Aw dunno' wonder what
happened after, an' what aw'm feart theau'll tak' in a
wrung leet when theau comes to know abeaut it. But
theau shall know.

When we'd finished barberin' we went back to th' hotel,
an' Sam took me upsteers, an' show'd me a suit o' clooas
ut he said aw must put on, an' a grand lot they wur !
Ther a " dicky " amung 'em, an' theau knows aw never
would wear one awhoam ; but this time aw had to
submit to bein' pinned up like a dumplin' in a rag, an'
havin' as mich tape lapt abeaut mi shoothers as would
ha' flown a dragon (kite.) When aw'd getten abeaut
hauve donned, Sam showed me a white napkin, an' a
collar ut turned deawn like a skoo lad's, an' he said aw
mun put thoose on. Well, theau knows he met as weel

ha' put me to makkin babby-clooas as set me agate of a
job of that sort, for aw no moore knew heaw to begin nur
if aw'd bin made o' waxwork; an' after aw'd fumbled
abeaut till aw'd rent th' collar i' two, ut aw fund wur nobbut
made o' papper, Sam geet another, an' set to an' geart
me up hissel. Everythin' fitted as if it had bin made o'
purpose for me; an' when aw looked at mysel' i'th' glass
an' seed heaw fine aw wur, Walmsley Fowt went clean
eaut o' mi seet, an' aw couldno' talk gradely Lancashire
English if aw'd bin punced to it! After aw'd squozzen
mi feet into a pair o' boots ut aw could see mi face in, aw
coe'd misel' finished off, an' aw looked at mi poor owd
clogs ut hung the'r ears so mournful i'th' corner, like two
owd friends ut one's getten too preaud to spake to, an' aw
gan way to three or four tears.

"Give o'er thi snurchin', an' put these on!" Sam said,
an' he showed me a pair o' white leather glooves ut
would abeaut ha' fitted eaur Dick i' width, tho' th' fingers
would ha' had to be turned up like th' legs of his fust
treausers.

Aw tried mi best to get 'em on; but aw met as weel
ha' tried to squeeze mi yead into th' neck of a quart
bottle; so Sam towd me aw must carry 'em i' mi hont, as
it wouldno' do to goo amung th' "swells" beaut glooves.

"We'n just have a shove i' th' meauth," he said, "an'
then we'n be off."

So we went deawn th' steers, an' had a "shove i' th'
meauth," ut aw fund wur a sope o' that red bottle stuff
ut aw'd tasted once afore. As aw're gooin' into th'
reawm, a gentleman, ut wur just sittin' deawn at a table,
said to me—

"Waiter! Half-pint o' sherry!"

An' when aw took no notice on him, he flew into sich a passion ut aw thowt he'd ha' strucken me wi' his stick! So one o' th' waiters went to him, an' whispered summat in his ear. Then he geet on his feet, an' doft his hat an' said—

"Beg your pawdon, sir ; I mistook you for one of the waiters."

Sam towd him quietly ut it wur th' best thing he could ha' done, as aw're a lieutenant i' th' "Royal Blazers," an' a capital shot ! Th' mon looked quite nervous after that ; but what Sam meant by a "capital shot," aw dunno' know to this day.

"Cab's waiting, sir," a chap wi' a box-organ jacket on coom an' whispered to Sam ; so we mopt up an' put eaur hats on. Aw dunno heaw it leet, bur owt o' Sam's fitted me nobbut th' glooves, an' th' hat he fund me fitted me like a pepper-box lid, an' had sich a gloss on, ut folk could hardly abide to look at it. As we'rn gooin' deawn th' lobby we met an owd gentleman wi' a white yead, an' he took his hat off, an' bowed to us. When Sam seed that he geet howd o' mi arm, an' said—

"Coom on, Ab, afore we getten locked up. Yon owd mon's a lord, an' if he'd known theau'd nobbut bin a wayver he'd ha' had thee i' th' lock-ups i' two minutes, i'stid o' bowin' to thee !"

Aw fund it eaut then it wur clooas ut made o' th' difference, an' ut if a lord had put my rags on he'd nobbut ha' bin a wayver.

Well, Sam shoother't me into th' cab, an' off we drove ; but when aw coom to bethink me ut he'd said th' play didno' begin till hawve-past eight, aw begun a-wonderin' heaw it wur ut we'rn gooin' so soon. Aw didno' wonder

lung, for th' cab poo'd up after we'd ridden abeaut ten
minutes, an' we stopped a-facing a grand heause wi' trees
i'th' front; an' aw axt Sam if that wur th' theatry.

"Art theau th' Prince o' Wales!" he said, an' he
looked at me as if he're thinking aw'd made a leatheryead
o' mysel'.

"Nawe," aw said,—"aw wish aw wur; theau wouldno'
get these clooas back if that wur t' come abeaut."

"Con theau keep a saycret?" he said, an' he stared
me i'th' face like a magistrate when he's talkin to a
witness ut's nervous.

"Aye," aw said, "as weel as a woman, an' betther too,
if aw're put to it."

"Well," he said, "my sweetheart lives here wi' her
mother, an' we're goin' t'have eaur baggin' (tea) wi' 'em,
an' then tak' 'em wi' us. Theau con be a single chap
for an heaur or two, conno theau?"

He met ha' knockt me o'er wi' a pae! What! me mak'
someb'dy believe ut aw ha' not as nice a wife as ever made
a mon feel as if he're i' heaven, obbut when hoo's dressin'
knots off him wi' her tongue? What! me ut's lived above
th' hauve o' mi time,—unless aw'm gooin' in for a second
hundert,—goo gallivantin' abeaut wi' some gingybread
besom ut'll be hanged abeaut wi' finery as full as a
winter-hedge, an' talkin' like a windy foo' o' nineteen,
ut's just getten loce fro' his mother's appron-string?
Nawe! Not for Ab! But Sally, my love!—we're
"weak vessels," as "Owd Thumpbook" says, an' if a
mon has a soft place in his yead, a woman 'll find it
eaut, an' mak' it softer afore hoo's done wi' him. It wur
so wi' me, tho' aw'm confessin' it to thee, wi' mi ears
brunnin' like two cinders, as if they knew what to expect

when aw geet whoam.

Aw went i'th' heause; an' when th' dur wur shut at
th' back on me, aw felt as if aw'd getten a separation fro'
thee, an had to alleaw thee eighteen pence a week, an'
sixpence a yead for th' childer, besides club pennies, an'
shoon brass, an' a bit a summat to'ard keepin' th' hens.

" Poo thi hat off," Sam said, " an' flourish thi glooves
abeaut, an' dunno' keep fumblin' abeaut thi shirt collar,
as if theau'd getten a rope reaund thi neck ut theau hadno'
bin measurt for;" an' just as he'd getten th' words eaut,
an' aw're getten mysel' 'i order as weel as aw could, ther
summat coom deawn th' steers ut aw thowt wur flyin' an'
it fluttert close to Sam, an' the'r faces met.

" Annie,—my friend, Lieutenant Abrams ; Lieutenant
Abrams,—Miss Pilcher," Sam said, an' hoo ducked her
yead, an' backed fro' me as if hoo wur feart on me gettin'
howd of her hont, an squeezin' it into putty !

" I'm delighted to make your acquaintance," Miss
Pilcher said to me, as soft as if hoo'er talkin' through a
flute. " Is your regiment in town ?"

" Royal Blazers !" Sam said, an' he began a-talkin' as
fine as a pa'son.

" Oh, in-deed ! "

" Led the attack at the storming of Magdala, and now
returned home covered with glory."

" Ift' doesno' give o'er lyin' aw'll goo eaut," aw
whispert to Sam ; but he sent his elbow into mi ribs, an'
towd me no' to be a foo' an' o 'ud be reet.

Well we'rn shown into a grand reawm wheere a table
stood covered wi' cups an' saucers, an' things ut aw
couldno' mak' eaut. Aw sit misel' deawn upo' th' fust
cheear aw coom to, but aw'd no sooner done so nur Sam

geet howd of a hontful o' mi yure, an' lifted me up again.

" Theau'll get th' " Royal Blazers" badly thowt on if theau sits thee deawn afore th' women," he said; an' just then th' owd woman coom in, waddlin' like a duck ut's getten so fed up it doesno' know but it's a goose. Th' same nominy were gone thro' wi' her, an' when th' women had fixed the'rsels at th' table, Sam motioned ut aw met sit deawn, so aw dropt like a hommer, an' squared misel' for atin'.

" Tea or coffee, Mister Abrams ?—beg your pardon— Lieutenant, I mean," th' owd damsel said, an' hoo' reddened up a bit through her white paint, ut looked like fleaur on her face!

" Oather 'll do," aw said, no' quite sure ut aw're reet.

" Perhaps you've been so accustomed to coffee while in camp, that you would prefer tea for a change," an' hoo gan me a look ut fairly poo'd me to'ard her.'

" Oather 'll do," aw said agen, so hoo temd me a cup o' tae eaut, an' aw sit waitin' o' th' word o' command fro' Sam.

Well, th' tae wur sarved reaund, an' when we'd getten a cup a piece, th' owd lady said to me—

" Would you oblige me with a little fowl, Mister— Lieutenant Abrams ?"

" A little what ?" aw said.

" A little fowl, if you please."

Aw looked at Sam, an' fund he're rommin' a napkin in his meauth, an' his e'en wur welly startin' eaut of his yead ! He couldno' spake, but pointed his finger to summat i' th' front o' me ut looked like a frog, obbut a good deeal bigger.

" Oh, aye," aw said, an' aw honded it to her.   Aw'm a
little bit deeaf, an' it mak's me gawmless betimes, an'
aw thowt, " Owd damsel, yo'n a tidy twist if yo' con
manage o that for a start !"

" Beg your pardon," hoo said; an' as aw couldno' say
ut hoo'd done owt wrung aw forgan her, an' towd her as
mich.

Aw're awlus towt ut it wur bad manners fort laaf o'er
atin' ; but Sam poo'd th' napkin eaut of his meauth an'
rooard like a young bull! an' if aw didno' catch his sweet-
heart wi' her face turned fro' th' table, an' her shoothers
shakin', aw'm a yorney !

" Ladies," Sam said, as soon as he'd getten his face i'
shape, " you must excuse my gallant friend if he happens
to be a little awkward.   The noise of artillery has injured
his hearing, and life in the camp has somewhat roughened
his language and manners ; but as a lover you'll find him
both a gentleman and a soldier.   Now then, Lieutenant!"
he said, turning to me, " would you please to leave your
jokes to your comrades, and carve that fowl, as only a
soldier can.   I've no doubt, ladies," he said, turnin' fust
to one an' then th' tother, " that if the lieutenant were to
use his sword, he'd carve it in the most delicate manner
possible."

Lorjus, heaw aw swat !—an' when th' fowl wur honded
back to me, an' everybody said they could do wi' a little
bit, aw felt as if aw're gooin' off in a swither ! What mun
aw do wi' it, aw wondered ?   Mun aw use a knife an' fork,
or a spoon ?   Mun aw cut it lengthways, or across, or
delve i'th' middle ?   But while aw're wonderin' they'rn
starin', an' aw felt ut aw mun do summat; so aw geet
howd of a knife an' fork, an' begun o' fiddlin' away as if

a tune wur expected, an aw hadno' rosined gradely! Aw met as weel ha' bin yeawin (hewing) at a clog sole, or an owd umbrell' frame, for ony use it wur; so aw turned it reaund and tried again. Aw'd no sooner getten to wark a second time, then flirt it went fro' under mi fork, an' jumpt reet onto mi knee! "Come," aw thowt, "his treawsers are catchin' it neaw!" but aw geet it on th' plate again in a crack, an' fiddled away like a monkey on a box-organ. Aw yerd th' owd woman sayin'—

"What a pity you haven't got your sword!"

"Aw could do beaut sword if aw'd a pair o' pincers," aw said; an' then ther' sich a crack o' laafin' went reaund th' table, ut aw threw th' knife deawn, an' pusht th' plate o'er to Sam. O' someheaw nob'dy wanted noane then; they'd ha' summat else; but aw could like to ha' seen what Sam would ha' done wi' sich an owd piece of machinery as that "fowl" wur. He'd ha' bin hobbled wi' it, aw know. It wur different to carving bacon wi' th' scithors.

Well, they axt me what aw'd have; but as aw didno' know th' name o' nowt upo' th' table, aw towd 'em aw wurno used to good stuff.

"Aw'd as lief have a buttercake an' a scallion as owt," aw said. "If yo'n no scallions, a two-thre o' thoose t'other yarbs 'ud do as weel."

Th' owd lady begged mi pardon again, an' aw forgan her a second time. Then Sam put his motty in an' said—

"My gallant friend has been so much in contact with the enemy, that his language has become tainted with their's. That is the reason you don't understand him. *Scallion* is the Abyssinian for *love,* and *yarbs* is the native word for *dear.* I told you that Lieutenant Abrams was well up in matters of gallantry, as you'll find before he leaves for his seat in Lancashire."

Aw swat wurr an' wurr; an' as aw seed aw'd no chance o' gettin' nowt beaut aw helped misel', aw scraumt howd of a hontful o' buttercakes, ut wur cut so thin aw could see through 'em, an' took four fowd at a bite! O' this fashin aw polished a plateful off while th' owd damsel wur tryin' to look as if someb'dy had just axt her if hoo'd have him, an' hoo'd said "Aye," afore hoo knew what hoo're doin'.

Another plateful o' buttercakes wur browt, an' aw samd into thoose; an' by th' time aw'd getten mi coals in, an' drunken another cupful o' tae, th' owd lass had hutched her cheear back, an' risen up. Th' yung un had done th' same, an' Sam motioned to me ut aw must give o'er atin', whether aw'd had enoogh or not. A wench coom an' cleared th' table, an' when th' cloth wur rowld up, hoo browt some bottles in, an' put 'em between Sam an' me.

"Gentlemen, help yourselves, and excuse us for a short time," th' owd woman said, an' hoo waddled eaut, an' took th' yung un wi' her.

"Neaw, Ab, owd lad!" Sam said, as soon as th' cooast wur clear—"theau mun show what th' Royal Blazers con do! Ther's a sope of as nice whisky here as ever laid a mon under th' table. Get some o' this under thi waistcoat, an' theau'll talk like a quack doctor."

Aw felt as if aw're short o' talking peawer, so aw took Sam's advice, an' dived into th' whisky deeper nur aw intended, an' deeper nur aw ever shall again as lung as mi name's oather Ab or "Lieutenant Abrams." When th' women coom back, donned like a young angel an' a younger, aw felt as if aw're someb'dy else agen, an ut' aw'd had o'th corners o' mi tongue filed off. What aw talked abeaut aw dunno' know, an' aw dunno' think they con remember; but when th' owd lass coom to me an' said, " My dear Lieutenant—your arm," an' gan me a look ut made th' inside o' mi yead work like a churn, aw'd misgivings ut aw'd bin sayin' summat ut theau wouldno' like to ha' yerd, an' ut theau *wouldno'* ha yerd quietly if ther'd bin a stoo' abeaut ut theau could ha' flung at me!

Well, aw gan her mi arm, an' hoo squoze it to her as if hoo thowt hoo'd moore right to it nur aw had! an' as aw didno' care for an odd arm or two just then, aw leet her have it quietly; so o' this fashin wi marched to th' cab. Just as aw'd getten mi knees comfortably heaused amung a cleaud o' muslin, aw yerd Sam say to th' cab felly— " Drive to Covent Garden," an' off we drove.

Heaw aw went on when aw geet theere, an' what happen'd after, aw'll tell thee i' mi next letter. But till then let me advise thee not to think ony wurr o' thi yorney of a husbant. AB.

AB-O'-TH'-YATE IN LONDON.

SEVENTH LETTER.

A CLIMAX AND A FALL.

Somewheere else i' Lunnon,
June—, 1868.

OWD BRID,—Aw've lived just five heaurs of a parlour-so'dier's life, an' bin punced eaut o'th' regiment th' fust campain! so ut aw'm no lunger "Lieutenant Abrams, o'th' Royal Blazers,"—th' fust at th' stormin' o' Magdala, an' th' last fort' mak' a noise abeaut it! Aw'm getten into mi clogs once moore, if that'll be ony satisfaction to thee; an' ther's a heause i' Lunnon ut aw dar' no' go to again; that'll be a bit moore good news for thee, or rayther, theau'll think it is. Aw've bin put on a tit's back, an' aw've ridden to th' Owd Lad, like mony a poor leatheryead afore me, an' neaw aw'm Solomonisin' o'er it.

I' mi last letther aw laft off ut aw wur set-eaut to th' theatry, an' aw wish fro' th' bottom o' mi crop ut aw'd nowt no moore to say abeaut it; for if aw did no' mak' a foo' o' mysel' it wur becose aw're one o ready. Whether aw fell asleep i'th' cab or not aw dunno' know. Aw hope aw did; but aw've a strung notion ut, besides bein' wakken, aw're in as good romancin' fettle as ever "Fause Juddie" wur, an' he shad Gulliver. If it wur so, it wur so; but oather whiskey or summat knockt a bit o' thatch off my memory, so ut aw recollect nowt abeaut it. Aw nobbut judge fro' what th' owd lady said, if aw'm reet in co'in' her owd. Just as aw're wakkenin' up fro' bein' oather asleep or dateless, th' owd besom said—

" Then you think you'll sell out ? "

" Oh, aye," aw said—" If ever aw do sell, aw'll sell eaut! Ther's no heause i' Hazelwo'th ut ud keep a mon wi' nobbut sellin' in. Sellin' eaut ud mak' a barrel a week i' difference, an' that's a consideration, besides ther bein' no extra license to pay."

Th' owd lass crackt eaut o' laafin.

"What a funny man you are, my dear lieutenant !" hoo said—"how nicely you can turn anything into a joke! I didn't mean selling beer, which, of course, you know. I meant selling your commission in the army. If you take the farm you spoke of you'll be obliged to sell out."

Another case o' sweatin'! What had aw bin sayin' abeaut a farm, aw wondered ? Heawever aw thowt aw met as weel put a good face on, so aw said—"Just so," an' crackt eaut o' laafin', too; but it coom off a weak stomach.

" Is your seat a pleasant one ?" th' owd damsel said ; an' hoo looked up i' mi face, same as a yung brid does at its mother when it wants a worm.

" Well," aw said, " if aw'd abeaut two inches moor reawm, it 'ud be o th' better. But dunno' put yorsel' abeaut; aw con happen manage till we getten to th' theatry."

Another crack o' laafin', th' owd woman leading' off, an' Sam joinin' in wi' summat like a serenade fro' a jackass.

"You old tease!" her ladyship said, as soon as hoo gan o'er shakin' her owd fat shoothers, "I didn't mean your seat in the coach; I meant your country-seat down in Lancashire. But you are so fond of your jokes."

Sithi, Sal,—aw thowt aw must ha' melted! Mi country-seeat deawn i' Lancashire! Aw wish hoo seed it, an' thee i' th' fowt, just ticklin' eaur Ab, an' Joe, an' Dick up wi' that bit o' hazel ut Owd Thuston says con bring moore music eaut nur Owd Jammie Ogden con wi' his "oon dur." If hoo'd sore e'en that seet 'ud cure 'em, aw know it would; an' if hoo'd a pair o' ears as cute as Owd Juddie's, a bit of a sarmon fro' thy tongue, summat like what theau gi'es me when aw've lost command o'er mi legs, 'ud set 'em to reets for a time! What would hoo think abeaut th' owd yate, an' th' dur wi' a wooden latch, an' th' windows abeaut th' size of a giant's spectekles, an' th' hencote made eaut o' two fleaur tubs, an' th' looms gooin' knickerty-knock, knickerty-knock, fort creawn o? Hoo'd think it wur a fine country seeat, wouldno' hoo? Aw dunno' care, aw'm as preaud on't as if it wur a better, an' sartinly, when theau'rt in it a finer country seeat need no' be; but it met be a bit quieter sometimes.

Well, we geet to th' theatry, an' aw fun it wurno' hauve as grand eautside as aw expected. Its moore like a factory beaut windows nur owt else; an' ther' noather stage nor pictures o' battles to be seen, an' no painted women wi' gowd stummagers, an' balloon frocks walkin' abeaut i' th' front, same as ther' is at thoose penny shows ut coom to Hazelwo'th wakes. An' ther no owd foo's to be seen, beaut they met reckon me one; an' no clarionet tootlin' nor drum byettin'; an' no sheautin' o' folk to

rowl up an' see what they never seed afore, an' moore nur
they bargained for. Ther nobbut two so'diers, wi' drawn
guns, an' steel skewers, walkin' abeaut! an' when Sam
towd me they'rn gradely so'diers, aw felt a bit queer, lest
he should put a trick on me.

As we geet eaut o'th' coach, th' owd woman collar't mi
arm, an' th' yung un geet howd o' Sam's, an' o this plan,
like a Hazelwo'th weddin' we marched into th' theatry.
My owd damsel jerked her carcase forrud like a paecock,
an' when hoo swept her train to'ard me, aw made a carpet
on't ; but havin' no clogs on, aw managed to let it howd
t'gether till we geet to eaur places. We had to climb a
pair o' steers with a red flannel carpet upo' th' steps, an'
aw thowt we should never ha' getten to th' top. It wur
some fun to Sam watchin' me doance abeaut like a
scoperil, for fear o' strippin' women's dresses. Heaw
other folk manage fort' keep the'r feet off aw conno' tell !
Aw've woven wark wi' ten treddles, an' never misst mi
fooutin', but a yard or two o' trailin' silk bothers me, an'
mi feet too. As we passed a little window ther a mon
stood at it ut looked as if he could like to ha' turned me
back; but when Sam spoke to him, an' threw some brass
at him, he looked as pleasant as Punch did when he
thowt he'd gan Judy a gradely sattler. After meauntin'
another lot o' steps, we coom to an oppen place ut wur
as dark as if it had nobbut bin lit up wi' breet buttons ;
an' Sam pointed eaut to four cheers ut stood empty, an'
he said thoose wur waitin' for us.

" Heaw con they be waitin' for us ? " aw said, " when
they dunno' know we're comin'," an' aw thowt Owd lad,
crack that nut." But they wur waitin' for us after o.
Things are shapt different theere to what they used to be

I

at th' owd penny " Temple," wheere we had to feight for
seats, an' keep eaur clogs i' puncin gear as lung as t'
play lasted! When we'rn comfortably plankt deawn, an'
lookin' reawnd at th' place, ut kept gooin' bigger an'
leeter, mi jaws flew oppen wi' wonder, for aw met ha'
bin at Crystal Palace agen, stuck like a weed in a big
posy, or a hummabee amung a flock o' butterflees. Ther
moore bees abeaut beside me, for aw could yer 'em hum-
min' though aw couldno' see 'em so weel.

" Do you often go to the opera, Lieutenant ? " th' owd
lady said ; an' hoo unrowlt a lung papper wi' readin' on,
an' began a-lookin' deawn it.

" What dost say ? " aw said, turnin' to Sam ; for aw
wanted to mak' it seem as if aw thowt it wur him ut had
spokken, becose aw didno' know what onswer to mak'.

It wouldno' do. Sam wur as deeof as a hommer—aw
believe o' purpose, an' aw're put to mi wit's end what to
say or do. Then th' owd woman said again, as un-
consarndly as if hoo'd never axt me afore—

" Do you often go to the opera, Lieutenant ? "

" Ay," aw said at a ventur' ; an' then aw waited like a
thief ut's waitin' for his sentence at th' New Bailey,
wonderin' what ud come next.

" What is your favourite piece ? " hoo said, an' hoo
took a fan fro' somewheere, an' began a-blowing her face
like " Owd Nanny " when hoo blows th' fire wi' th' back-
spittle.

Aw turned to Sam agen, like a forlorn hope, an' axt
him which wur th' best piece. This time he yerd me, an'
he said—

" Jack Sheppard ! "

" Jack Sheppard," aw said to th' owd woman, an' aw

felt as if aw'd had a weight takken off mi crop.

Hoo shut up her fan as sudden as Owd Thumpbook when he's actin' th' angel o' deeath shuttin' its wing up, an' strikin' her knee with it, hoo said—

" Now, really, Lieutenant, your jokes are too bad ! You ought to reserve them for your comrades ! In earnest, now, what is your favourite ? "

" What's yo'rs ? " aw said, an aw tried to look as if aw knew a great deeal moore nur aw did, like mony a foo' besides me does, when he's talkin' to someb'dy cliverer nur hissel'.

" '*The Barber Uncivil*,' "* hoo said, or aw *thowt* hoo said, an' aw wonder't if th' owd dame had bin at th' back o'th' dur wi' th' whiskey bottle, ut hoo should ramble fro' plays to barbers o' that fashin.

" Nawe," aw said, " he're quite civil; but he gan mi yure sich a twitchin', ut aw couldno' like t' have again, noather i' Lunnon nor nowheere else;" an' just then th' gas flashed up like leetnin', an' th' music brasted off like thunner, an' aw're spared ony moore axin' abeaut oather plays or barbers. But th' owd damsel gan me sich a queer look, ut aw've wondered sin' if aw wurno' makkin' misel' int' a proper leatheryead at th' time.

Well, th' music after th' fust brast, went as quiet as a Garman Band, when o th' players, obbut th' clarionet, are eaut beggin'; an' aw could nobbut yer a flute tootlin' same as if it wur in love wi' another flute, an' wur tryin' to wheedle it o'er. Then summat like an oboy struck in, an' th' two on 'em tootled at it like two cats when they're singin' a duet under a chamber window, obbut it wur a deeal nicer music.

* " The Barber of Seville," by *Rossini.*

" How sweet !" th' owd woman said.

> It sounds like the breeze
> Sighing through the trees,
> In some fairy-haunted grove.
> Where my brighter fancies rove.

"What do you think of my poetry, Lieutenant
Abrams ?"

Aw towd her aw're no judge o' poetry,—ut aw could
hondle a beef dumplin' betther, an' ut aw thowt if owd
Shakspere had had mayte enoogh he wouldno' ha' wanted
a peaund o' flesh i'stid of his bond !

O this time th' flute an' th' oboy wur havin' th' music
to the'rsel's, an' aw thowt it wur hardly fair; but e'en-
neaw t'others wakkent up, an' they leet off wi' sich a
crash, ut it seaunded for o th' wo'ld like a lot o' owd cans
bein' tumbled deawn a pair o' steers. An' they kept
crashin' away, as if they'rn havin' a music race; an'
whether th' flute an' th' oboy or th' fiddles or th' smo-
drink pumps had it, isno' for me to say, as it wur a very
tight run race. They'd no sooner done nur up went th'
curtain, an' th' owd woman laid howd o' mi arm, an'
squoze it till aw gan meauth like a heaund whelp.

In abeaut two minutes aw'd cleean forgotten wheere
aw wur, or whoa aw're with. It wur no penny show, that,
wi' an umbrell' roof, an' a sawdust floor; but a grand
palace, ut met ha' bin made bi fairies, eaut o' gowd an'
red wo'sted, an' ut when a lot o' angels see'd it, they made
up the'r minds ut th' next haliday they had, they'd goo
on a chep trip an' have a bit of a frolic in it ! This wur
chep trip day, an' here wur th' angels—flutterin' the'r
wings, an' seemin' to wonder heaw sich grandery could be
fashin'd upo' this yearth. Wheere th' stage should ha'
bin, wi' a painted rag or two, an' a wooden heause, ther'

a church, a gradely church, an' abeaut a dozen pa'sons coom in singin' a hymn. It wur singin', too! No mumblin', same as owd Thumpbook does when he finds it eaut he's getten th' start, an' has to wait for th' congregation to coom up wi' him. After they'd gone eaut o' th' seet, ther' summat coom ut aw reckon must be an angel, as no woman could be as pratty, an' hoo let fly a lot o' music, like turning pigeons up, for every note fluttert abeaut th' place as if it wur flyin' on silver wings, an' fund it wur so nice it wouldno' turn back again! Talk abeaut whistlin'!—Joe Whiteyead's flute, when he're used to goo a-cooartin' Deborah Marsland wi' it—tootlin' under th' garden hedge, an' owd Johnny seechin' him wi' a hazel stick—wur a foo' to it! an' theau're used to say ut when he played "In a cottage" it wur like crommin' the'r ears wi' strawberry an' gingerbread.

After this angel had flown her music abeaut a bit, ther' summat coom donned like a king on a pack o' cards, an' he sent some notes after t'other fort coax 'em back aw reckon; then they boath flew 'em t'gether, an' rare flutterin' an' warblin' ther' wur between 'em. It didno' tak' me lung to find eaut ut these two wur i' love wi' one another; an' when aw fund th' owd duchess wur squeezin' mi arm tighter, aw felt double sure ther' a bit o' croodlin' gooin' on. Heaw lung this lasted aw dunno' know, for what wi' th' whisky aw'd had, an' th' music ut had wacken't it up, aw felt misel' gooin' o'er in a sort of a swoon, an' when aw coom eaut ont' th' curtain wur deawn, an' th' band wur havin' a bit of a rasp to itsel'.

"Let's goo eaut an' stretch eaur legs," Sam whispered to me. So we went to th' next baitin' shop an' stretched 'em.

We tarried rayther lunger nur aw cared for, an' if mi legs wurno' stretched above straight aw dunno' know what a plim-rule is. As we'rn gooin' back to th' theaytre we seed a grand carriage at a dur, an' a lot o' chaps abeaut it wi' knee breeches on, an' cauves o' legs stickin' eaut like pincushins. If aw didno' see bran or sawdust tricklin' eaut o' one on 'em mi e'en wurno' fit to be trusted ! Sam wanted to try one wi' his penknife, but aw poo'd him away an' wouldno' let him. Th' carriage, he said, belunged to th' "Prince o' Goatland." He knew it by one or two comic singers bein' abeaut wi' hondfuls o' tickets i' the'r honds an' the'r hat linin's i' th' seet. While we'rn talkin' an' plaguin' these chaps at had poo'd the'r meauths so eaut o' shape wi' what they co'ed singin' ut they favvort these new fangled 'bacco peauches, a gentleman coom deawn th' stairs donned just like us, an' he spoke to another gentleman ut wur donned i' th' same fashin ; an' ther' sich a scuffle amung th' comic singers an' th' chaps wi' th' pincushin cauves ut aw wondered what ther' wur up.

"Th' Prince !" Sam said ; but which wur th' prince an' which wur th' gentleman, aw dunno' know to this day ; obbut one on 'em, aw dunno know which, coom to me, an' layin' his hont o' mi shoother, he said—

"Ab !" (heaw did he know me, aw wonder), "if you'll kick those bareheaded fellows down the street I'll stand a pint for you !"

Aw towd him aw hadno' mi clogs wi' me, or else aw'd ha' cleart th' fowt i' two or three jiffies. So he said he're sorry for that, an' then made a dart into th' carriage, and drove off like a railroad, leeaving th' comic chaps as glum as if they'd bin robbed an th' thief gone. Sam said they expected a pocketful o' brass apiece, an' had miss't it. We went into th' theatry after this, an' took eaur places agen.

We fund we'd miss't one act o'th piece, an' rarely th' women sauced us for it. My owd gipsey wur as cross as a rate-felly when ther's no brass for him, an' no signs o' bein'; but aw reckon aw said summat to her ut met ha' bin intended for thee when theau'rt flytin, for her face breetened up just same as if it had bin new painted an' white-wesht an' th' windows cleeant for a pastime. Hoo geet howd o' mi arm agen, an' pointed to'ard th' stage, an' towd me to tak' a pattern fro' what wur gooin' on theere, wheere everybody wur lovin' one another as hoo said—" like a nest of doves."

Well, aw happen did purtend to tak' a pattern, for th' whisky had getten th' upperhond on me again, an' aw da'say aw said things ut are best forgetten. Theau sees aw'm tellin' thee everythin' th' wust side eaut, as aw aulus do when aw've committed a faut, tho' theau says mony a time ut theau doesno' believe me—speshly when aw tell thee one tale at neet an' another i'th morning, ut theau thinks is becose aw've a short memory.

Theau knows th' owd sayin'—" Ut th' bruck o' true love runs o'er plenty o' stones, an' has a deeal o' turnin's." It wur so wi thoose kings and queens on th' stage. Folk wouldno' let 'em like one another as they'd a mind, so th' King of Hearts, as aw reckon he wur, flew up into a passion, an' swore i' music ut he wouldno' stond sich like; an' fort' show he're i' good matter, he smashed his sword an' threw th' pieces deawn, like owd Juddie breakin' his pipe when the'r Nan wants to be th' mesther. This made sich a stir i' my clockwark ut aw couldno' help sheautin' eaut—

"Well done, owd brid ! If theau'll come as far as Walmsley Fowt theau'st ha' th' best we han, an' eaur Sal an' two or three childer i'th' bargain !"

Think nowt at it lass, for aw're crazy. Theau knows aw wouldno' part wi' thee for thy weight i' sollit suvverins; an' as for th' childer, aw wouldno' part wi' 'em for twice the'r weight i'th' same sort o' stuff, an' price of a pint thrown in. If aw would,—" Jemmy Johnson squeeze me !"'

"Well, theau should ha' seen th' owd woman when hoo yerd that ! Her comm rose like a thunnerstorm, an' hoo leet eaut at me like a tit when its heels han getten th' mesthur of its yead; an' for a time ther a grand opera performance at th' wrung end o' th' theatry.

"What do you mean, sir ; what do you mean ? Are you married, sir ; are you married ? Have you been deceiving me, sir ? Explain yourself."

"Aye," aw said, "aw'm wed, an' six o' as bonny childer as ever wur fed o' porritch. If yo' deauten mi word, ax Sam theere ; he knows th' lot."

"Then why had you the impudence to propose to me, sir, and deceive me in the manner you have, by saying you had an estate in Lancashire, which I don't believe you have ? " An' hoo flapped her fan i' mi face, as if it had been wings o' some unlucky brid bringin' me bad news.

"Ax Sam theere," aw said   "Aw've had nowt to do wi' it. These are his clooas ut aw have on; an' if he did co' me Lieutenant Blazer, aw'd nowt to do wi' th' kessunin (christening). Aw'm plain Ab-o'th'-Yate, an' aw dunno' care whoa knows it; an' if aw con just get eawt o' this scrape, yo'n no' catch me in another o'th' same sort in a hurry."

Th' owd jewel rose on her feet.

"Annie, my love," hoo says to th' yung un, "these men, if they can be called such, are imposters. Order a coach immediately. We won't stay in such company another moment—the base fellows!"

Sam lained o'er to me.

"Ab," he says, in a whisper, "we'd best clear eaut, aw think, afore we're in a wurr mess. Theau's made a bonny job o' booath thisel' an' me. Come wi' me to my hotel, for aw'm no' gooin' to trust thee eaut o' mi seet wi' thoose clooas on."

Aw beaunced up in a crack, an' beaut so mich as sayin' "good neet" to mi owd flame, ut wur in a swither then, made a dart to'ard th' dur, an' geet as mony blessin's fro' folk ut aw had to scramble past, as owt to sarve me as lung as aw'm wick. When aw geet to th' dur aw looked back at th' road aw'd come, an' seed aw'd laid a whol fielt o' muslin in a swaithe (swath), as if aw'd bin a scythe, or a hurricane. Sam, after he'd had a bit of a frap wi' his sweetheart, an' getten a rap o'er th' nose wi' her mother's fan, coom sweepin' after me, makkin' another swaithe, an' bringin' a lot o blessin's wi' him, ut he didno' seem fort' think ud do him ony good. Aw da'say ther scores o' toes had to be plaistered up that neet.

When we geet into th' street Sam co'ed for a cab, an' we drove to his hotel; an' a rare set-to he gan me upo' th' road for spoilin' what he co'd his "little game." But when we londed at th' hotel, an' had finished a red bottle, he geet into a better temper, an' said it wur happen for th' best, as finest o' women didno' aulus mak' th' best o' wives.

" Aw wish aw'd one like thine, Ab," he said, an' he geet howd o' mi hont as he said it. " Aw should think aw'd getten a queen, an' what's moore, a gradely woman."

So theau yers what folk thinken abeaut thee, even so far off as Lunnon ; an' aw think misel' ut theau couldno' do better nur let it be a consideration i' mi favour when aw get whoam, so ut if ther' is ony troubled waythers, it may be a drop o' sweet oil o'th' top o' 'em, as eaur Dick's spellin'-book says.

Good neet, owd brid ! After theau's yerd fro' me another time theau may tell th' post felly ut th' next letther aw send aw shall bring misel', if th' Owd Lad or Sam Smithies doesno' stond i'th' road.

Thine, i' repentence,   AB.

AB-O'-TH'-YATE IN LONDON.

EIGHTH LETTER.

TWO PHASES OF A LONDON SABBATH.

Sam's Hotel, Lunnon Fowt,
July —, 1868.

LOVELY Sarah,—As aw'm writin' abeaut Sunday, aw'll co' thee by thi Sunday name ; for aw'm full o' Sunday feelin's, an' Sunday wishes to'ard thee an' everyb'dy. Aw hope theau'rt same, an' ut theau'll keep so a day or two lunger,—forgettin' mi bits o' yorneyish doin's, ut theau has scored up again me, an' ut theau'rt sometimes pleest to co " sticks i' pickle." Let 'em keep picklin', an' behanged to 'em.

Yesterday wur a reecher, an' if aw'd roamed abeaut th' streets o day aw should ha' bin like an underdone steak neaw, fit to be put on a table wi' fried onions an' fleaur lithin'. But aw'd a better thing on—aw're i' Sam Smithies' clooas again ; but ther no barberin' this time, so ut mi yure looked as if it had bin knockt abeaut wi' a whelwynt (whirlwind), or made into a meause neest while a family o' yung uns had bin browt up. Aw march into th' hotel neaw just as if aw're gooin' into mi own heause, obbut Sam winno' stond me orderin' mi own dinner, an' if aw've owt to sup, it hast' go through his honds afore it gets to mi meauth. Well, aw conno' grumble at that, seein' what aw've cost him at other times, besides th' danger ther' is i' lettin' me ha' mi own road i' things ut concarn mi stomach.

"Ab," he said, when we'rn partin' t'other neet, after aw'd gan up mi commission i' th' Royal Blazers, "heaw art gooin' to spend Sunday?"

"Well," aw said, "if aw could find eaut a Ranters' chapel aw'd goo theere; becose they're so yearnest i' what they're doin' ut it keeps one wakken betther nur they con at th' church; an' aw dunno' like sleepin' o'er a sarmon, same as owd Johnny o' Sammuls, ut had his pew back made so hee (high) they couldno' see him when his yead went deawn."

"Goo wi' me to th' Foundlin' Hospital," he said, "they'n keep thee wakken theere. Beside, theau'll see a seet ut'll mak' th' cockles o' thi heart oppen like mussels on a topbar!"

"Is that a church or a chapel?" aw axt him; "becose aw'm rather partiklar abeaut th' sort o' company aw goo amung, speshly neaw aw'm i' Lunnon."

"Theau may co it oather," he said; "but they go'n through th' sarvice same as the done at a church."

"Dost think ther'll be a collection?" aw said, for aw're calkilatin ut mi pockets wouldno' stond mich divin' into.

"Well," he said, "if ther is, theau con tak' a thripenny bit wi' thee an' put that i'th' box, as mony a hundert beside thee han done ut could weel afford a suvverin."

"Should aw graise mi clogs, or ha' 'em black-balled?" aw said. Theau sees aw're givin' him a hint abeaut his clooas, an' aw stretcht misel', fort' show him heaw nicely they fitted me.

" Oh," he said, after he'd chewed his thumbnail a bit, an' looked at th' floor, " theau con ha' thoose on agen, but theau'll ha' t' strip as soon as we getten back."

Aw took him fort' meean booath th' boots an' the clooas; so aw gan him mi hont at once, an' said aw'd goo wi' him.

That sattled on, we parted—" to meet again in a happier place," as " Owd Softly " said, when he prayed for Little Nopper, an' then took th' bed fro' under him for rent.

Well, Sunday mornin' coom, an' as aw'd pitched mi tent upo' Newington Green, aw could hardly tell it fro' a Hazlewo'th Sunday, it wur so nice and quiet, even to th' church bells, ut rung same as if they'd slippers on, an' wur feart o' wakkenin' th' babby. Th' owd sun had put as mony coals upo' his fire as th' grate ud howd, an' his chimdy drew it into a white yeat; but ther a nice breeze wafted abeaut me, ut wur as refreshin' as puttin' a cleean shirt on, an' aw felt as if aw could like to ha' sit theere o day, under th' shadow o'th' trees—harkenin' bells an' th' brids, an' puttin' one's thowts an' feelin's i'th' sort o' harmony ut mak's one's e'en wander up to th' sky, an' marvel what's gooin' on theere. Aw could just recollect a verse of a hymn ut we used to sing at Hazel-wo'th skoo, when theau're at th' bottom form, wi' a pair o' cheeks like apples, an' a meauth ut looked as if it belunged to th' hymn; so, as ther nob'dy abeaut just then, aw led it eaut, two lines at once, as " Owd John " used to do, an' raised mi voice an' mi heart i' singin'. Theau knows what a clumsy singer aw am at owt beside a ballit, but to me just then it sounded like a little chapel, wi' brass candlesticks upo' th' pulpit, an' brass nobs upo' th' pew durs, an' twenty pratty wenches stondin' up i'th' loft, tryin' to draw us fro' this carnil yearth, wi' looks an' seaunds ut belunged to somewheere else.

Aw believe aw could ha' praiched a sarmon then, for good thowts kept springing i' mi yead like a well o' sweet wayther, an' words o' thankfulness coom tumblin' into mi meauth i' sich a way, ut aw couldno' help lettin' 'em eaut as fast as ever owd Thumpbook did, when ther' someb'dy sittin' before him ut had plenty o' brass an' a wide pocket top, an' ut kept a good table for Sundays. " Carnil vessel" ut he is.

But time fur meetin' Sam wur drawin' on, so aw had to bless mi congregation an' send 'em whoam, ut aw met goo an' praich somewheere else. This aw did i' grand style. Then wi' a heart runnin' o'er wi' love for everybody, but moore partikilarly thee an' th' childer, aw gethered up mi carcase, an' took it to wheere it ud have its eautside put i' haliday trim, as weel as th' inside. This finished, to th' boots an' white neck-napkin agen, aw set eaut wi' mi owd companion to th' Foundlin' Hospital. O' someheaw aw fancied Sam had bin fettlin' his inside up a bit, like one's-sel', he looked so sollit an' quiet; an' ther' no peevish twinkle in his e'e, ut aw'd seen afore.

Eaur road lee through a part o' Lunnon ut aw'd ne'er been in afore, an' if aw must choose aw'd ne'er goo in agen, speshly on a Sunday; for ther' things to be seen theere ut mak's one wish ut a comet 'ud come wi' a dish-cleaut tail, an' mop th' wo'ld of its sin an' ugliness, an' give it a fresh start to see if it 'ud mend its ways ! If ther' sich carryin's on among th' Blue-faced Indians, ut aw've yerd Little Nopper talk abeaut, wheere they'n no leet to guide 'em, no moore nur dogs or monkeys, we should be sendin' a ship-looad o' missionaries, for t' tell 'em ther' ways wurno' sich as 'ud lond 'em reet i' th' next sattlement! But here, wheere ther a lot o' stray human sheep within raich o' a theausant shepherds' hookin' pows, ther' is no' one put eaut for t' save 'em tho' they're up to th' neck i'th' slutch o' wickedness, an' within a frab or two o' poppin' o'er th' yead, for t' never see moral dayleet agen. Th' seaund o' that canker-hole coom on me like a sheaut fro' Bedlam, an' aw tremblt' lest a judgment should come on us just then, an' mak' it a warmer shop nur it wur.

" Theau'll see a seet e'eneaw," Sam said, " ut'll mak' thi yure so ut theau winno' need to goo to th' barber's a-havin' it curled. Theau may have an inklin' by th' noise ther' is." An' just then we coom to a street ut wur fairly swarmin' wi' maggots—no' sich like maggots as theau finds i' cheese, ut owd Juddie says are nowt nobbut "wick fat," but maggots wi' arms an' legs an' clooas— rags aw meean—an' ut could sheaut an' swear, an' rip abeaut like nowt i' th' wo'ld beside.

" What does o this meean ?" aw said to Sam, for aw'd that sort of a feelin' ut one has when we'n seen a battle, wheere th' feighters had bitten one another like dogs. "Heaw is it ut sich like is alleawed on i' this Christian lond ? Wheere are th' police ? Wheere are th' pa'sons ? Wheere is th' parlyment ? Wheere is th' Queen ? Wheere is "—aw'd like to ha' said a greater peawer, but summat stopt me.

" Aw've axt misel' that question mony a time," Sam said ; " but aw've getten no onswer nobbut this,—it doesno' matter what folks done eaut o' th' seet o' th' government

an' th' nobs o' th' lond, if they'n keep eaut o' Trafalgar
Square an' Hyde Park. It's when they go'en theere, ut
they getten a bit o' notice fro' thoose ut should taich an'
guide 'em. No other time."

" An' what is this place, an' what are these poor folk
doin' ?" aw said ; for aw're bewildered, an' dumb-feaun-
dered wi' th' noise an' th' brawl ut wur gooin' on.

" It's Leather-lane market," Sam said, " wheere th'
poorest o' the poor han to buy the'r Sunday needs. Theau
may truck i' owt fro' a cabbage to a walnut, or fro' a
hontful o' perriwinkles to a suit o' clooas," an' just then
ther a woman, ut wur as ragged an' as dirty as owd Moll
Hollant, held up summat ut looked like a leg o' mutton,
an' ut wur quite as dirty lookin' as hersel', an' hoo axt
what onyb'dy 'ud bid for that. Another put up summat
ut Sam said wur fish, but it looked moore like a leather
appron, an' hoo axt what they'd bid.   Then a mon held
up an owd senglet, an' knockt it deawn for sevenpence,
after he'd done moore sheautin' nur ever aw yerd fro' a
showfelly at Knot Mill fair. Reaund every stondin',—an'
they'rn as close t'gether as th' pavin' stones i' th' street,—
this sort o' auction wark wur gooin' on, so theau may
think what a bother an' racket ther' wur i' that cusst hole.
An' talk abeaut th' smell !—Phew ! aw'm as sick as if
aw'd bin ridin' in a flyin'-box, every time aw think abeaut
it ; an' heaw even a dog could ate owt ut wur sowd theere
an' forshawm t' goo into a cleean kennel after, aw conno'
understond. It 'ud be a disgrace to four-legged natur'.
That it would !

" Aw'd rayther aw hadno' seen a seet o' this sort," aw
said to Sam, ut wur lookin' on as if it wur a everyday
seet to him. " Aw'd a good crop o' Sunday feelin's when

aw set eaut, an' neaw aw ha' not as mich as a windle laft. Oh, 'for a wilderness o' monkeys,' as owd Shakspere says, if these are Christian folk!''

" Howd thi bother!" Sam said, "it's same as skinnin' snigs, they getten used to it, an' thinken no moore abeaut it nur if they'rn gooin' to a charity sarmon or a Ranters' camp meetin'. It's Cockney natur'—not to do owt like onybody else.''

" But why conno' they get the'r stuff in, sich like as it is, o' Setturday neets?" aw said, same as they done i' England, or ony other gradely country?''

" They'n no time," he said. " Setturday neets are precious to 'em. They han to spend the'r wage i' drink an' singin'-reaum music then, becose they conno' get it o'th' Sunday mornin'. Beside, they han to wait for what's laft bi Setturday folk, so as it'll come in chepper o'th' Sunday. They're a sort o' market scavengers, ut, like rottens in a soof, aten up what winno' go deawn th' grid. That's why Lunnon is so free fro' pestilence. It's a balancin' law o' natur', ut great cities conno' do beawt, an' eaur parlyment knows it; that's why they dunno' meddle.''

" Come on," aw said, " afore mi heart comes up," an' aw geet howd o' Sam's arm an' dragged him to'ard a sweeter place.

" That's one sort o' Sunday life i' Lunnon," he said, as we'rn gooin' away; " but ut theau winno' goo whoam, an' think ther' isno' a better sort, theau'll find thisel' i' ten minutes fro' neaw, in a place ut'll bring o thi best feelin's back, an' one or two extry i'th' bargain.''

He towd true. I' ten minutes fro' then we'rn in another wo'ld.

K

We stop't at th' gates o' what to me looked like a grand
palace, wi' a big garden i'th' front, laid eaut i' nice walks;
an' wheere ther green shady trees same as ther' is i'th'
country. Aw'd bin stewin in a stink afore, but this seet
coom on mi like suppin at a well, wi' roses an' honey-
suckles hangin' o'er it, an' thee sittin' o'th' side on't,
lookin' thi Sunday looks at me. We went up one o' these
walks, an' fund we wurno' by eaursels, for ther lots o'
grand folk upo' th' same arrand. At last we coom to a
dur, ut looked like a chapel dur, wheere a mon stood,
howdin' a tin dish in his hont, full o' little bits o' silver.
Sam dropt a shillin' i'th' dish, an' it looked like a silver
giant amung t' others. Aw fumbled eaut mi thripenny,
an' when aw dropt it o'th' side. o'th' shillin' aw felt as if
aw'd bin takkin' summat eaut i'ste'd o' puttin' summat
in. But ther others did th' same ut ne'r shawmt a bit.
After that we took eaur hats off, an meaunted a pair o'
steers; an when we'd squozzen eaursels up th' side o' a
gallery, ut wur throng wi' folk, Sam whispert to me to
look reaund.

Oh dear me, Sal!—Sarah, aw meean—that wur a seet
ut as soon as aw set mi e'en on they filled as full as they
did when aw looked at eaur little Betty i' her coffin, wi'
that little posy i' her hont ut wur deead like hersel', but
booath smilin'! Ther abeaut a hundert an' fifty childer,
to th' best o' mi calkilation, sittin' i' rows up in a gallery, ut
sloped fro' th' top o' th' buildin' deawn to wheere we
stood. They'rn divided i' th' middle bi a organ—th' lads
o' one side an' th' wenches o' t'other; an' if aw couldno'
ha' takken everyone on 'em, an armful at a time, an' blest
'em like blessin' mi own childer, never say ut aw'm a
feyther again, or ut aw've a feyther's feelin's. Aw mun

use a big word neaw, an' say ut a lovlier seet couldno' be eaut o' heaven nur that garden o' sweet choilt-fleawers— buds, aw meean,—for they'rn like thoose roses ut are shut up at neet i' innocent freshness, an' i' th' morn are blown i' full grooth—scatterin' the'r sweetness abeawt as if it wur wo'th nowt, till th' frost nips the'r petals, an' owd Death puts 'em in his cooat-breast, an' carries 'em whoam at last!

" Sam, what are o' these ?' aw said, for th' sarvice hadno' begun yet, so ut one could talk.

" They're foundlin's," he said, " an' this is th' ' Foundlin' Hospital.' "

" An' what are foundlin's ? " aw said. Are they childer beaut feythers an' mothers, like orphins ? "

" They're childer ut dunno' know whether they'n feythers an' mothers or not," Sam said, an' he turned his e'en on me wi' a very meeanin' look. " They're browt here as soon as they're born, an' fro' th' minute ut one comes in at that dur, o these tother are sisters an' brothers to it, an' they'n noane else i' this wo'ld."

" But why dunno' the'r feythers an' mothers keep 'em awhoam ? " aw said, for aw felt ut if aw'd a fielt full o' childer aw should want 'em o to stond reaund th' same table at porritch time.

" That's best known to Him ut watches o eaur con- sarns," he said, as if he'd getten into th' pulpit an' wur prachin'. " Happen ther' are lots o' feythers an' mothers here, ut han childer up theere, an' they dunno' know which is the'r own, an' never will."

Aw looked up at that gallery agen, an' stared at it till mi e'en grew dizzy. We'rn at th' wenches' side, an' every face i' that sweet pictur' wur oppen to me as a

book, ut aw could read strange things eaut on, as if it wur
a little Bible, ut said nowt abeaut th' wickedness o' men
an' the'r salvation, but showed me a little heaven, wheere
nowt but childer wur alleawed to goo ut had no feythers
an' mothers upo' this yearth, but had One above ut did
for booath.   Every one wur donned alike.   A black stuff
frock wi' short sleeves—a little woman's white appron
te'ed o'er it; a white tippet, an' a white French cap, wur
the'r simple Sunday gear; an' not a silk an' satin
bedaubed snicket wur ther' lookin' up at 'em but favvort
as they'd give every rag an' jewel they had booath theere
an' a-whoam to be just like 'em.   Aw looked at one i'
partikilar, ut favvort hoo're th' mother to a family o'
tuppenny dolls, an' had browt 'em up i' credit.   A sweet
face hoo had, just like eaur little Betty's—ut's neaw i'
heaven, bless her!   Whether summat towd her ut aw're
thinkin' abeaut her aw couldno' tell, but someheaw hoo
couldno' keep her e'en off me; an' aw felt as if aw could
ha' takken her on mi back an' carried her to Walmsley
Fowt, an' letten her tak' eaur Betty's place.   I' mi mind
aw fund whoams for 'em o straight forrad, an' seed 'em
grooin' up theere a blessin' to everybody abeaut 'em.

"An' these," aw said to misel' "know nowt o' what a
mother is ;—never wur clipt to her breast, an' fondled o'er
while hoo's sung ' hush-a-bee!'   Never lisped the'r fust
words for ears ut thinken ther's noane sich musick no-
wheere!   Never prattled the'r little bits o' prayers ut
childhood's altar—a mother's knee!   Never fretted when
a loved face looked mournfu' an' crowed when it smiled!
Never rode to ' Banbury Cross' upo' grondad's leg, nor
wore his waistcoat an' spectekles when they begun to
toddle!   Never wur watched to th' skoo on a Sunday wi'

dotin' e'en, nor hearkened for at neet wi' hearts ut cracken to yer thoose little feet patterin' at th' dur wi' tiny punces, an' puttin' a heart i' flutter, ut no sorrow nobbut one can crush !

Aw could goo no furr, for mi heart brasted, an' aw had to put mi hat o'er mi face while th' flood ut wur letten loce spent itsel' i' mi napkin. Tell eaur Ab, an' Joe, an' Dick, ut if they dunno' behave to thee as they should to a mother, aw'll poo the'r ears till they con garter the'r clooas up wi' 'em, when aw coom whoam, that aw will. As soon as aw could get mi e'en ut they could see, aw looked reaund. Ther' wur other hearts watchin' beside mine. A woman i' black wi' a black veil just drawn o' one side her face, gan way till aw could yer her sobs above th' pa'son's voice, ut wur neaw i' th' pilpit beginnin' th' sarvice. An' her e'en 'ud sometimes be fixed upo' th' gallery,—wanderin' fro' top to bottom,—fro' end to side, as a mother looks up an' deawn th' street for a lost choilt. Then hoo'd tak' 'em off, bury 'em in her napkin, an' brast eaut afresh. Aw'd no 'casion to ax Sam what that meant. As sure as aw hope to see thee agen hoo'd a choilt up theere, an' hoo didno' know which it wur, an' wi' o her seechin' hoo'd never find it.

When th' hymn, wur gan eaut,—if theau'd yerd thoose little darlin's sing, theau'd ha' bin like me, wet through wi' e'e wayther ; an' theau'd ha' said, like a greater Somebody nur thisel'—" Suffer little children to come unto me !" for o ut theau's six o' thi own an' th' kayther noane yet laid by. It seaunded like music fro' a wo'ld o' sperrits,—ut aw sometimes yerd i' mi dreeams, when theau're used to sing me asleep, afore theau begun a-singin' for th' childer ! An' whoever could deaut ther'

bein' a heaven, after yerrin' sich a grand promise fro'
thoose angel lips, has noather heart nor ear ut aw'd give
a gingham fent for, nor a soul ut con meaunt two inches
above his hat. If he has, aw'm a jobber-knowl, neaw
then! Every part o' th' sarvice wur like a taste of a
betther place, obbut when it coom to th' sarmon, ut wur
noane sich a sarmon as aw could read i' thoose Bible-
faces, but coom too nee one's own wo'ld, to put us i'
strunger hope for th' next, or mak' us feel better nur we
felt o ready.

Aw parted fro' that seet same as aw're used t' part fro'
thee of a cooartin' neet, aw wanted to be th' last eaut o'
th' place, as aw're th' last fro' th' side o' yore gate. But
" ther's a time for everythin'," as th' owd book says, an'
Sam whispered to me ut it wur dinner time an' we must
goo an' watch th' childer sit deawn to the'r meal. So aw
took a farewell look at th' gallery, gan a good soik, an'
tore misel' away. When aw looked at Sam's face aw
could see abeaut his e'en favvort it had bin wesht sin th'
t'other part wur ; so he must ha' bin swillin', too.

Well, we went deawn th' steers, an' we'rn shown into
a reawm ut favvort it would ha' raiched fro' eaur dur to
owd Thuston's shippon ; an' ther tables deawn booath
sides on't. This wur th' atin place for th' lads, so aw
fund aw should ha' a chance o' seein' 'em better nur aw
had i' th' church, as aw're then at th' wenches side. Th'
dinner wur set eaut o ready—cowd beef, a lettuce, an' a
hunch o' bread a-piece—th' plates bein' bigger or less
accordin' to th' size o' th' ater. I' two or three minutes
after we'd takken eaur stond amung th' crowd o' folk ut
wur gethert reaund, we seed two lines o' summat shoot
into th' place, as straight as a ramrod eaut o' a gun.

They'rn lads marchin' to th' tables, led up bi a little band. When every one had getten a-facin' his own plate, an' gan it a shy look, as if it had bin a wench, th' band struck up, a blessin' wur axt, an' theau may judge for thisel' what followed, an' heaw soon, too, when theau's sin eaur lads delve into a deeshful o' new pottitos—three on a fork at once, an' deawn wi' 'em. Aw fancied aw yerd th' captain say, quietly, "Wire in, lads!" an' they wir't in.

That seet made me so hungry aw couldno' abide ; an as Sam wur gauging his waistcoat, so ut he could tell what time o' th' day it wur, as he said he could to five minutes, we coom eaut ; an' after we'd sattled up eaur consciences, like reckoning up a shop score, we fund ut we'rn so mich better folk for havin' bin wheere we had, ut aw made up mi mind ut when aw geet whoam aw'd ha' a Foundlin' Hospital o' mi own, an' put eaur Ab, an' Joe, an' Dick, an' th' wenches in it, divided deawn th' middle bi th' lung table i'stid ov a organ, an' aw'd praich to em' ov a Sunday, as th' owd fisherman did i' Gallilee, afore parsons wore black gaiters an' broad-brimmed hats, or sowd folk up for tithes an' church rates, as they han done afore neaw, tho' aw think they're gettin' moore o' th' milk o' kindness i' the'r stomachs nur they'n used to feed on i' darker times. Aw hope they han, at ony rate, for th' sake o' Him ut towt 'em Charity an' Love, an' had nowheere to lay His yead, nobbut on th' stones o' th' hee road.

Neaw then, aw've seen Lunnon, but ha' no' seen o by a theausant times, an' happen never shall, tho' Sam Smithies says aw mun come agen sometime, an' he'll mak' me into as mich o' a philosopher, as it's possible to manufactur' eaut o' a foo'. Heawever, what aw ha' seen an' tasted aw'll never forget to mi deein' day, nor lose th' seet o' th' lessons ut it taiches.   I' two days fro' neaw aw shall tee up mi bundle an' put mi travellin' legs on; then, wi' mi nose set to'ard Walmsley Fowt, an' mi heart yearnin' for thee, aw shall say, i'th' words o' owd Sam Bamfort—·" Lunnon, fare thee well!"

Thine, till theau sees me agen,   AB.

PREPARIN' FOR WALMSLEY FOWT JUBILEE CELEBRATION.

CHAPTER I.

FIRST COMMITTEE MEETING.

"WELL, Sarah, next year is Queen Victoria's Jubilee year, an' aw reckon we's ha' to do summat to celebrate it an' do honour to her; aw munset abeaut shappin' a plan."

"Theau'd better bide quiet a bit an' see what other folk are beaun t' do, an' theau'll happen larn summat ut ull suit. If theau does summat o' thi own plannin' it ull happen be wur nur that sail in a tub ut theau gan Fause Juddie, an' it ull be best for thi to let me know afore tha does owt ut o. What dost think o' that?"

"To be sure it would, owd Skoomissis," aw said. "What blunders aw should mak' if aw hadno' thee ut mi elbow to correct me! Neaw then, what are we men gooin' to do for this great Jubilee next year?"

"Well, aw'd ha' knitted her a pair o' white stockin's if aw thowt hoo'd wear 'em. But aw dar'say hoo wears red uns, like other ladies o' quality; summat different to workin' folk."

"But ther' are poor folk ut wearn red uns," aw said.

"Aye, but thoose are below common, like Black Sam's

wife ; an' they nobbut wearn 'em when ladies han done wi' 'em, so it's nowt to go by."

" But aw didno' meean what art' theau gooin' to do," aw said. " Aw meant what should th' whul fowt do. What should we spend some money on, as a jubilee moniment to her Most Gracious Majesty ?"

" Put a pow up wi' a hen on th' top, for t' show ut th' naton's bin henpecked fifty year, an' never grumbled," th' owd ticket said ; an' aw thowt by that hoo'd scored a point nicely.

" That's just it," aw said. " Theau's hit th' nail beaut hommerin thi thumb. A henpecked nation! It's a wonder nob'dy's thowt abeaut that afore."

" Well, it shows a woman's better able to manage things nur a mon is. If we'd had a king he'd ha' gone abeaut his wark like a blunderin' owd foo'; an' his childer would ha' bin scattert abeaut th' country, till we shouldn't ha' known 'em fro' common folk! A queen's best, but aw'd mak' it law ut hoo shouldno' wed till hoo're fifty."

" What would t' do that for ?"

" Wheay, art' so blynt theau conno' see that ?"

" Aw conno' gawn thi meeanin' yet."

" Conno' theau see we should be on less expense ?"

" Aw do see it neaw. Wheay, in a generation or two that ud lond us into a republic. Ther'd be noather princes nor princesses. Well, theau has notions o' thi own, an' no mistake !"

" That's what owd Juddie would ha' co'ed seaund logic, isno' it, Abram ? Aw reckon theau's never thowt abeaut it before ; hasto, neaw ?"

" Nawe, that's a new idea; an' theau desarves a patent for it. Heaw to lessen a nation's expenses beaut hurtin' onybody, or touchin' what they coen vested interests. If that law wur carried eaut a bit furr for a generation or two th' country would be no wurr for it. But neaw theau's sattled that job, let's come to this jubilee agen."

" Well," th' owd stockin'mender said, "what dost think we should do beside puttin' this hen-pearch up ?"

" Some folk are i' favour o' scholarships," aw said.

" What are thoose ?"

" Payin' so mich brass to a skoo, so ut a lad con go to it free."

" An' why not a wench as weel as a lad ?"

" Aw never thowt abeaut that afore."

" Nawe ; that shows yo men are a selfish lot. But if this money's paid con everybody's lads ha' larnin' for nowt ?"

" Nawe, they han to be elected like club stewards, or a local board. Influence an' favour han to do it."

" Oh, bother sich like, then ! It seems one body's childer are betther nur anothers. Look at Gimblet widow's lads ! Hoo's getten two on 'em i' th' Blue Cooat Skoo at a time hoo'd a good livin' comin' in. But quiet Nancy couldno' get one o' hers in, an' th' poor crayther con hardly tell wheere th' next meal mun come fro'."

" Heaw wur that done ?"

" Well, quiet Nancy's a gradely woman. Hoo would-no' do an unfair thing to onybody, nor try to get an advantage o'er 'em. But hoo happens to goo to th' wrung chapel. Gimblet widow knew what hoo're dooin', an' went to th' reet un. Hoo sucked up wi' everybody ut hoo thowt had a bit o' peawer, an' looked so saintish one 'ud hardly ha' thowt butter 'ud ha' melted i' her meauth. But ther's nob'dy likes her twopennoth at th' "Owd Bell" bar window betther nur hoo does, an' talkin' tattlin' talk abeaut her neighbours. Hoo con get things off gentle- folk when nobody else con; an' it's sich like as hoo is 'at 'ud get these scholarships, as theau co'es 'em. Let us do summat ut everybody con share at alike, an' no' trust to a system ut's next dur to gamblin'! Let folk do summat for the'rsel's if they wanten the'r childer to be pa'sons, an' doctors, an' thoose chaps ut liven by turnin' law to the'r own side when nob'dy else con mak' owt on it!"

" Then theau doesno' howd wi' scholarships ?"

" Nawe, nor wi' thoose ut talken abeaut 'em."

" Well, what other shape should eaur Jubilee tak' ?"

" Givin' mayte to thoose ut are clemmin'; an' coals to thoose ut conno' raise a foire; an' clooas to thoose ut are shiverin' wi' bare skins ! Yo'n find plenty to do."

"That's abeaut as sensible as theau could ha' said, an' aw'll name it t'morn a neet, when we're havin' eaur meetin'."

" Wheere are yo' meetin' at ?"

" Well we thowt to ha' met i' th' church, but we thowt it 'ud be too cowd unless th' engine wur set a gooin' an' that 'ud be too expensive. So we're meetin' at th' "Owd Bell." Th' teetotallers wouldn't let us ha' the'r shop, unless three or four ut aw could name ud ha' the'r noses white-weshed."

" An' theau'rt one on 'em, aw reckon."

" Ha' thi own road."

" Yo' never went after noather th' church nor th' teetotal place. Theau'rt at it again, Abram ! If aw towd as mony lies as theau tells o'th' good Sunday, too, aw should be feart o' gooin' t' bed ! Yo' never thowt abeaut nowheere nobbut th' ' Owd Bell.' "

Well, that sattled things as far as eaur Sal an' me wur consarned. An aw went an' geet a leeaf or two o' pot-yarbs for th' broth fro' a corner o' Jim Thuston's five-acre, wheere aw knew ther a nettle or two laft eaut o'th' summer's grooth.

Monday neet coom, an' we'd a very good meetin'. Aw knew ther' would be when Sam Smithies had sent word he're comin', an' ud stond some drink for 'em. Rare stuff for fotchin folk when it's chep! Some wur agate a-singin' afore th' cheearmon wur elected ; an' aw knew by that they'd get through th' business at railroad speed. Never wur sich loyalty shown sin' th' creawnation ! An' aw believe ut if th' queen had walked in, an' ordered a glass o' red poort wine, they'd ha' bin feightin which must ha' paid for it, besides strippin' the'r jackets for her to walk on ! They'd never known a better queen sin' they're born; an' that wur abeaut as true as owt they could ha' said, as ther's never bin one sin' Queen Anne, an' they sayn hoo's deead !

Aw're moved, an' seconded, an' carried into th' cheear; then, like mony a cheermon beside me, aw're fast what to do. Sam Smithies coome to th' rescue. He said—

Mesthur Cheermon, fort' start this business aw move that it's desirable that Hazelwo'th should do summat fort' show its loyalty. Hazelwo'th is too important a place to run i'th' ruck. It mun be somewheere i'th' front. What place has done moore to'ard reformin' eaur aristocracy nur it has done ? Eaur nobility are not th' same nobility as they wur a hundert years sin'. Then if a workin' mon had spokken to a prince he'd ha' bin transported. But we'n lived to see a day when a prince, within a few years o' bein' a king, con talk to workin' folk in his own palace, an' wi' his wife and family reaund him; when he con show 'em through his palace an' through his greaunds; an' chat wi' 'em as if he'd belunged to th' same club, an' paid his subscription regilarly! Aw've no deaut he'd feel betther after that nur ever he felt in his life, unless it wur that day he took that lass fro' Denmark to be his stockin-mender. Sich events as these desarven celebratin', for they shown ut th' big an' little are comin' closer t'gether, an' for one another's good. It shows, too, ut eaur nobility nobbut wanted eddicatin' to it; an' aw think Walmsley Fowt has done its share to'ard that eddication. ("It has, Sam.") Well, then we owt to do summat worthy on us to show eaur loyalty to kings an' queens when they shown the'r loyalty to'ard us, an' dunno' govern us like Nayro did th' Romans. Aw therefore move ut we do summat, as aw said afore, to show eaur loyalty to eaur Queen and con-stitution. Th' shape it should tak' con be sattled after.

Billy Softly couldno' see what th' church had done amiss ut it should be laft eaut o'th' perambilations. It sarved a very wise end. It contributed a good deeal o' charity ut wouldno' be done witheaut it. ("Aye, an' theau gets thi share.")

Jack o' Flunter's thowt they'rn ramblin' away fro' th' question; but while they wur away he'd give 'em a bit o' a verse o' po'try he'd just made. Everybody knows ut Billy wears th' pa'son's cooat o' a Sunday.

(Billy: "Theau'd wear it, too, if theau had it.")

Cheearmon: Gentlemen, keep to th' question, Jack o' Flunter's has had too much inspiration. Another quart, an' Burns ud be nowheere!

Jim Thuston ud second Sam Smithies' motion. He agreed wi' everythin' he'd said, an' thowt ut Hazelwo'th

owt to do summat worthy on it bein' put i'th' map. It
had bin snubbed lung enoogh, sayin' ut it had done so
mich, as Sam had said, to eddicate thoose above us, an'
bring 'em up to eaur level. He're quite sure ut if Hazel-
wo'th, speshly Walmsley Fowt part on't, did its dooty
next year it ud not only be put into th' map, but it ud
ha' a good place in it! (Hear, hear.)

Ther' bein' no 'mendment, aw put th' motion. Every
hont obbut Little Dody's wur held up for it, an' Dody
wur asleep. Aw then declared it carried.

"Wakken up, Dody!" Jack o' Flunter's said, givin'
him a good shake, "theau's had too mich broth, owd lad.
Puddin's comin' on th' next."

"Sha' ha' no pud; wai' f'r beef, " Dody muttered. Then
he sang, in a dreamy away—

> Oh, dear to my heart is the home of my childhood,
> And charming young Jessie, the flower of Dunblane,
> The old oaken bucket, the iron-bound bucket,
> The charming young Jessie, that hangs in the well.

"Makken a mess o' that! Wheere am aw?"

Leeavin' Little Dody to his mixin' up o' two songs ut
are sung to th' same tune, ut he kept dooin' till he went
to sleep again, we went on wi' th' bizness.

Th' cheermon (that wur me) said—"Neaw we'n sattled
ut we are to do summat i' this ju—jubilee year, we mun
neaw consider what's best we con do. Eaur Sal has
thrown eaut an idea ut aw think desarves some considera-
tion. That is puttin' a pow up wi' a hen on th' top, for a
weathercock. Aw think we couldno' do better nur adopt
that idea. It 'ud show ut creawned yeads—we could put
a creawn on th' hen's yead i'stead of a comm—i' these
days han to turn wi' th' wynt. They darno' goo agen
public opinion an' public feelin'. They darno' start a

war on the'r own ackeaunt. They conno' tax us beaut
we'n a voice in it.   They conno' meddle wi' nowt unless
we'n a mind to let 'em ; so they're i' no danger o' losin'
the'r yeads as they wur once on a time.   O they han to
do is to pearch on the'r pow, an' show us th' road th'
political wynt is blowin'.

Every one at th' meetin' fell in wi' th' idea ; an' it wur
moved an' seconded, an' carried, as Billy Softly said, wi'
"proclamation."   Some wanted to roast a ox; but that
'ud cost too mich ; an' if we bowt a cauve, th' butcher
mit swap it for a jackass!   Siah at Owd Bob's thowt a
pig 'ud be th' best, as they wouldno' be limited to size.
If they couldno' raise brass for a big un, they could ha'
a little un.   But ther' an objection raised to this ; if they
roasted a pig they'd ha' to turn it th' wrung side eaut ;
becose if they roasted th' reet side eaut th' bacon 'ud be
done afore th' poork!   This part o' th' bizness wur laft
o'er to some meetin' nar th' time ; an' havin gone as far
as we could, we sang "God save the Queen," an' aw
closed th' meetin'.   But ther's aulus another meetin'
deawn steears, as a sort o' a "good neet" meetin'.   Sam
Smithies ordered some moore "inspiration," an' we sit till
th' cheearman's wife coom, an' said ther' a meetin' to be
howden awhoam, an' hoo wanted to move th' fust resolu-
tion at it.

PREPARIN' FOR WALMSLEY FOWT JUBILEE CELEBRATION.

CHAPTER II.

SECOND COMMITTEE MEETING.—NOWT DONE.

WHEN th' second meetin' o' th' Walmsley Fowt Jubilee Committee wur held at th' "Owd Bell" they moved me into cheear agen. Ther' wur a full attendance. Sam Smithies proposed ut th' minits o' th' last meetin' be read.

" What han we to do wi' minits?" Jack o' Flunter's wanted to know. " Lump 'em, an' say heaurs."

Jack doesno' understond what aw meean," Sam Smithies said. " He kneaws moore abeaut settin' a boiler up nur he does abeaut minits."

" Aye, when he turns th' flue i' th' wrung chimbdy," Billy Softly said, takkin' a stroke o' revenge eaut o' Jack.

" Minits are fort' show what wur done at th' last meetin'," Sam said. " Wheere are they ?"

" We'n never chosen a secretary," aw said.

" Heaw wur that ?" Sam wanted to know.

" Well," Jim Thuston said, spakin' to Sam, " theau're one on us. Why didt' no' put us reet ?"

" It's not too late ; we'n start reet neaw. Con onyb'dy remember what we did ?"

" Aw know what aw did," Little Dody said. " Aw

L

walked into th' mop-hole, an' had to wesh mi treausers misel'!"

"But that had nowt to do wi' th' bizness o' th' meetin'."

"O ut we did at th' last meetin' wur agreein' to put up a pow wi' a hen on th' top for a weathercock," aw said.

"Then aw move ut that minit be confirmed," Sam said.

"Nob'dy's ony peawer to confirm nobbut a bishop," Billy Softly said. "If Sam'll say reproved, i'stead o' confirmed, aw'll second it."

"Approved, theau bobbinhat!" Jim Thuston said.

"Oather'll do. Go on wi' th' bizness."

So th' minits wur approved, Little Dody wantin' to know if th' mop-hole bizness wur included.

Th' next bizness is to appoint a secretary," aw said.

"Will onybody domineer?" Billy Softly axt.

"Billy, we con get on wi' what bizness we han to do beaut thee bringin' eaut thi grammar ut not one hauve on us con understond," aw said, thinkin' aw'd put him one in.

"It isno' my faut," Billy said, "Yo' should ha' gone to th' skoo, same as aw did. Then yo' could ha' understood ony sort o' ramifications." Then he chuckled, an' winked, as if he bin as fause as a boggart.

"Aw move ut Jim Thuston's segritary," Jack o' Flunter's geet on his feet an' said. "Onybody ut con reckon a milk score up thrippence too mich is fit to be Chancellor o'th' Excheker, say nowt abeaut a segritary! If we subscriben five peaund to'ard expense o' this pow, he'll mak' it ten shillin' moore! Aw dunno' know heaw he does it."

"It's th' ignorance," Billy Softly said. "It con be

done bi fluctuations, aw know. But aw'll second Jim, an' carry him harmoniously."

"Theau'll let us vote th' fust, an' then theau con put as mony grand words to it as theau con sooart eaut," aw said. "There's nowt disturbs my worm pastur' so mich as meetin' wi' a lot o' eddicated ignorance ut wants to show itsel' off." Aw put th' motion, an' it wur carried.

That job done, Jim Thuston wur installed into his office, an' he poo'd a milk book eaut o' his pocket, an' co'in for pen an' ink, he squared hissel' for bizness. Jack o' Flunter's winked at Billy Softly, then turnin' to th' secretary, said—

"Th' fust resolution ut's passed, Jim, theau con write across mi name. It ud tak' one as lung as a chapter i'th' owd book for t' cover Billy's milk score!"

"Gentlemen, bizness," aw said, knockin' on th' table wi' a corkscrew. What sort an' size of a pow mun we have?"

"Ther's a popilary (poplar) tree i'th' Ho Cloof," Billy Softly said, as tall as a chimdy, an' as straight as a twinin-in rod."

"What sort of a chimdy?" Sam Smithies wanted to know, "a factory chimdy, or owd Juddie's bake-heause chimdy?"

"It's abeaut th' length o' a stove-pipe, aw dar'say," Jack o' Flunter's said. "Ther's no poplar i'th Ho Cloof ut ud be wo'th puttin' up."

"We could ha' a ship's mast for a peaund or two," Sam Smithies said. "Aw know wheer ther's a lot lyin' rottin' i' Liverpool, an' no deaut they want to get 'em eaut o'th' road."

"Th' best thing ut's bin thowt on," Jim Thuston said.

"Ther's one belunged to a ship ut used to run th' block-ade ut th' time o'th' Merriky war wur gooin' on," Sam said. "It's nobbut a bit pock marked wi' bein' shot at, so ut it ud do for us. Aw could ha' it at th' price o' fire-wood."

"Then aw move a motion ut a depitation fro' this committee be sent to Liverpool to see this mask," Billy Softly said; "an' ut Sam Smithies an' me be th' depitation."

"Jobbery!" Jack o' Flunter's sheauted.

"If ther's ony pickin' t' be had, Billy'll ha' some on it," Jim Thuston said. "Why mun th' secretary be laft eaut?"

"An' th' cheearmon?" Little Dody said.

Sam Smithies got on his feet.

"Mesther cheearmon," he said, "we are no' a Corpora-tion, ut con afford to have eauts at th' expense o' th' ratepayers when one mon 'ud do th' job as weel as a dozen. Sendin' three on us to Liverpool, an' feedin' us as we should ha' to be fed, an' treatin' us to champagne—eaur cheearmon smacks his lips at that—'ud cost us moore nur two pows! So aw see no good in it. Some-time when aw ha' to goo t' Liverpool on mi own bizness aw con get this mast, an' charge yo' nowt for expenses."

That didno' goo deawn wi' me an' Billy. Someheaw when folk wanten to be a bit patriotic, an' offern the'r sarvices to th' public, an' chargen 'em twice as mich for thoose sarvices as they would for the'rsel's, folk want to mak' it eaut ut it's jobbery, when it's nowt but a likin' they han for th' public an' th' public interests. Shawm on 'em!"

It wur carried ut Sam should do th' job, an' th' secretary wrote it deawn i' th' milk book.

"Ony moore bizness?" aw axt. Sam Smithies said—

"Th' hint wur thrown eaut some weeks sin' ut we could raise an exhibition.—(Hear, hear.) It mit no' be quite as big as th' Manchester Exhibition, but happen big enoogh for us. We could ha' lond at thrippence a yard; an' if we charged th' exhibitors eighteenpence a yard, an' th' hauve price for skyage, th' money 'ud pay for th' buildin'; an' what visitors paid for gooin' in 'ud be clear profit. At that rate we should want no guarantee. These are th' lines ut Manchester folk are workin' on; an' if exhibitors an' visitors are foos big enoogh to submit to these things surely we may expect Hazelwo'th folk doin' th' same. We may no' mak' a fortin' eaut o' th' spec, but we may mak' some peaunds, if they'n let us."

Jack o' Flunter's couldno' see heaw th' thing 'ud work. Hazelwo'th folk wurno' so mony sheep. They wouldno' follow a gilded bell-wether. Manchester folk would; put a big price on a thing they'd snap it up! Put a less price on th' same article, an' they wouldno' ha' it at no price! They'd think it wurno' wo'th it. Th' same wi' plays an' singin' shops, Put on a fair price, an' nob'dy 'ud goo; but put on a big price, an' if ther's a bell-wether i' th' shape o' a rich lady to leead up th' sheep'll follow! Owd Juddie has towd him that mony a time, an' he knew.

"Aw'd rayther this question coome on nar th' time," aw said, "ther's some months yet to work on, an' by to'ard next February we con see what other folk are doin'. It'll no' tak' us as lung to put th' buildin' up as it did Siah at owd Bob's to build his pig-cote."

"Not unless we had to stale th' breek," Jack o' Flunter's said; "an' ther's no owd heauses bein' poo'd deawn neaw, as ther wur when Siah raised his bacon temple ; we should ha' to buy o'th' buildin' matareal."

" Dost' meean t' say aw stole mine ? " Siah at owd Bob's said, jumpin' on his feet, an' his yure raisin' wi' him.

" Nawe," Jack said.   " Aw meant to say ut if we bowt th' breek an' slates we could build it sooner nur if we had to stale 'em, becose ther's no owd buildin's gooin' to wrack as ther' used to be at th' time theau begun a-pig keepin'.   Theau's misunderstood me."

" Aw thowt theau'd ha' to draw thoose words back," Siah said, seemin' satisfied wi' Jack's explanation ; an' harmony wur restored.

Sam Smithies thowt a drop moore inspiration ud set us to reets, an' send th' price o' shares up !   We agreed ut it would witheaut puttin' it to th' vote.   It's one o' thoose things ut con be done witheaut formality.   Th' inspiration wur browt in, an' bizness stood still for a minit or two. When we'd oiled th' wheels th' machinery went moore briskly.   After a good poo at his tumbler, Sam geet on his legs, an' aw hommered th' table wi' th' corkscrew.

" Mesther Cheearmon," he said, " we mun ha' every-thin' cut an' dried before we starten a-buildin'.   We mun know what we're gooin' to do fro' th' beginnin' to th' endin'.   If we are to have machinery we conno' go to th' expense o' puttin' steeam deawn. (Jack o' Flunter's : " Gettin' it up, theau meeans.")   We conno' get it up beawt boilers, an' we conno' afford to put thoose deawn.

Billy Softly begged to interrupt him.   He said : " If we conno' ha' machinery driven bi steeam, we could ha' it i' still motion. (Jack o' Flunter's : " A bit moore o' thi scholarment, Billy !")   What aw meean bi still motion is this: we could ha' it fixed like as if it wur goin', but at th' same time it ud be stondin'. Ther's a still motion, an' a-gooin' motion; dunno' yo' see?" an' he sit deawn.

Sam Smithies said—" That's a new law to me, unless Billy meeuns ut a watch mit be stopt, but if th' owner on't wur travellin' on a railroad, it wud be gooin'. (Billy —" That's just it.") Aw see, like a bobbin wheel put in a cart. It mit be still an' gooin' at th' same time. Th' next thing Billy finds eaut 'll be perpetual motion; an' then he'll dee!

Jim Thuston: " What space mun we alleaw for this machinery i' still motion?"

Th' Cheearmon: "That would depend on th' size o'th' buildin'. If we covered an acre wi' it, we mit alleaw a rood, an' so on, i' proportion; we'n say that's understood beaut votin'. Th' next question is—" Mun we ha' a pictur' gallery?"

Billy Softly: " We could ha' a reaum wi' pictur's in, but aw see no need o' havin' a gallery, like th' Methody Chapel, one row o' forms above another. Owd Johnny Skooals tumbled fro' top to bottom once, an' broke his leg! Let's ha' it on th' level.

Th' Cheearmon: " It would be."

Billy: " Heaw con it be a gallery, then? It's time some o' yo' went to skoo' agen, if ever yo' did goo!"

Jack o' Flunter's: " We went wi' th' still motion. That's why we'n stuck wheere we aulus wur!"

Siah at owd Bob's: " Pictur's be hanged! Aw could show one ut ud lick ony pictur' yo' could bring!"

Little Dody: " Is it Solomon's Temple ut yo'r Mary did wi' th' needle when hoo're a wench, wi' a brid on th' ridgin' as big as th' chimdy ? "

Siah : " Nawe, one bigger nur that. Aw had to mak'
a hole i'th' floor afore aw could hang it up ! It's a side o'
bacon ! Lick that wi' paint if yo' con !"

Sam Smithies : " Aw happen to know summat abeaut
pictur's, an' aw should like us to be careful as to what
sort we han. We mun ha' no owd masthers, as they
co'en em—painters ut painted nowt but things they never
seed, an' wur done o' purpose to freeten owd women an'
childer. We mun ha' thoose wi' subjects possible, if not
likely. No pictur's o' childer wi' little wings an' fat legs !
no writhen-faced figures, wi' long narrow-toed shoon, ut
looken as if they used 'em while stondin' o' their yeads,
to flap flees off th' wall ; no pictur's o' battles ut wur
never seen, an' happen never fowt. Lets ha' nice uns,
ut we con look at, an' feel better for it ; that's th' true
purpose o' art."

Jim Thuston : " Should we ha' images, too ?"

Sam : " Dost' meean stattys ?"

Jim : " Thoose pot things ut chaps carryn on a booart
on the'r yeads, an' sheauten 'imigees' ?"

Sam : " Aye, but they should ha' clooas on, same as
they putten on angels, an' other fablus animals."

Jim : " But theau wouldno' put clooas on hosses, an'
keaws, an' dogs ?"

Sam : " They need noane. We're so used to seein'
'em witheaut ut we tak' no notice on 'em."

Jim : " Are we to ha' owd armour, an' swords, an'
spears, an' axes ?"

Sam : " Aw should say we owt to ha' if we con get to
know wheere they makken 'em. Ther's a place i' Sheffi'lt
wheere they turn a lot eaut, but they sayn they're too

busy to tak' ony fresh orders. If we could borrow some ut's never bin used, they'd be as good as new."

Jack o' Flunter's had a few observations to mak'. He proposed that we had a hond loom amung th' machinery. That could be gooin', as they'd want no steeam. Put owd Mally-at-th'-rain-tub on it, wi' a reed o' gingham ; an' let her wayve, for t' show heaw fortins wur made fifty year sin', an'—here Jack stopt. "Wheere are yo' off to ?" Jack wanted to know.

But nob'dy had a word to say. Th' mention o' a loom had stricken us dumb ; an' one after another we crept deawn steears, an' sidled into th' kitchen, leeavin' Jim Thuston botherin' wi' th' minits. Aw hadno' even time to dissolve th' meetin' ; an' it's noane dissolved yet ; an' when we are to meet agen aw dunno' know. Th' committee could stond owt, fro' picture galleries to machinery i' "still motion," but when a loom wur named they shot deawn steears as if they'd seen a boggart ! Aw shouldno' be surprised if its put a stop to Walmsley Fowt Jubilee Exhibition.

Mi owd reckoner-up says men never begun owt yet ut they finished ! They should tak' a pattern fro' women.

PREPARIN' FOR WALMSLEY FOWT JUBILEE CELEBRATION.

CHAPTER III.

A NEW MOVE.

SIN' th' last meetin' eaur committee seems to ha' bin rayther fragmentary, brokken into pieces ut had nowt to hang together by. It aulus happens so when everybody wants to ha' the'r own road, or think the'r notions are better nur other folk's. It's not only so i' Walmsley Fowt, but i' England generally. A lot o' men gethert t'gether, it doesno' matter what for, if they'n no opposition fro' eautside they'n feight amung one another. Aw thowt ther nowt could ha' glued eaur committee t'gether, short o' a pottato pie doo, or a main brew. But summat else has done th' job; an' neaw they're as thick as inkle wayvers.

Some folks winno' work unless they mun be mesthers. Let 'em be leeadin' hosses an' they'n poo like mules. It's bin so wi' th' nobs o' Hazelwo'th. They could see no way o' makkin' this exhibition a success. They threw not only a wet blanket upo' th' skame, but a whul damp bed, sheets an' pillows an' o ! An' when they thowt it wur deead an' buried, wi' a stone on it, they thowt they'd try if they couldno' ha' a resurrection. So they set to wark, an' co'ed a meetin' to be held at th' Church Skoo, an' ther o th' big names i'th' teawnship on th' bill—th' rector, an' tradesmen, shopkeepers, an' two bettin' chaps ut wur co'd "gentry." Poor me an' mi companions wur laft eaut, tho' we'rn th' fust to set th' bobbin a-rollin'. But someheaw Billy Softly managed to creep amung these nobs. Heaw he did it we couldno' tell, but he's ways o' his own, Billy has, an' he con talk nicely to ears ut liken bein' tickled.

Th' owd committee ud ha' a meetin', too, afore this new lot could be getten t'gether, an' we didno' need mich co'in on, noather, As soon as it geet wynt ut Sam Smithies ud like to meet his chums at th' Owd Bell they swarmed deawn th' lone as if they'd yerd th' heaunds ! But Billy Softly wur missin', an' we didno' care ; he're best amung t'other lot. We met this time i'th' kitchen, an' Sam Smithies moved hissel' into th' cheear before we could get sarved. Th' meetin' wur oppent as soon as th' last pint had bin browt in ; an' when we'd o supped Sam geet up an said—

"Ther's some queer wark gooin' on i' this bit of a teawnship, an' aw darsay yo'n yerd on't ("We han.") No sooner dun we mention a skame for getten up an exhibition, but it's cried deawn, an' snuffed at, as ill as if we'd bin startin' another Hencote Company, wi' Ab theere as secretary ("Keep off that, Sam,"—that wur fro' me.) These folk ut han cried it deawn, an' when they seen we conno' get on wi' it, they creepen reaund th' fowt i' th' neet-time, an' stalen eaur tools. They con see ther's summat in it neaw. But what is it ut has oppent the'r e'en ? Not owt they care abeaut th' exhibition no fur nur forradin' the'r own self-interest. Yo' know abeaut this new buryin greaund ut a company han bowt ? ("Aye, we known"). It appears th' peawers i' Lunnon winno' let 'em start on't for another year; so they han no interest commin' in on th' shares.   Well, what dun yo' think the'r proposin' to do ? (" Set th' greaund wi' pottatoes an' cabbitch "). Nay, that wouldno' pay 'em.   They're proposin' to ha' th' exhibition on that greaund! (Sensation).   An' yo'n yer if yo'n attend th' meetin' next Monday what terms they wanten.   It's a bit o' th' coolest jobbery ut ever aw knew; an' yo'n think so yo'rsels if yo'n be at th' meetin'.   Aw've getten t' know this mich eaut o' Billy Softly."

After some moore talkin' it wur agreed ut we should attend this public meetin' i' full foorce, o six on us—an' see if we couldno' ha' a bit of eaur road.   We wurno' gooin' to submit to havin' to pay a lot o' greaund rent to th' Cemetary Company when we could ha' had Jim Thuston's fielt for next to nowt.

Th' day for howdin' th' meetin' coome; an' as it wur co'ed for eleven o'clock, it wur i'tended ther' should be nob'dy at it nobbut thoose folk ut had nowt else to do, an' th' promoters o' th' cemetary could ha' the'r own road. But they'd reckont beaut londlord bein' i' th' reaum! They hadno' considered ut wayvers, when they're at th' busiest, could spare an heaur for followin' th' heaunds, an' surely they could spare one for t' attend a meetin' of sich impor- tance as this exhibition meetin'.   An' even if they couldno' they'rn everyone beaut wark at th' time, so they mit as weel be at th' meetin' as keauntin' cinders awhoam, or sittin' at th' " Owd Bell," waitin' to be axt.   So we mustered i' sich a number as took th' steeam eaut o' some o' th' promoters; an' thoose ut had come to talk big had made up the'r minds to let the'r pegs deawn a bit an' tune

the'r fiddles to slow music. Thoose ut belunged to other
trades nur wayvers swelled eaur ranks, so ut when th'
rector wur moved into th' cheear we'd a mijority of two to
one. Th' rector fun' it wur different talkin' at a meetin'
to what it wur praitchin' in a church, an' he blundert
thro' his oppenin' speech i' sich a way ut noather th'
promoters, nor nob'dy else knew what to mak' on't. As
far as aw con recollect it wur summat like this—

"Gentlemen, we are met here this morning—haw—
this morning to consider—haw—to consider the question
of the possibility—haw—of holding an exhibition of—haw
—works of art and manufacture, and—haw—objects of
natural sciences—haw—objects of natural science, as con-
templated by, I am sure you will understand me when I
say (a voice: "Verily, verily, I say unto you"), that
such are enumerated—haw—in the category of art and
manufactures, ah, hem, now we come to business (wiping
his spectacles). It will be left for this meeting to decide
as to the form and character this exhibition shall take. I
am sure—I am sure—it will be to the advantage of this im-
portant township, and other important townships by which
we are surrounded, that this exhibition should take place.
I think I may say that is a settled question. It remains
for this meeting to say that it shall be so by passing a
resolution upon it. It would be—haw—premature to
decide upon a site until we have passed the resolution
that there shall be an exhibition, which I regard as a
settled question. We have a site in view, and have gone
so far as to engage a manager. (A voice: "Whoa's
engaged him?") We, the committee, pro tem., which
means for the time. ("Whoa's elected 'em?") No one;
the committee, pro tem., is of spontaneous growth—only

for the time being. We surrender our authority to this
meeting. I now call upon Mr. Jackson, grocer, to move
the first resolution." (Sits down. A voice: "It's time
yo' sit deawn, yo' owd buzzart.") Mr. Jackson rose with
a bit o' papper in a tremblin' hont. He said—

"Mesther cheearmon an gentlemen: Aw've what they
co'en a resolution to propose, but aw'm nowt o' a spaker,
an' it is (looks at papper) ut this exhibition be held on th'
Cemetary greaund."

Chairmon: "That's the wrong one. That is for the
committee, when elected, to decide.

Then th' row begun. Mesther Jackson, in his blunderin'
way, had shown the'r cards; an' thoose abeaut him pood
him deawn, an' would ha' held him deawn if he hadno'
shown feight. But he rose like a cork.

"Gentlemen," he begun agen, "aw'm no' gooin' to be put
deawn. This resolution aw made misel', an' aw'm gooin'
to ha' it put. If th' cheearmon winno' put it aw will.
Aw'm a sharehowder i' this, i' this —(a voice: "Skeleton's
rest")—in this cemetary greaund, an' aw'm gooin' to
look after mi own interests whether others dun or not. If
it hadno' bin ut we shall ha' this lond upo' eaur honds,
dooin' nowt for a year, this exhibition—(another poo
deawn). "Gentlemen"—this time his voice seemed to
coom fro' under a bowster, ther' so mony abeaut him.
("Goo on, Sugar.") "Gentlemen,"—this wur a partin'
word for th' little grocer wur bundilled eaut at a dur.

Cheearman: Mr. Potts will propose the resolution
which ought to have been proposed by Mr. Jackson."

"Mesthur Potts rose, an' said—

"My friends, I have to propose the first—a—resolution,
that it is desirable that an exhibition should be held in

Hazleworth next year, to com—commemorate the jubilee of her Majesty's reign. I have nothing more to say."

Cheearmon : " Mr. Slops will second the resolution."

Slops rose an' shaked hissel' as if his cloas didno' fit him gradely. After he'd hooked his thumbs under his galluses, an' prepared us t' expect a long speech, he said—

" Mesther Cheearmon, Aw'll second it. Th' same speech 'll do for booath." Slops flops.

Cheearmon—" Will Mr. Wild support the resolution ?"

Whoa's Mesther Wild, aw wondered ! Aw could see nob'dy o' that name, till Billy Softly coom shuffling to th' front, an' then aw bethowt me his feyther's name wur Wild. Someb'dy i' th' meetin' coed him " Mesther Sleeve-creeper." He said—

" Aw feel ut aw'd like to say summat upo' this subject. Yo'r aware ut other teawnships are lookin' at us, an' they winno' tak' the'r wynt till they'n yerd heaw we'n gone on. This Exhibition is of as mich circumnavigable importance as th' Ship Canal."

Cheearmon—" Will Mr. Wild keep to words the meeting can understand ?"

Billy—" Well it's of efficient importance. Happen that'll do better. Efficient importance, gentlemen.— (A voice: " Throw th' dictionary at 'em, Billy·") Aw consider ut wi' sich men as eaur rector at th' yead o' th' indicate, this movement 'll move onward like electric fluid fro' th' North Pole to th' South, witheaut stoppin' at th' equator.—(A voice : " Shut thi face.") Eaur noble rector is a lord of hosts i' hissel'.—(A voice : " Theau wants another thank-you-sir ; th' cooat theau's on's getten threed-bare.") Eaur noble rector never tak's nowt i' hond but he goes thro' wi' it, as th' Israelites went thro'

th' Red Sae.—(" Aw wish he'd goo thro' thee.")   Some-
b'dy's determint aw munno' be yerd, so aw'll drop it," an'
he dropt!

Cheearmon—"I'll put the resolution.   Those in favour
put up both hands."

Every hont went up; an' abeaut th' middle o' th' skoo
aw seed a pair o' legs, middlin' weel timbert at th' end,
bobbin' up!   That mon wur for havin' four votes!   Th'
cheearmon said it wur "u-nannymous," an' as they'd
gone as far as they could that day, he declared th' meetin'
adjourned to some other day.

"If we dunno' mind," Jack o' Flunter's said, as we'rn
leeavin' th' skoo, "yon chaps 'll be too mony for us.
They seed they couldno' carry the'r point or else they
wouldno' ha' brokken th' meetin' up so soon."

" Nawe " aw said, " if they could goo so far as t' choose
a manager witheaut ony peawer, they wouldno' stop at a
thing or two.   We mun be on th' watch, as th' ' Lumpies'
wur for ' Wingy,' an' wait till it breaks cover.   Just an
odd gill an' then whoam."

PREPARIN' FOR WALMSLEY FOWT JUBILEE EXHIBITION.

CHAPTER IV.

CONCLUSION.

TH' "Owd Bell" never rung sich music fro' its tongue, nor sent sich a smell eaut at th' front dur at th' same time, as it did last Setturday afternoon. Strangers stopt at th' dur, snifted an' hearkened, walked a yard or two past, stopt agen, then turned back an' darted in. Well, for one thing it wur cowd eautside, an' they could see heaw th' snow had bin melted i' th' fowt wi' th' yeat ut had coom fro' th' inside, an' a warm pint 'ud help 'em on th' road. Then they'rn trapped, like a hungry meause, or a sparrow ut's had bare dooin's. Th' ale-warmer, like owd Thuston's fryin' pon, never wur letten goo cowd, but kept gettin' rom'd i' th' foire abeaut twice i' every five minutes, till th' sugar pot had to keep bein' filled, an' th' nutmeg wur workin' away like a little sawmill. Whoa couldno' be merry an' dry under th' influence o' th' yeat an' th' smell ut filled th' heause as wi' a flush o' scented sunshoine? An' what caused th' smell dun yo' think, ut made th' strangers stop lunger nur they would ha' done, an' ha' moore pints nur they intended havin'? It wur sixteen peaund o' a goose, stuffed till it wur ready to brast wi' sage an' onions, an'

M

wur to be on th' table at five o'clock, for six on us to tackle ! Aw complained to th' owd rib abeaut bein' a bit poorly at dinner-time, an' couldno' touch th' dinner ut wur getten for me awhoam. Hoo said it wur drink ut caused it, an' ut aw could ate as weel as onybody if aw kept off it. When mi leg wur brokken an' aw couldno' goo eaut, aw'd ha' limped to th' table afore th' dinner wur ready, but neaw aw couldno' touch it. Ther' wur a peaund o' good black puddin's, too, ut had coom fro' Stretfort, wi' a lump o' fat at every bite ! What could aw ha' betther ?

Aw knew what aw could ha' betther, tho' aw're no' gooin' to tell her ; an' when four o'clock wur dacently passed aw said to th' owd ticket—

"Aw feel as if aw could do wi' a sope o' summat to mak' me sae-sick, an' get mi stomach clear'd eaut. Aw think aw'll goo deawn to th' druggists an' ha' a black-an'-tan. That'll set me to reets as soon as owt."

"Black-an'-tan, eh !" hoo said, wi' a dark suspicion on her mind ut aw meant summat else.

"Aye," aw said. "One should do some doctorin' afore next week, or else we conno' get through th' atin' ut has to be done."

"Aw con get through my share beawt owt," hoo said, rayther snappishly, aw thowt. "But theau never thinks at bringing nowt whoam wi' thee ut's nice, nobbut but what theau's swallowed ! If theau'rt gooin' to th' druggist's bring some linseed for that cough, for theau kept me wakken above an heaur wi' it yesterneet."

"Is ther' owt else theau wants ?" aw said, "an' aw'll get it at th' same time,"

"Aye, bring some candy-lemon for a puddin', an' a bit

o' spice; theau con happen do wi' that to thi dinner t'morn."

"Aw shall just be i' fettle for it after th' physicin' aw shall have. Keep th' kettle boilin', so ut aw con ha' summat wot when aw'm gooin' t' bed"; an' wi' that aw laft her, an' went, as hoo thowt, to do mi arrands.

Aw're just i' nice tiff for tacklin' th' goose, an' felt as if aw could hardly wait for five o'clock, but wanted to be startin' at once. When aw geet to th' Owd Bell aw fund t'other chaps wur theere, rubbin' the'r waistcoats, an' lookin' at th' clock. Aw seed aw'd just time to do mi arrands at th' druggist's, but forgeet th' black draft. Aw've a very short memory sometimes, an' it wur abeaut th' shortest then. Th' spice, an' th' candy-lemon, an' th' linseed aw londed o reet; an' when aw geet back to th' Owd Bell they'rn just booardin' th' brid on th' table. It wur a whacker, aw thowt, for six on us!

" Whoa's gooin' to th' meetin' t'neet?" aw said, as aw took mi peearch at th' table.

" What meetin'?" Jack o' Flunter's wanted to know.

" Wheay, th' exhibition meetin'!" aw said.

" Aw'd forgetten ther' wur one," Jack said. So had t'other chaps. Th' goose wur th' topmost o' everythin'.

" Aw'm no' gooin' t' leeave that brid for no sort o' a meetin'," Siah at owd Bob's said.

" Nor me noather!" went reaund th' table.

So this great exhibition ut wur to raise Hazlewo'th to th' dignity o' a borough, an' bring lots o' brass into th' teawnship, met go to Banter o' Boby's so lung as ther a fat goose to be etten. It's way o' th' wol'd; bribery wur at th' bottom on it o.

" Aw should like to know wheer this goose has come

fro," aw said, before we begun operations. " Ther's summat queer abeaut it. Th' londlort says he's had nowt to do wi' it nobbut cookin' it."

" Never mind wheere it's coom fro'," Jim Thuston said. " Get that scythe into it, an' let's be dooin' summat beside talkin'; whittle a leg off an' wheel it deawn here. Aw'm as hollow as a pair o' ballis."

" Thee come an' carve it," aw said, " for aw dunno' know which is a leg, an' which is a wing."

" Turn it t'other road abeaut," Jim said. " Theau knows a duck's legs are hanged on different to a hen's, an' a goose is nobbut a big duck. Th' legs are bent th' contrary way to a hen's; if they wurno' they'd swim backert!"

" Let's aitch carve eaur own," Little Dody said, " That'll be th' fairest."

We took th' advice, an' aw shoived a flake off th' breast ut 'ud ha' done for a cap creawn, an' hauled eaut a scope full o' yarbs as big as a little cabbitch.

" Theau's made that brid lob-sided, Ab," Jack o' Flunter's said as Jim Thuston squared for wark. " If Jim does a bit o' mowin' like that ther'll be nowt nobbut th' limbs for us. Aw should like t' ha' a twel th' next."

" Theau'll ha' to wait till aw get reaund this joint," Jim said; an' flop a lot o' gravy went on th' table.

Heaw that goose geet hacked an' hommered by th' time it had gone reaund th' table it 'ud be hard to say, but ther mich o' nowt laft nobbut summat like a basket after th' last mon had operated on it. As for carvin' th' legs an' th' wings, ther' nob'dy tried nobbut Jim Thuston, an' he very nee had it on th' floor. Th' pottatoes had getten welly cowd afore we'rn sarved, but that didno' matter, it wur th' goose ut wur th' main thing. As far as talk wur consarned ther quietness for abeaut twenty minutes, for everyone wur peggin' away as if he're feart o' someb'dy takkin' it off him.

"It's dry dooin's," Jack o' Flunters said, as he fell back in his cheear after scrapin' up.

"Aw never thowt abeaut ony drink," Jim Thuston said, as he worried at a booan abeaut th' size ov a little stew.

"Nor me noather," Little Dody said, still busy wi' his tools. "Aw've no reaum for drink."

"It'll ha' to be of a thin. sooart, if aw've ony," Siah at owd Bob's said. "Fourpenny couldno' find a shop."

Just then th' landlort walked in wi' a big pitcher ut steeam rose fro', an' he wanted to know if we'd finished. Ther a hauve gallon o' whisky punch for us as soon as we'd sided th' goose !

"Sam Smithies is comin' when th' meetin's o'er," he said. "Yo' mun leeave a bit for him, or else he'll poo th' heause deawn if he smells it."

"He may pike this basket," aw said ; "he'll find very little beside. Why didno' he come at fust ?"

"He'll let you know when he comes," an' wi' this hint th' londlort backed deawn th' steers, after he'd oppent one o' th' windows for to let th' smell eaut.

"Ther's summat strange abeaut this do," aw said, after th' londlort had gone. "Aw'd like to get at th' bottom on't."

"Get to'ard th' bottom o' that pitcher," Jack o' Flunter's said. "Never mind th' goose. We'n welly bottomed that; so let it lie wheer it is, an' let's be smellin' at that steeam. Aw want us to get agate o' singin' afore

onybody else comes in.   Never mind th' table bein' sided
—buttle reaund."

We buttled ; an' while th' sarvant wur sidin' th' table
we geet to th' thin end of a long pipe apiece, an' set
eaursels for an heaur or two's feelin' what Kesmas wur
like.   Ther'd bin a great change i'th' weather, judgin' bi
th' weet ut wur tricklin' deawn th' windows.   But it wur
happen th' punch ut wur causin' th' change.   We'rn
gettin' very happy beawt singin'.   Everyone wur to' full
to sing ; an' th' comfort we had wur of a quiet sort, till
we yerd a noise makkin' its road to'ward us.   Th' noise
wur caused bi Sam Smithies, an' we looked at one another.

"He's in a temper o'er summat," Jack o' Flunter's
said ; an' we o on us thowt th' same.

E'enneaw he bangs th' dur oppen, an' sets his e'en on
th' table, an' thoose ut wur sittin' at it.

"Yo'r a nice lot," he begun, "sittin' here stuffin' an
guzzlin' while th' meetin's bin gooin' on."

"What meetin ?" aw said, as if aw'd known nowt
abeaut it.

"Wheay, th' exhibition meetin', what else ?" he said.
"Here th' cemetary lot han bin havin' the'r own road
while yo'r crommin' yorsel's here."

"Wilt ha' a bit o' goose ?" aw said.

"If aw have aw hope it'll poison me !" Sam said.
"Aw'll ha' no goose ut's bin fed at th' rectory."

"What dost meean bi that, Sam ?" aw said.

"Aw meeon that goose wur sent bi th' rector as a bribe
for t' keep yo' away," Sam said.   "He knew his men,
he did.   Get at a Walmsley Fowt stomach, an' he con
do owt he likes wi' yo' ! "

"We didno' know th' rector had sent it," Jim Thuston

said. " We couldno' mak' it eaut."

" It wouldno' ha' mattered if th' devil had sent it, yo'd ha' stopt away fro' th' meetin' for it. Here they'n gone an' passed a resolution ut th' exhibition shall be held on th' cemetary greaund, an' th' sharehowders are to goo in free as oft as they like, after bein' paid a heavy rent beside. An' for th' sake of a bribe yo'n stopt away, an' letten 'em ha' the'r own road. If aw're i' yo'r place aw couldno' for shawm to be seen till Kesmas wur o'er."

Aw mun say ut aw felt a little bit takken deawn wi' what Sam had said; an' th' goose didno' feel so yessy on mi crop after knowin' th' rector had sent it as a bribe to keep us away fro' th' meetin'. Aw said as mich to Sam, but he towd me it wur o katty-watty, an' less aw said abeaut it an' th' betther. Aw geet him to sit deawn, an' ha' a tot o' punch. He could drink that, he said, wi' a clear conscience, becose he knew th' londlort had gan it. He took a second tot, an' a third; an' bi th' time he'd bottomed that he'd getten his temper eaut o'th' ruffles. But he towd us he'd ha' to talk to us yet.

" Neaw," he said, after he'd charged a new gun, an' getten it agate o' fizzin', " yo'r just th' sort o' Englishmen ut we'en too mony on, folk ut'll sheaut for a new thing like a choilt for a new toy, yo' go'en mad o'er it; an' one ud think yo'd never sleep while it lasted. But yo'n no sooner sucked th' paint off nur yo' thrown it o' one side, an' it's forgotten! Aw remember once seein' th' Rifle Volunteers muster for a parade a-facin' th' Infirmary. They'rn quite new then, an' folk creawded to see 'em. But when they'rn ready for marchin' ther someb'dy geet a lad for t' have his bare legs blacked wi' a shoe-black. This took o' th' attention off th' volunteers; an' when they marched ther' wurno' a single sowl to watch 'em off; they'rn to' much takken up wi' the'r new toy! Yo'r just th' same. Yo' sheauted for th' Ship Canal, when th' idea wur new; but when th' exhibition begun to be talked abeaut th' Ship Canal had to go to th' wall. Neaw it's dicky wi' that becose yo'n had a goose sent yo'; an' it'll be dicky wi' th' next thing ut's started if ther's a quart o' ale i'th' road."

We felt every word ut Sam had said. It wur o true; but someheaw another reaund o' punch made us forget it. Th' wo'ld hasno' changed yet.

WALMSLEY FOWT BONFIRE.

I T'S a silly pastime an' why its kept up very few
know. Some say it's firework makkers ut keepen
it up, just for th' sale o' the'r dangerous wares, an'
aw think ther's a bit o' truth i' that. Ther' hadno'
used to be sich fireworks when aw're i' mi yorney-
hood. If we could raise a pin-wheel ut wouldno' turn,
an' a sarpent ut 'ud clear a fowt eaut, an' a sky-rocket ut
fizzed an' then fell i' th' mop-hole, we'd done great things.
But these wur laft for lads to do. Ther no grey-yeaded
owd fellies took part i' these peawder-wastin' pastimes as
we see 'em neaw. Theyr'n havin' main-brews, an'
towffy, an' tharcake makkin's ; an' sich a body as Guy
Fawkes wur never remembered. Aw dunno think ther
three folk i' Walmsley Fowt ut knew owt abeaut him, or
why his effigy wur burnt an' shot at every fifth o' Novem-
ber. Aw think it's quite time his memory should rest.
After very nee 300 years o' religious bitterness its time
we sunk it i' that pit coed Lethe. Thunge! bang! rip-rap!
fizz! pop! fluss!—an' what does it ameaunt to ?

Jack o' Flunter's wife had bin tellin' mi owd stockin'-
mender ut "Gi Forks" wur a cruel monster, ut went
abeaut wi' a poke collectin' little lads an' wenches fort'
blow 'em to pieces wi' peawder, an' then sell 'em to mak'

stew on! Hoo'd yerd owd Alsie o' Beawkers say ut ther'
a quart o' bell-buttons i' th' Teawer o' Lunnon ut had bin
fund i' th' stew, beside wenches' shoon-buckles an' pin-
poppets!

"But theau didno' believe her," aw said.

"Well, aw hardly could. Aw dunno' think lads had
ony bell-buttons to the'r clooas at that time. Sin' aw con
remember they mooestly wore linsey frocks, an' nowt
else; an' wenches i'stead o' havin' buckles to the'r shoon
had 'em fasten't to the'r ankles wi' a bit o' ribbin or a
bant. Aw think it's nobbut a boggart tale to freeten
childer wi'."

An' neaw owd memories creepen o'er me. Aw recollect
bein' consarned i' moore mischief abeaut bonfire time nur
aw care to think abeaut. Stalin' coals wur no crime if it
we'rn noane fund eaut; an' rippin' fences deawn for
"owd stocks" wur th' best fun we could have, so lung as
farmers didno' catch us. But we never meddled wi' owd
Thuston's hedges. If he could find us an owd stump or
two he would; an' aw dar'say it paid him to do it. But
ther one farmer i' Hazlewo'th ut wur very sore. If he'd
catcht us lookin' at owt he'd ha' rung eaur ears. Aw con
see a neet's stock-poachin' neaw ut aw shanno' forget so
lung as aw con remember owt.

We'd spotted a gate stump ut wur rotten to'art botham;
an' it wur agreed amung us ut we should have it. So
we went one neet wi' a clooas-line we'd borrowed, intendin'
to swim th' stump deawn th' canal, as it ud be too heavy
to carry o' th' road. Wi' a great deeal o' risk, an' a great
deeal o' pooin' an' hawlin', we managed to bring th' stump
to th' greawnd, an' we rowled it to th' canal. But some-
body's e'en mun ha' bin abeaut beside eaur own; for just

as we'd fastened th' clooas-line to th' stump, an' launched eaur ship, an' one o'th' gang wur sayin'—"it swims weel," aw felt a grab at what should ha' bin mi collar. It wur th' owd farmer's hont ut wur tamperin' wi' it. He never offered to catch onybody else, becose he couldno ha' done; so he hauled me off to his heause, sayin' it ud be " transportation " for me.

Aw gan meauth till th' music geet into hard wark; but still that grip fasten't on me like a vice. We geet to th' heause at last, ut wur booath a farmheause an' an aleheause; an' aw're fasten't to th' kitchen hob wi' a cauve cheean; an' he said aw should ha' to stop theere while he sent for th' constable. He gan me a a buttercake to be gooin' on wi', an' towd me mi next meal ud be " skilly-an'-whack." Afore aw'd getten through mi buttercake aw yerd a voice i'th' lobby, an' aw thowt it wur th' constable comin' for me, an' geet mi music ready for another tune.

" Wheer is th' devilment ? "

Aw thowt aw knew th' voice, an' when aw seed th' face aw're sure. It wur mi feyther th' owd farmer had sent for, an' not th' constable! But aw'd very nee as lief it had bin one as t'other; for if mi next meal wurno' fort' be " skilly-an'-whack," aw should ha' summat wi moore taste in it, when aw seed th' hazel stick he had wi' him. Aw set up a yell afore aw're hit, an' welly choked misel' wi' a crust! That saved my skin; he seed aw're punished enoof.

" Aw towd thee theau'd be gettin' hob-shackled if theau didno' mind what theau're dooin'," mi feyther said, as th' owd farmer wur undoin' mi cheean; " an' neaw theau's getten thisel' i' limbo. Theau'll happen mind what

theau'rt dooin' next time theau goes a owd-stock poachin'.
Bring me a pint, Pee!"

Aw promised everythin' to get loce, but mi resolutions
very soon coom unglued. Aw never knew th' meeanin'
o' bein' hob-shackled before, but it wur bein' cheeaned to
th' hob. Whenever aw think abeaut that laddish spree,
thoose lines o' Burns' popp'n into mi yead—

> When neebors anger at a plea,
> And just as wud as wud can be,
> How easy can the barley-bree
>   Cement the quarrel!
> It's aye the cheapest lawyer's fee
>   To taste the barrel.

That pint an' one or two he'd had afore, knockt mi
shackles off.

At another time aw're guilty of a piece o' devilment ut
aw never forgan misel' for it yet. Takkin' coals, as aw've
said, wurno' stalin' 'em unless we'rn catcht; so ther two
neighbour women, "little Matty" an' "black Betty," ut
never could agree mony days together. Ther aulus
summat up wi' 'em ut caused a fratch, an' sometimes
blows. Little Matty kept her coals eautside, in a corner
o' th' fowt, an' hoo'd just getten a fresh looad in. We'rn
bund to blackmail these some neet, so we waited up till
everybody had gone to bed, "then to rifle, rob, and
plunder," to th' extent of a barrowful.

Th' mornin' after war wur declared. We'd skittered
some sleck fro' little Matty's coal-rook to black Betty's
dur, as a mak'-believe ut Betty had bin helpin' hersel' to
Matty's coals. Ther no argyments used that mornin'
nobbut one. Th' two women fell on to one another like
two jealous hens; an' ther as mich yure laft on th' battle
fielt as, if it had bin mixed wi' mortar, would ha' plaistered

a pig-cote wall. It wur a nowty trick, an' when aw seed th' bare places on th' women's yeads, aw'd ha' gan owt not to ha' bin in at it.

Just as aw're runnin' these things o'er i' mi mind, aw yerd a clatter o' clogs i' th' fowt. Then ther a thunge at eaur dur. Aw could yer ther a lot o' lads abeaut, so aw went to th' dur to see what wur up. Th' youngest o' Little Dody's lads sheauted eaut leaud enoogh to be yerd at th' " Owd Bell "—

> Remember, remember, it's fifth o' November,
> A stick or a stake, fort' jubill-ee sake.
> A turf or a coal for th' bonfire hole,
> Aw pray yo' good mesther, a penny or tuppence.

" What," aw said, " ha' no' we done wi' th' jubilee yet ?"

" Nawe, we're gooin' t' ha' a jubill-ee bonfire," th' lad said. " Jim Thuston has gan us an owd tree root ut he says'll brun a week, if it gets agate ; an' Jack o' Flunter's has gan us a plank ut he fund i' th' brook ; an' Siah at owd Bob's says he'll give us some reeasty bacon, ut'll mak' th' fire brun like a nowty place ; an' he says yo' con spare a loom, as yo'n never wayve on it no moore, unless it's set up at th' ' Owd Bell ' an' bees-waxed."

" Good lad !" aw said ; " theau's getten some informa- tion ut may be o' some use to thee i' thi life ; but dustno' know ut looms winno' brun ?"

" Th' bacon 'll happen mak' it," he said.

" Nay, a loom's made o' boggart wood, an' 'll stond foire as lung as owd Juddie's safe. But if yo'n come i'th' mornin' aw'll see what aw con do for yo'." Aw thowt that ud get rid on 'em : but th' lads stuck to th' dur flag as if they didno' intend stirrin'.

" An' win yo' give us that pictur' o' yo'rs for a Guy ?"

th' lad said. "Jim Thuston says it's fit for nowt else."

"Does theau meean my portrait?"

"Aye, that ut Jim Thuston says wur painted for a aleheause sign."

That wur enoof for me.

"Here," aw said, "if theau artno' away fro' this dur in abeaut five seconds, aw'll send thee flyin' o'er that garden, an' witheaut wings, too, theau yung jackanapes!" It's wonderful heaw these skoo boards manage to bring eaut the'r sharp points. Sich owd lumber as aw am, an' one or two others aw could name, 'll ha' no chance wi' these lads e'enneaw. We shall ha' nowt to do but carry baggins for 'em, an' mind what we're sayin' to 'em! It's comin' to that.

But aw'd a piece o' an owd loom ut noather axe nor chisel could mak' ony impression on, becose booath had bin tried mony a time. Aw didno' know what foire ud do at it, that aw'd never tried. So aw geet it eaut o' a lot o' lumber for these lads to try the'r eddication on. It wur th' only piece o timber ut ever aw knew ut wouldno' swim, or eaur lads ud ha' made a raft on't afore neaw for navigatin' th' mop-hole.

"What art' gooin' to do wi' that?" th' owd rib said, seein' aw're rippin' th' owd piece o' loomheause furniture eaut o' its corner.

"Aw'm givin' it to th' bonfire," aw said.

"An' dostno' know it winno' brun?" hoo said.

"Aw dunno' care whether it bruns or not, aw'll have it eaut o' here," aw said.

"But it isno' thine to give," hoo said. "That's a bit o' my property, laft to me by owd Johnny o' Sammul's."

"What's thine's mine," aw said. "We agreed it

should be when we'rn wed."

"Aw'd as lief theau brunt me as brunt that," th' owd lass said. "But pleeas thisel'," an' hoo gan me a look at someheaw made me feel a little bit soft.

Aw'd noticed a crack ther' wur i' one o' th' posts ut aw never could mak' owt on, becose it wur as seaund as a piece o' iron everywheere else ; an' aw thowt it wur turnin' into shoinin'-wood, th' signs o' decay. Aw'd explore this crack afore aw gan th' timber up to th' flames.

Jim Thuston had a little brass cannon ut used to belung to a ship for firin' signals wi', an' aw went an' borrowed it. Aw towd him what for, it wur just to split up th' owd loom post, so as to mak' it better for takkin' th' fire. Jim said it 'ud be like bombardin' Aygypt, blazin' at that owd fortification. So he browt this owd cannon eaut an' some balls abeaut th' size o' young dumplins' ut they had for throwin' ropes o'er a ship's riggin' when it wur i' distress, an' charged it wi' abeaut an eaunce o' peawder an' one o' these balls. Then we took it an' planted th' muzzle to'ard th' hauve-acre, wheere ther no danger o' onyb'dy bein' shot, an' fixed th' loom-post abeaut a foot off.

"Neaw, childer !" Jim sheauted, "coom an' see th' seige o' Gibberalter afore th' walls are knocked deawn !" an' a creawd flocked reaund. "Ston' a bit furr off if yo' dunno' want to be blown into eaur barn,"—an' he fotcht a red-wot fire-potter eaut o' th' heause an' flourished it like a sword. "Neaw then, Jericho flies !"—an' he covered th' touch-hole wi' th' poker. Bang !

What became o' th' loom-post we couldno' mak' eaut for a while. But after th' reech had cleared away we fund a splinter or two lyin' here an' theere—one wi' a

verse of an owd sung plaistered on it ut aw'd yerd owd
Johnny sing mony a time, an' aw knew then aw're on th'
track. At last we coom to a bigger piece wi' a nail in it
fort' hang th' sithers on. This wur th' piece ut aw thowt
wur decayin' an' aw examined it carefully. Reet at th'
bottom o' th' nick nestlin' like a neest o' yung gowd-
finches, wur twenty spade-ace guineas, ut aw reckon owd
Johnny o' Sammuls had had sometime, an' forgetten 'em
when he deed !

Aw'd no difficulty i' gettin' into th' heause when aw
went whoam, nor i' gettin' eaut agen when aw wanted.
Th' owd stockin'-mender said hoo wouldno' care if ther
a jubilee bonfire every week, till they'd brunt o' th' looms
i' Walmsley Fowt. Happen ther mony a one wi' twenty
spade-ace guineas in it. This week ther's hardly an
empty loom stondin'.

PRINCE O' WALES' VISIT TO WALMSLEY FOWT.

WHITE-WESHIN' TH' FOWT.

AW could yer ther summat unusual gooin' on one mornin' before aw'd slipt into mi clogs, an' aw couldno' understond th' meeanin' on't. It couldno' be th' pace-eggers, aw thowt, becose Aister Monday wur o'er. It didno' seaund like gettin' coals in, tho' Jack o' Flunter's wur expectin' a looad. Ther a steeam rose above th' window, but when aw coom to reckon th' days o'th' week up aw fund it wur Friday, so it couldno' be th' weshin' day, becose eaur Sal never puts that off after Monday, unless ther's a merry-meal i'th fowt, then th' weshin's done o'th' Tuesday. But th' steeam kept risin', an' th' sheautin' o'th' childer geet leauder. Just then th' owd rib marched through th' heause, wi' an owd blue printed bedgeawn on ut hoo hadno' worn for years, an' a check napkin teed reaund her yead. An' hoo looked as if hoo're gooin' to " boss " th' heause, as a Yankee would say.

" What's up, Sarah ?" aw said to her. Aw dustno' ha' co'd her Sal just then, hoo looked so mesterful.

" Thee mind thy own bizness, an' aw'll mind mine!"

wur th' onswer hoo gan me. "But if theau wants to
know, we're sleckin' lime."

"Sleckin' lime? an' what for?"

"Fort' build a cauve cote." An' hoo gan me a look as
good as to say "That's one for thee, owd lad!" an' eaut
o'th' dur hoo went.

Aw lindert mi clogs to mi shanks an' went i'th' fowt.
There o' th' wed women ut could be mustered wur reaund
a lime-hole they'd made while the'r husbants wur i' bed;
an' they'rn cobbin' in lumps o' lime in a very unscientific
way, just women-like, while Siah at owd Bob's wife an'
little Dody's wife wur fotchin' canfulls o' wayter fro' th'
mophole.

"What's o this dooment abeaut?" aw axt Jack o'
Flunter's wife. Aw dustno' ha' axt mi own after th'
onswer aw'd getten afore.

"We're gettin' ready for th' Prince o' Wales!" hoo said.

"An' what are yo' gooin' to build?" aw wanted to know.

"This is a woman's job, Ab," hoo said; "an' if ever
theau seed a woman hondle a treawel theau'd never
want to see another. But hoo con hondle a white-wesh
brush betther nur a mon ony day."

"Oh, yo'r gooin' to white-wesh, are yo'? Yon bit o'
tax-wax o' mine towd me yo'rn gooin' to build a cauve
cote, for t' put me in."

"Eh, yo'r Sarah's a reet un, but hoo didno' meean it."

"An' what are yo' gooin' to white-wesh?"

"Th' Fowt."

"What th' pavement an' o?"

"Not us! We're nobbut gooin' t' white-wesh th' inside
o' th' heauses. Jim Thuston has gan us leeave to white-
wesh th' gate, an' th' stumps, so ut th' Prince 'ud know

wheere he're coomin' to."

" It 'ud be a queer thing if th' owd woman slipt th' noose while o this stir's bein' made for her lad."

" Aye, it 'ud mak' things very awkart. We should ha' to sing ' God save the King ' then, aw reckon ?"

" Aye, aw reckon we should."

" Eh, it looks a good while sin' aw yerd it! Aw're nussin' then for Lung Jammie's wife, an' aw'd th' choilt teed o' mi back when they'rn singin' it i' th' fowt. Aw reckon when th' Prince gets on his mother's loom that owdest lad'll get on his feyther's."

" Aw reckon he will; he's bin at th' bobbinwheel lung enough. He's bin larnin' to pike th' ratch* an' piece th' ends up, for some time."

" Well, aw shall be sooary if owt happens," an' Jack's wife chucked another lump o' lime i' th' hole. " Has yo'r Sarah towd thee we're gooin' to ha' this job to eaursel's ?"

" Nawe, hoo's towd me nowt; hoo's nobbut gan me a hint."

" Well, we are; an' as this is th' last jubilee year ut ever th' Queen 'll have, it's to be a gradely henpecked year." Eaur Jack has gan in o'ready."

" Oh, has he ? It 'ud be nowt new to me."

" Theau'rt lyin', Ab ! Eaur Jack's comin'; so yo'd better tak' yo'rsel's eaut o' th' road afore yo' getten splashed o'er."

" Aw know of a lark's neest, Ab," Jack said when he coom up. " Let's goo an' put some prickles deawn so as they conno' net th' yung uns when they're ready, or else we shanno' ha' a lark to sing for us this summer Aw

---

* Dress a length of warp when in the loom.

dar'say theau con be spared."

" Aw con spare him onytime," th' owd stockin'-mender said, coomin' on us like a blue cleaud.

"Aw'll get mi hat, an then," aw said, feelin' as if aw're gooin' t' have a bit o' mi own road.

So aw geet mi hat, an' off Jack an' me went to protect this lark neest, as aw thowt.   But i'stead o' turnin' to'ard th' fields, we went to'ard th' village, an' wauted into th' Owd Bell fowt, just as if it had bin Setterday afternoon.

" Is th' lark neest here, Jack?" aw said, as we marched into th' kitchen.

"Aye, an' th' owd lark's on th' eggs," Jack said, pointing to " owd Wobbler," ut sit i'th' nook asleep.

"Jack," aw said, " this soart winno' do.   Aw'll nobbut ha' one gill, an' then aw'm off back agen."

"Agreed on," Jack said; " knock."

So aw knockt, an' ordered a pint between us; an' we supt it beawt ony feelin' o' givin' way; an' then we took a strowl i' th' fields, wheere ther two larks had browt the'r best music eaut an' wur singin' a duet.   Ther an idle-lookin', skulkin' limb of a big family tree, wi' a gun i' his hont, an' he're lookin' up at one o' these larks. We could see he intended shootin' 'em, so we went up to him.

" Dost intend shootin' thoose larks?"   Jack said, in a way ut made th' gun tremble.

"Yes, if I can," th' whelp said.

"An' what for?" Jack said, his e'en blazin'.

" To make soup of their tongues for my father."

" Is he poorly or summat ?'

" No; but he likes them."

" Well, goo whoam an' tell thi feyther this is th' jubilee year; an' for every lark ut's shot he'll ha' a peaund to pay! An' if aw catch thee poachin' upo' this greaund agen, aw'll rom that gun deawn thi throat. Neaw, then, hook it!"

Th' lad sneaked off, lookin' very much as if he'd bin takken deawn a peg, an' as if th' family tree had bin shaked a bit.

" If we'd stopt fort' have another pint we should ha' yerd no music this day," aw said to Jack, after th' lad had getten eaut o' seet.

" Not unless we'd yerd another sooart awhoam," he said. " We munno' expect lads bein' made betther when they're at th' skoo. They very oft come eaut wi' hearts hardened agen everythin'. Aw're fettlin' abeaut a boiler t'other day, when a lad wi' a slate on his back browt a cat, an' chuckt it i' th' foire under th' boiler, an' then ran yellin' off as if he'd done summat clever. He didno' belong to th' 'Band o' Kindness!' If aw could ha' getten howd on him he should just ha' smelled at that foire till he'd known what a cat's feelin's wur like when he chuckt it in."

" Aye, we're gettin' to be like th' Romans wur afore they went to pieces, hardened to owt," aw said. " Aw see ut t'other day they roasted a bullock i' some teawn i' Wales; an' afore it wur roasted they led it alive thro' th' streets, an' they had it donned i' ribbons; an' aw dar'say it swaggered as if it had takken a prize at a show. It little knew wheere it 'ud be th' day after. When poor George Russell wur drawn thro' th' streets sittin' on his coffin, for t' be hanged upo' Newton Yeath, becose he'd stown summat to mak' a weight rope on, everybody pitied him an' said ' Poor lad!' But it wur no pity for this ox. Everybody wur enjoyin' th' seet. We're gettin' to' selfish for owt good."

"Well, wheer mun we spend th' day?" Jack said; "theau knows we're forbidden to goo whoam while this white-weshin's gooin' on."

"Aw dunno' know," aw said. "Aw never felt keener o' gooin' whoam i' mi life nur aw do neaw." Jack pood his knife eaut, an' he cut a + i'th' bark of a tree.

"That's one to thee, Ab!" he said, as he shut his knife. "Theau's scored middlin' weel lately. What do'st say abeaut gooin' to Daisy Nook? We con ha' some toasted cheese theer, an' be quiet o'er it."

"Agreed on," aw said. "Set thi weather-peg i'th reet direction an' thi legs 'll follow."

Well, we set eaut for Daisy Nook, an' Aister bein' o'er we fund things very quiet. So we went to owd Poots, an' ordered some cheese an' bacon; an' bein' a bit sharp-set we could hardly wait till it wur ready. Aw broke th' edges off a mowffin, fort' dip i'th' fat, till aw'd welly gone reaund, an' Jack said we should ha' nowt to graise th' cheese wi' if aw kept on. When it wur ready, an' we'd getten through a couple o' mowffins, we crossed o'er th' bridge to "Red Bill's." We could yer ther some singin' gooin' on theer, an' mi lungin' fort' goo whoam geet fainter. Jack said he knew it would. He're gettin' slack hissel'. Wheer th' drink coom fro' while th' singin' wur gooin' on aw couldno' find eaut, but it wur aulus theer.

"Aw wonder heaw th' white-weshin's gooin' on!" aw said to Jack when aw fund th' afternoon wur wearin' on.

"Whoa cares for th' white-weshin' as lung as we're doin' weel?" Jack said, gettin' howd o' his pot an' swiggin at it. "We dunno' kill a pig every day!"

"No moor we done, owd mon!" a little stumpy chap said ut had getten a dog in a bant. "This dog shall run ony ut'll come for as mich as they'n a mind."

"Aye, if it could smell a booan at th' fur end," another o'th' company said ut had bin singin'.

"An' aw'll sing thee a match for a quart; neaw then, Jammie!" th' little un said.

Th' challenge wur takken up, an' th' songs wur sung. After that Jack o' Flunter's complained o'th' bally-wartch, an' he laid th' blame upo' th' music.

"Ab," he said, "aw'd as lief be in at th' white-weshin' as yer ony moor o' that. What are they puttin' th' shutters up for? It's noane dark yet."

"Look at th' clock," aw said.

"It's never that time, surely!" Jack said. "Someb'dy's bin thrutchin at th' sun for t' chet us. This is havin' a sober day, is it? No moor resolutions! Let's be gooin', Ab, while we con see eaur road." An' he geet up fro' his cheear, an' made for th' dur. "Aw shall ha' t' hang th' picturs—Jubilee picturs up when aw get whoam."

"Theau'rt noane gooin' beawt hat, arta?" aw said.

"Give it me here; aw thowt aw had it on. Drunken agen!"

When we geet whoam we fund th' white-weshin' wur finished, even to th' moppin' eaut. Th' owd ticket wur just puttin' th' finishin' stroke on th' dur flag when hoo seed me an' Jack o' Flunter's comin' up th' fowt. Hoo just looked at me an' then at Jack, as if hoo're weighin' us, an' couldno' mak' it eaut which side th' balance wur on.

"Ther's no' mich to chuse on," hoo said, when hoo browt in her verdict. "Six o' one an' hauve a dozen o' t'other."

"Aw've had some trouble to get yo'r Ab whoam," Jack spluttered eaut.

"Nay, dunno' mak' him wur nur he is," th' owd speshul pleader said. "One e'elid's on th' tremble, but that's o. Jack, theau'rt wanted awhoam. Theau's some pictur' hangin' to do."

"That'll find me eaut!" Jack said, an' off he waddled.

"Here, trade on this rag, an' march into th' heause," th' owd skoomissis said to me. "Aw ha' no' done wi' thee yet! Theau's getten some picturs t' hang, as weel as Jack."

Aw went into th' heause, an' looked reaund. Th' walls wur "as white as new snow," an' when aw'd stirred th' foire up into a blaze, ther th' shadow o' a giant doancin' agen th' heause yead, like as if it wur in a fair. Yo' may talk abeaut yo'r pappered walls, wheere ther's a stink o' glue ut lasts for weeks; but gie me white-wesh sweet as newly weshed bed clooas when they'n bin done awhoam. They say'n th' Prince taks an interest i' workin' folks' whoams. If he comes to Walmsley Fowt he'll see a pattern. If it comes a bit warmer mi' fleawers 'll be eaut i'th' front garden, an' mi hummabees 'll be abeaut strappin' the'r baskets on the'r backs for summer foragin'. Aw dunno' think he cares to see grand mansions, sich as we han abeaut Manchester, when he's one grander ov his own. If he's what aw think he is, he'd rayther pop into a wayver's heause, an' see heaw mich con be done eaut o' little, an' what soart o' a foundation his throne 'll ha' to rest on. But th' owd rib's comin' for t' inspect me.

"Theau'll do, Abram, this time," hoo said, after hoo'd getten howd o' a e'elid, an' looked under it. Aw thowt it wur Jack ut did th' wobblin'. Neaw then, th' picturs."

We booath set to wark like a pair o' Jack Ketches, obbut it wur a different soart o' hangin' to the'rs. Ther no drop, nor no "thud," nor no black flag. Ther no shudder went through millions o' folk when th' minute wur up; but ther a bit o' summat next dur to savage said when eaur Sal missed a nail yead, an' tried to droive her thumb into th' wall! But we geet things "fixed," th' furniture th' last, ut wur piled up i'th' loomheause; an' when aw'd getten th' clock agate o' gooin'—ther's aulus a bit o' trouble wi' a clock after a white-weshin'—aw said,

"Theigher, Sarah, we're ready for th' Prince!"

"Ah!" th' owd cross-examiner said, after we'd bin admirin' th' heause wi' its new shirt on, "aw think that lark neest wur at th' Owd Bell."

WALMSLEY FOWT WELCOMES
TH' PRINCE O' WALES.—AB'S ADDRESS.

A DREAM.

MY cote looked so grand in its new paint (white-
wesh) an' shadows doanced on th' walls, an'
amung th' pictures, an' agen th' ceilin'; an' th' owd rib
looked so breet after hoo'd put hersel' through some
suds when her job wur finished, ut aw felt fairly
dazed; an' when th' owd ticket said aw begun a-skennin
as if aw're lookin' at summat at th' end o' mi nose, hoo
could see aw're gooin' off in a dreeamin' fit; an' that con-
firmed her opinion ut th' "lark neest" Jack o' Flunter's
an' me had bin seechin we'd fund at th' Owd Bell. Aw
leet her ha' her own say, becose one o'th fust things aw
fund eaut after we'd bin knotted t'gether wur—it wur no
use contradictin' a woman; an' aw've held that doctrine
ever sin'.

Aw toped o'er; an' just as mi e'en wur jackin up, they
sattled on th' two brass candlesticks ut stood upo' th'
chimdy-piece; an' these took th' form o' two pillars; an'
th' fender ut hung above 'em—th' Sunday fender—made
an arch ut sponned fro' one pillar to t'other; an' this th'
Prince o' Wales an' his owd stockin'-mender wur to pass
under. It wur Walmsley Fowt triumple arch. Aw very
soon filled it wi' ribbons an' fleawers. Th' fowt begun

a-stirrin'. Th' childer i' white—bless the'r little souls!—flyin' abeaut like little angels. An' owd men i' black cooats ut they'd worn eaut o' recollection, an' some, aw dar'say, wur the'r feythers afore 'em, wur tryin' to put th' childer i' a double row for t' receive th' Prince, but it wur moor nur they could manage for a while, becose th' childer mit ha' had wick-silver i' the'r shoon. At last they geet 'em summat like streight, an' as they o stood up, every little lass had a posey i' her hont, an' it wur enoogh to mak' a lad wish he're a wench, for a grander seet couldno' be pictur't. Ther mony a mother lookin' eaut at th' chamber window, tryin' to hide summat ut trembled in her e'en, as hoo looked at a bit o' white deawn below. Ther one o' eaur Ab's childer amung th' lot; an' th' owd gron-rib thowt th' wench's mother mit ha' put a bit moor blue in her starch, for th' frock wur th' colour of a primrose. Mother-in-law agen! aw thowt. Dowter never con pleeas.

A trumpet seaunded; an' ther a stir amung th' white frocks like th' keys o' a payanno when it's bein' played—in an' eaut—in an' eaut, as if they're playin' a tune. Then th' Prince an' his bed-time grumbler coom dashin' under th' fender an' between th' two brass pillars. An' wurno' ther' a sheaut set up! Aw tried mi lungs till they gan me notice not to show mi loyalty too strung, or they mit want repairin'. Eaur Sal towd me after it wur like th' bark o' Jammie Butcher's sheep dog, when it wore a flannel reaund it neck. Th' singin' broke on mi ear like a strange melody; but aw con nobbut remember th' part o'th' hymn. It wur summat like this—

Welcome, Prince, who shall be King!
To thee our floral gifts we bring;
And for thy gentle Princess fair,
We've lilies sweet to deck her hair.

> We are not ladies bright and gay,
> But children in a humble way ;
> And the burthen of our lay
> Is "Welcome to our homes, and May !"

A bit clumsy if aw've remembered it reet ; but if Lord
Tennyson wrote it aw'll ax his pardon, an' say aw'm no'
fit to quote his poetry fro' memory.

After th' hymn had bin sung, an' th' Princess had
looked like Somebody else blessin' little childer, ther a
sheawer o' posies ut welly filled th' carriage ; an' th'
Princess piked some o'th' lilies eaut an' stuck 'em in her
bonnet. Th' childer sheauted harder nur ever when they
seed that ; an' one on 'em wur yerd to say to another,
" Isno' hoo just like a gradely woman ? "   " Aye, summat
like mi mother!" t'other said. An' very likely they'rn
booath reet. Th' Prince geet deaun eaut o'th' carriage
while aw read th' address. He shook honds wi' me till aw're
feart he'd ha' wrung mi shoother eaut o'th' socket—co'ed
me an " owd cock," an' wanted to know wheere th' " owd
hen " wur! " Hoo's theere," aw said, pointin' to th'
chamber window ; " hoo's tryin' to hoide hersel' at back
o'th' curtains." But aw wonder wheere he piked his
Lanky up? After this aw put on mi spectacles, an framed
misel' as weel as aw could for readin' th' address. Then
aw begun—

Mesther Prince,—Theau'rt welcome to Walmsley Fowt,
an' doubly welcome neaw theau's browt thi owd stockin'-
mender wi thee to see some gradely folk—no' getten up
for a day's show, but as theau'd see 'em every Sunday.
If we ha' not as fine clooas as some folk theau's met, we'n
hearts as warm an' as loyal as ony i'th' lond—loyal to
thee, becose that meeans bein' loyal to owd England.
Theau'll ha' a big job afore thee when theau gets on thi

loom ; but theau's helped thi mother when hoo's bin on th' push for t' get her wark eaut, so throwin' th' royal shuttle winno' be quite strange to thee. Theau'll no' find thi warp as clear as theau may expect. Theau'll find it'll want a good deeal o' dressin'. Some o'th' knots han bin clumsily teed, an' these theau'll ha' t' tak' eaut; knots teed bi Gladdy ; an' knots teed bi Dizzy ; an' knots teed by yunger warpers, ut theau'll swear if theau tries to pass 'em through th' reed. Oil th' spindles wi' th' goodwill o'th' nation, an' that'll help thi forrad. Dunno' goo a brid neezin when theau should be at thi wark, nor tossin' wi' other chaps. If ther's ony Owd Bell abeaut yo'r heause try if theau con get past th' dur. If theau con sing a comic song aw'm feart it'll be a bad job for thee. Theau'll be buyin' owd hats an' owd clooas, an' singin' i' some aleheause nook when theau should ha' bin at thi loom. If theau thinks theau owt to ha' a week's holiday, tak' it when things are noane so busy ; an' tak' thi wife an' childer wi' thee. ("Hear, hear," fro' th' Princess.) Mak' thi lads into thi companions. Theau con do more to'ard eddicatin' 'em i' gradely ways nur o'th' boardin' skoos i' England. Thi owd rib may tak' a hint fro' that, if hoo needs ony. But aw think hoo doesno'. When that owdest lad o' thine begins o' windin' bobbins, taich him heaw to do his wark wi' th' least waste; an' no' wind 'em of a political shape. That'll help thee to mak' good cloth. But if he winds short necked uns, they may rove, an' fluzz, an' that'll hamper thee. Theau'll have enoo o' hinderances beawt bad windin'. Theau may mak' up thi mind ut theau'll ha' bad folk abeaut thee; an' some o' these may cut thi treadle bands, or grease thi weigh-tropes, or put a tooad i' thi pin box. An' if some had a chance they'd knock thee off thi loom, an' then it ud be wo-up wi' owd England! But theau may fence agen these wi' bein' just an' true to thoose ut theau'll co thy people. Throw thisel' on 'em when theau feels i' danger. It ud be betther nur axin advice o' folk ut ud glory i' seein' thi shuttle fly eaut an' through th' window. Say to thi country—" I serve!" It 'ull be betther nur sayin' " I govern," an' theau'll get to th' end o' thi cut beaut makkin' a bad length, or as mich as a " sticker." An' for God's sake try to put Ireland's loom reet, an' we con jog on like inkle wayvers an' live t'gether as a happy family. So mote it be!

Th' Prince looked bewildered when aw'd finished. He'd never yerd sich an address as that afore; an' aw'd some deauts as to his understondin' it. He'd bin so used to bein' flattered an' daubed o'er wi' butter an' traycle, ut he couldno' gawm what's meant by a bit o' gradely talk. Heawever, he thanked me i' some very nice words, an' they went arm i' arm to eaur heause, wheere they took "lunch" wi eaur Sal an' me. We'd made a speshal do on't. We'd a pottato pie, with an extry hauve peaund o' neck o' mutton in it; an' th' Prince wanted to know if it wur to be etten wi' a spoon! Aw towd him onythin' ud be reet if he could get it to his royal meauth. When he'd tasted aw thowt his een ud ha' flown eaut, an' aw're feart he'd scauded hissel'! But it wur his surprise.

" Alick!" he said, turnin' to th' Princess, "we don't know what living is. Here's a poor weaver can set us an example of cooking that it would be no shame for kings to follow. My friend," he said, turning to me, " what may a dish like this cost?"

" Tot it up, Sarah," aw said to mi owd scholar. An'

hoo set abeaut it.

" Ther's two peaund an' a hauve o' mutton at seven-pence," hoo said ; " an' three peaund o' pottitoes, an' a peaund o' fleaur, an' a quartern o' suet for th' crust. It hasno' cost a hauve a creawn o t'gether."

"Astonishing !" th' Prince said. " Alick, we must try this at Sandringham. My friend, what do you call this pie ? "

" A steeam ingin," aw said.

" A steam engine !" th' Prince said. " Why it will be regarded as a delicacy. The very name gives it a relish. One half the world does not know how the other half enjoys itself."

When we'd finished eaur "lunch" ther as mich o'th' pie laft as ud ha' done for th' day after ; but eaur Sal must give it to th' poor as a "Jubilee offering." Th' Prince praised eaur wine as if he'd never tasted owt like it afore, an' he wanted to know what age it wur.

" It's eaur own makkin', an' brewed a week sin'." aw towd him.

That rather puzzled him.

" Brewed !" he said.

" Aye, ten quarts to th' peck ; twice as strung as we usen drinkin' it," aw said. " If a wayver drank a quart o' that every day they'd ha' to put him th' strait jacket on."

He smiled an' shaked his yead.

While this wur gooin' on, th' owd rib wur talkin' to th' Princess, tellin' her bits o' ailments—heaw hoo'd welly lost th' use o' one arm wi' nussin gron-childer; an' heaw summat ut wurno' exactly a pain sometimes comes flutterin' inside her yead, as if it wur a hummabee; an' heaw her joints cracken when hoo gets off her seeat; an' as they'rn booath wed folk—

"Here, stop that off!" aw said. "Theau'rt not at th' women's club neaw. Recollect theau'rt talkin' to a Princess."

"Aw know that," th' owd un said. "Princesses are women, are no' they?"

Heawever, hoo changed th' subject, an' went onto bonnets an' things. Aw yerd her tell th' Princess hoo're pratty; an' hoo recommended ut th' Prince should ha' th' middle o' his yead rubbed every mornin' wi' a hot tally-iron for t' mak' his yure come on agen! Then aw yerd her say—

"Yo'r booath on yo' too pratty to be spoilt. Yo'r very like yond two pot dolls we han upsteers; but yo'rn yunger when yond wur made. Eh, dear me, heaw time slips o'er! Heaw mony childer han yo'?"

Aw had to interfere agen.

"Theau'rt at it agen, aw yer! Come, Prince, let's move eaut o' this cote, or else that owd damsel 'll be tellin' th' Princess summat hoo happen doesno' know. When two women getten t'gether ther' should be nob'dy else abeaut."

So we laft table, an' th' Prince raiched his sword eaut o'th' nook an' hooked it on his belt, an' eaut we sailed.

Th' Prince wanted to see some o' eaur institutions, so aw took him into a loomheause or two till aw'd shown him reaund. Little Dody wur as busy wayvin' as if ther nowt agate. He said he're like to do it. If he didno' get his wark eaut th' day after th' childer ud ha' to clem.

"Clem!" th' Prince said; "what does that mean?"

"Havin' the'r breakfast off nowt, an' the'r dinner off

what wur laft, an' th' same browt on at baggin time!" aw towd him.

He looked at me awhile, an' then aw could see he'd tumbled to mi meeanin'.

"How much do you get for this work?" th' Prince said to Little Dody.

"Twelve shillin', if ther's nowt takken off," Dody said.

"How long has it taken you to weave it?" th' Prince axt.

"Aw shall ha' bin a week if aw see another day," Dody said.

Th' Prince put his hont in his pocket an' pood eaut a suvverin.

"Here," he said to Dody, "take this, an' leave your work till to-morrow."

By gum, aw thowt Dody ud ha' cruttled deawn i'th' treadle-hole when he seed th' suvverin. He wakkered till th' pickin peg dropt eaut o' his hont. He said he couldno' wayve another pick o'er. So he shuttered off his loom, an' said if we'd go deawn to th' "Owd Bell" he'd stond a quart eaut o' that, that he would! Th' news ut th' Prince had gan Little Dody a suvverin flew abeaut th' fowt like war news, an' in abeaut ten minits every loom wur gooin' obbut Dody's an' mine. But th' Prince said he could do wi' a walk, an' he'd go wi' us to th' "Owd Bell." We'd no sooner getten through th' gate nur th' tallygraft went reaund, an' every loom stopped as sudden as an earthquake! Ther no chance o' ony moore suvverins.

We'd a good bit a talk as we went deawn th' lone, an' th' Prince said he'd larnt moore that day abeawt state o'th' country, an' what wurchin folk had had to put up wi' i' times gone by, nur if he'd stopt i' Lunnon a lifetime. Above everythin' he admired eaur Lancashire whoams; they'rn so different to what they wur i' Lunnon, an' th' folk he met wur moore ov a "gradely" sort. He picked up that word wi' comin' deawn.

When we geet deawn to th' "Owd Bell" Little Dody threw his suvverin upo' th' table.

"Put the money in your pocket," th' Prince said, an' he rang th' bell: "A bottle of champagne!" he said.

Aw thowt things wur lookin' grand when aw yerd that. Dody licked his lips like a lad wi' a traycle-cake. He'd never tasted champagne in his life. An' when it wur browt in, an' th' Prince begun a-potterin at th' bottle neck wi' a pair o' pincers, aw could very nee feel th' stuff gooin' deawn mi throttle. "Pop!" went th' cork, an' it browt to mind bein' at that hotel i' Lunnon wi' Sam Smithies. Th' Prince tem'd my glass eaut th' fust, an' just as aw're raisin' it to mi lips—eaur Sal leet th' fire-potter drop on th' fender, an' aw started wakken! Mi vision o' royal welcomes wur gone! Aw shouldno' ha' cared hauve as mich if aw'd slept till we'd finished th' champagne.

RECOLLECTIONS OF THE GREAT JUBILEE EXHIBITION.

Owd Manchester an' Sawfort.

CHAPTER I.

" WHAT'S that thing on th' top o'th' drawers?" aw axt th' owd rib one mornin', seeing summat ut looked like a big fleawer-pot turned th' wrung side up.

" That's mi Jubilee bonnet," hoo said, wi' summat like a bit o' swagger.

" That thing a bonnet?" aw said.

" Aye, a bonnet," hoo said, " What else dost think it is ? "

" Well, aw took it to be a fleawer-pot made eaut o' a new sort o' stuff," aw said. " Art gooin' to ride a besom stail, an' fly o'er th' welkin ? "

" Aw'm not gooin' to be as aw ha' bin, an' that aw'll let thee see," hoo said. Aw'm gooin' to be i'th' fashin', for once. Aw'm noane gooin' t' Exhibition wi' a basket on mi arm, as if aw're sellin' eggs, an' a sleawchin' thing on mi yead ut looks as if aw'd carried herrin' on it."

" Theau'll want a stick wi' a double knob when theau gets that on," aw said, " an' a pair o' nanny-goats in a bant. But theau'd be fast if onybody talked Welsh to thee."

Th' owd wench bridled up at this.

"Aw'll ha' thee to know ut that's what they co'en a Mother Goose bonnet, an' hoo're an English woman," hoo said, quite snappily.

"An' a bonny goose theau'll look when theau gets it on!" aw said. "Folk 'll tak' thee for a fortinteller."

"They'd tak' thee for a gipsy if they seed thee neaw," hoo said. "Theau put some paint on at th' 'Owd Bell' yesterneet," an' wi' this salute hoo banged eaut o'th' heause, an' went a-seein' Jack o' Flunter's wife.

Aw examin't th' article when hoo're gone. It wur th' shape ov a sugar loaf; but as it wurno' trimmed aw couldno' tell what it ud be like after it had a lot moore brass spent on it. Aw tried it on, an' looked i'th' glass—nobbut one glance—it wur quite enoogh!

Aw remember stondin' on a form at schoo' wi' just sich a thing as that on mi yead, becose aw'd bin catcht playin' at odd or even wi' another lad; an' it made me shawm when aw thowt abeaut it. When women 'll wear dunce-caps for bonnets it's hard to say what they winno' do. They'n wear owt, aye, they win. When th' owd ticket has done wearin' it aw'll join a circus wi' it, an' have it painted red an' white, like a barber's pow, or a pair o' stockin's.

"Here, Abram," th' stockin'-mender said when hoo coome back, "theau hasno' towd me abeaut thee an' Jack o' Flunter's gooin' to th' Exhibition this afternoon."

"Well, ther's nowt in it yet," aw said.

"What are yo' gooin' for, then?"

"A seein' what ther' is to be seen."

"An' Jack's wife an' me are gooin', too."

That wur a sattler! Aw thowt Jack an' me wur gooin'

to have a nice Setterday afternoon, but he'd spoilt eaur gam'. Neaw we had to mak' th' best on't.

"Theau'rt no' gooin' i' that bonnet, arta?" aw said.

"What, as it is? Not me, indeed," hoo said. "That bonnet wants mony a shillin' layin' eaut on it afore aw put it on. Aw shanno' wear it till th' Prince o' Wales an' his wife come'n. Aw yerd they're comin' to Walmsley Fowt afore they go'en back."

"That'll be a rare day for thee, then," aw said. "Theau'll ha' to be receptioned, same as theau wur at th' Manchester Teawn Hall. That bonnet 'll hardly be tall enough for thee then. Theau'll ha' to have abeaut three inches built on it, an a tassel hung fro' th' top."

"Aw believe Jack's wife's is taller nur mine," hoo said.

"What, is Jack's wife havin' one, too?"

"Aye, hoo's no' for bein' beheend."

"An' a nice pair yo'n look. Nob'dy 'll be able to see o'er yo'r yeads."

"What does that matter to a woman? What dun we care abeaut men, whether they con see or not? They mun tak' ladders wi' 'em."

Well, aw could see it wur no use havin' ony bother wi two women o' one mind. Jack an' me ud ha' to tak' eaur wives.

We may co' this th' fust day o'th' Exhibition, tho' ther' nowt to look at nobbut th' empty heause. Th' second o' April,—mark that deawn i'th' almanack as th' fust day o' spring. If it had bin th' day afore aw should ha' thowt it had bin makkin' foos on us, an' ut weather ud slipped back agen into winter. Th' fust wild fleaur, th' cow-foot, wur peepin' eaut o' warm corners, an' th' lark wur busy rubbin' up his flute, an' fastenin' th' cracks up wi' waxed

bant, as owd Tunnicliffe used to do. It wur i' every
respect a spring day when we set eaut o'th' fowt, me
carryin' eaur Sal's cloak an' umbrell, an' Jack o' Flunter's
dooin' ditto. Th' women thowt they met (might) ha' worn
the'r new bonnets if they'd bin ready, but they put it off
while May, when they'd be fresher.

Aw've seen th' time when we should ha' walked every
inch o'th' road ; but ther's no walkin' neaw. Nob'dy
cares to use the'r feet, an' through that cobblers are
singin' i'th' lone, " We've got no work to do." Afore
aw'm mich owder we shall ha' nowt to do but drop a
penny in a nick, an' we shall be whipped off to onywhere
we like. Aw con see we're comin' to it. Well, we'rn
whipped deawn to Manchester, an' then we'd a pennoth
'apiece i' summat like a tent on wheels, an' ther a chap
sheautin' eautside, " This way to the football match !"
Th' owd rib wurno' for gettin' in at th' fust, hoo said it
wur so mich like owd Moses' show. But heawever, we
geet to Owd Trafford, an' when we'd londed, eaur Sal
fixed her een on what they co'en th' dome o'th' palace, ut
wur glitterin' i'th' sun as if it had just been lifted eaut o'th'
sae.

" Is that a glass balloon, Ab ?" hoo wanted to know.

" Nawe, it's an iceberg they'n browt fro' Ameriky," aw
said. " Th' place 'll be so wot i'th' summer they'n put
that up theere for t' cool it."

" It's wonderful ! " hoo said. Then aw yerd her tellin'
Jack's wife what aw'd towd her, an' Jack's wife said " Eh !"

When we geet to th' gates th' owd stockin'-mender said,
" This isno' Tabonical Gardens, is it, Ab ?"

" Yigh, it's wheere number two missis Langtry showed
hersel' off," aw said.

" It doesno' look like th' same place," hoo said.

" Nawe, theau'd hardly know it," aw said. " But that's wheere theau sit when theau're being interviewed."

" An' aw'm come'n i'th' same bonnet as aw had on then !" hoo said. " Aw hope nob'dy 'll know me."

" But ther's a lot starin' neaw," aw said. " Let's get eaut o'th' seet, or else wi' shall be havin' 'em reaund us."

" They'n wanted some scaffotin' for t' get up theere," Jack o' Flunter's said, lookin' up at th' dome. " Aw'd rayther be up a chimdy nur up theere. Thoose chaps looken as if they'rn swingin' abeaut in a ship." Jack, as yo' known, is a bricksetter, an' con walk reaund th' top of a big chimdy.

Some durs wur oppent, an' we went under an arch.

" This is a gateway built by the Romans, and was the entrance to Market Street from Piccadilly," a mon said ut had getten an axe on his back, hooked in a belt reaund his waist. Aw reckon he're a immitation of a Roman so'dier, but wheere they geet the'r blue cloth an' brass buttons fro' i' thoose days aw couldno' tell.

" Is this Market Street ?" eaur Sal wanted to know.

" Market Street in the olden time," th' mon said.

" Wheay, ther's no reaum to stir in it," th' owd rib said.

" Ladies didn't wear improvers in those days," th' mon said.

" Aw hanno' getten so mich o' one on ut yo' needen say that," th' owd ticket said.

" He meeans ladies, not women," aw towd her, so that turned it off, an' we went on.

" An did folk live i' these shops ?" Jack's wife axt him.

" Yes, and they hadn't private houses in the country. They slept here."

"An' what's this heause wi' th' steps at th' dur?" th' owd rib axt him.

"That is the Swan Hotel, where the London Coach used to start from," th' mon said.

"An' could a coach get deawn this street?"

"It had to do."

"Wheay, it looks moore like a gutter nur a street. Heawever did folk manage to get abeaut i' thoose days!"

"Those were the good old times we hear so much of!" th' mon i' Roman blue said.

"An' heawever did carts pass one another?" hoo axt.

"Here, aw con tell thee that," aw said. "That cart ut wur th' narrest th' aleheause had to draw up i'th' fowt while t'other passed it. Ther' wurno' as mony tram cars, an' penny coaches, an' penny tents, an' cabs knockin' abeaut as theau sees neaw. Nor so mony gentlemen's carriages, noather. Ther no fear o' bein' ridden o'er i' thoose days. Th' wo'ld went a good deal slower nur it does neaw."

"Eh, aw'm sure aw couldno' ha' getten mi wynt then!" th' owd rib said. "It seems so closed up. An' what's that shop deawn theere?"

"That's Kenyon's vaults, tho' ther' wur no vaults then. They co'en that bit o'th' street th' 'Sponges Corner' neaw."

"An' what's that piece o' wood wi' four holes in it?"

"Th' stocks."

"Th' Stocks! an' what wur they for?"

"For t' put drunken folk in of a Sunday mornin', when they'd bin drinkin' o'er neet. They stood close to th' church-gates, so ut folk could see 'em when they'rn gooin' to th' church."

" An' heaw is it th' holes are o o' one size ? "

" So ut they'n fit ony sort o' a leg."

" They couldno' ha' put owd Mary o' Benny's in ; an' owd Sparrowshanks' legs ud ha' slipped through. But aw see no hole for wooden legs, an' ther' must ha' bin lots i' war times. Eh, dear me ! "

" What's causin' thee to limp ? " aw said, seein' ut th' owd crayther wur homplin abeaut as if hoo'd paes in her boots.

" Oh, aw conno' get deawn Market Street if ther's no betther stones nur these for t' trade on. Aw'm sure they'n put 'em th' wrung side up."

" But folk had to walk on 'em two hundert years sin."

" Aye, they happen did. But shoon wur made o' leather i' thoose days, no breawn papper an' tripe!"

" True, owd crayther ! theau's hit it this time."

" What are thoose three bridges ? " hoo axt, as we geet furr deawn.

" Th' owd bridges o'er th' Irwell," aw towd her.

" An' wheere's th' river ? "

" Theau mun imagine that. Fancy theau'rt walkin' deawn it neaw, an' gooin' under th' bridges."

" But they didno' pave bottom o'th' river, did they ? "

" Nawe, but Sal's ford wur here, an' they had to cross it on stones, but bigger stones nur these."

Hoo're satisfied.

" An' what's that place wheere thoose big durs are ? " hoo wanted to know.

Aw're just puzzled what to say to that ; but at last aw said—

" That's th' teawer o'th' owd church. I' former times they built th' teawer th' fust an' th' church after, so ut they could ring folk to bed when it wur time. If th' bells hadno' rung they'd ha' stopt up o neet, becose they'd no clocks to go by! Neaw they build th' churches fust, an' th' steeples when they con raise th' brass."

We crossed under th' bridges into Sawfort.

"Theere's another stocks!" th' owd rib said; an' hoo pointed to summat like a pigeon cote wi' eight holes in it. "Heaw is it they had to put four at once in it? Wur folk drunkener i' Sawfort nur they wur i' Manchester?"

"Aw dunno' think they wur," aw said. "But at that time Sabbath breakers wur put i'th' stocks; an' fishin' wur breakin' th' Sabbath! Ther moore fishin' clubs i' Sawfort then nur they ever had i' Owdham. Th' edge o'th' river used to be lined wi' 'em of a Sunday mornin'; an' if ony on 'em wur catcht they put 'em i'th' stocks."

"An' would they catch owt in an owd sink like th' Irwell?"

"Th' Irwell wur as clear as owd Thuston's well at one time; an' it wur hung o'er wi' trees, an' folk used to doance i'th' meadows. Neaw they doance in a tapreaum happen on t' same spot. We conno' ha' everythin' nice an' pleasant at th' same time."

"No moore we con," th' owd rib agreed.

We crossed back agen into Manchester, an' th' fust things we seed wur th' Market Cross an' th' pillory.

"What's that pow wi' th' hole at th' top for, Ab?" Jack o' Flunter's wife said, lookin' up as if hoo're watchin' pigeons.

"That's th' pillory," aw said. "If onybody had said owt agen th' king they'd ha' put his yead through that hole while folks pelted him wi' rotten eggs."

"Dunno' believe him!" eaur Sal said. "Folk didno'

keep hens then, they couldno' afford."

Aw had to drop it; so we left owd Manchester an' Sawfort, an' went i'th' glass heause. But that sometime else.

RECOLLECTIONS OF THE GREAT JUBILEE EXHIBITION.

On the Switchback.

Chapter II.

" NEAW, owd crayther!" aw said to my owd stockin'-mender, as we'rn runnin' th' gauntlet o' hunderts o' curious een, "theau shall know what a bit o' glory is —abeaut fifteen seconds of flyin' like a witch on a besom stail. Come, owd lass, be nimble, an' let's get up these steers. Dost think thi bonnet's o reet ? "

" It's reet for owt aw know," hoo said.

" It doesno' look as if it wur safely lindert for flyin' through th' air at th' rate of abeaut fifty mile a minute. Theau should ha' had it fastened to that rowl o' yure till it ud ha' lifted thy scalp off afore it had parted company.

" But what if th' yure goes too ? "

" Oh, aw didno' think o' that ! " Aw'd forgetten it had belunged to someb'dy else some time. Well, tee thi napkin reaund it."

" Nay, we'rn not at th' saeside."

" Theau'll find ut Blackpool wynt, when it blows folk off the'r feet an' through shop windows, is nobbut a puff to what theau'll feel on this railroad ! It thi ears ar'no' gradely screwed on it'll tak' 'em clean off!"

"They'll stond a better chance nur thine, Abram. Ther's not as mich surface. If thine getten blown off they'n think it's some wyndymill ut's bin blown to pieces. That's one for thee, mi lord!"

"Well, never mind that, come on." So we meaunted to th' top o'th' station, an' fund we had to wait a good while for eaur turns—to' lung, th' owd rib thowt, for th' shortness o'th' journey. At last it coome to eaur turns, an' we took eaur places i'th' carriage.

"Aw feel as if it wur th' next thing to bein' hanged," th' owd ticket said, as we'rn gettin' ready for turnin' off. "Wheere's Berry?"

"He's just puttin' his foout on th' treadle. Another second an' we shall be——Howgh!—jiggamy!—whoy!"

"Heugh!—marcy!—save us!"

"My love!"

"My Ab!"

"My hat!"

"Wheere are we?"

"Londed!"

"Thank goodness!"

Aye, an' we londed in a mixed up way. Aw'd a pair o' arms wi' silk stockin's on reaund me; an' a yung chap on t'other seeat had a pair o' arms reaund him ut hadno' silk stockin's on; but as it wur nobbut for a quarter of a minute we hadno' time to feel th' difference, so it mattered nowt. My hat, aw fund, wur lodged between my shoother blades, wheere it stuck like a kettle-drum on a little so'dier's back. But if aw hadno' had it secured wi' a piece o' treadlebant, aw should had to ha' looked for it i' Trafford Park. Th' owd hen's feathers looked a bit mauled, but th' toppin' wur o reet; an' th' back journey, hoo said, wur like flyin' into th' sun! Hoo're sure hoo wurno' far off it. That's eaur experience on th' switch-back railroad; an' what surprised me, th' owd crayter, afore we coome away, wanted to have another ride! But ther other things aw had to attend to, so we turned into th' Exhibition agen.

Aw'd thowt to ha' spent a hauve day among' th, machinery, but it made sich a racket th' owd rib's yead wouldno' stond it, so aw shall have to go misel' sometime. We noticed some folk at a stall examinin' a little table ut a lad took care to wipe finger-marks off when ladies and gentlemen ut couldno' read—" Please do not touch "— would keep o'erhaulin' it. This table is to be presented to th' Princess o' Wales, an' has bin made by lads ut' but for some kind gentlemen ut dunno' live o together for the'rsels, met neaw ha' bin pooin owd ropes i' pieces somewheere i'th' neighbourhood o' Strangeways. It's a nice piece o' furniture, an' is worthy of a good corner i' Marlbro' House. Th' lads ut made it wur busy at wark on other things, some cuttin' chips an' bindin' 'em i' bundles; others makkin' things for t' boil bachelors' kettles when the'r londlady has stopt th' coals off; others wur crappin owd shoon; an' one sit like "owd Torrence," makkin' owd clooas look new.

"An' wheere han these lads come fro'?" th' owd sympathiser wanted to know.

"The Boys' Refuge, Strangeways," aw said.

"An' whoa keeps 'em ? "

"They're reckoned to get the'r own livin' bi the'r wark, an' if ther' owt short, thoose ut han summat to spare han t' help."

"Ther noane sich places when we'rn young, Abram!"

"Nawe, we'rn born at a time when th' biggest o' slovens could mak' a fortin' in a year or two, becose they could keep folk ignorant. An' every penny they had comin' in they took care to keep to the'rsels. They'rn 'Gradgrinds.' But men han come up sin' then ut han tried to put others i'th' reet state o' feelin'—Dickens, Thackeray, an' moore ut aw could name. Writers afore these wrote abeaut other things nur humanity, if we'n except Scott, Burns, Goldsmith, an' Moore, an' a few on th' same track. Neaw, we'n a different taichin', an' a different humanity, an' these are th' fruits. Here's summat in another line."

We turned to a stall wheere ther a mon repairin' musical instruments, a job ut aw thowt he'd a difficulty i' doin'—battered owd things they wur, ut looked as if they'd done duty as weapons i' mony a scrimmage.

"These han belonged to some owd band," aw said to my owd critic, ut wur lookin' as if hoo remembered some on 'em. "Thoose they han neaw ha' not a dinge in 'em. Owd Tunnicliffe used to say no instrument wur fit to play on till it had bin i'th' wars. His flute wur so lapt wi' wax-bant they could hardly see a bit o' wood, an' he could play 'O Nannie' on it till he'd made mi yure rise! What's that ut's playin' a tune on that tother stall? A top is it? Well, if that isno' th' quarest thing aw ever seed! A spinnin' top playin' music!"

"Well, owd Juddie's wheelbarrow could play music when someb'dy had borrowed it, an' owd Juddie had wiped o'th' oil off th' trindle. It could whistle 'pee-weet' like a chitty, an' put in a note or two like a linnet. An' if a barrow could do that, aw conno' see why a hummin' top shouldno' do th' same."

" Here ther two red Indians makkin' fancy things eaut o' chips. An' they say'n Englishmen han o th' sense i'th' wo'ld, but aw deaut if ther's an Englishman i' this show ut could mak' one o' thoose boats eaut o'th' stuff they han to mak' 'em on."

" It's like knitting beaut needles. But are they red Indians, Ab ? "

" To be sure they are ; aw know that by the'r een. They're narr t'gether nur eaurs are."

" But they are no' red ! "

" Nawe, they'n come'n unpainted ! They'd bin white-wesht so mich wi' English an' Canadian blood ut, but for the'r een, they'd pass for one o' us. But they conno' auter thoose."

" Heaw's that ? "

" Theau sees ut when an Indian shoots he doesno' shut one e'e as we dun ; but skens across th' bridge o' his nose reet deawn th' barrel, while we go'en blinkin' wi' one e'e, as if t'other wur o' no use. By that meeans they con see furr, an' strunger nur we con."

" What mak's 'em ha' fringes to the'r treausers ? "

" It's followin' up an owd custom. When they'rn on th' war-path, before they'rn civilised, they didno' carry a lot o' clewkin abeaut wi' 'em, like wayvers ; so thoose fringes wur for t' tee the'r scalps to ut they'd ta'en i' battle. When one on 'em had knocked an enemy o'er he'd ha' whipped eaut his knife, an' off wi' t'other's scalp in a jiffy. Then he'd ha' fastened it to his leg, an' away he'd goo after another. But come i' this other reaum wheere they're makkin' pots. Theau'll see summat theere ut'll mak' thee stare."

So into Doulton's place we went, an' fund ther a lot

moore theere beside us lookin' on wi' wonder. A mon wur makkin' chimdy-piece orniments, just like turnin' wood in a lathe, obbut he used no tools beside thoose he're born with ; an' th' shapes he could mak' 'em tak' as th' wheel whizzed reaund wur summat wonderful.

" Are o pots made that road, Ab ? " th' owd un wanted to know.

" Aye," aw said ; " but they dunno' put th' hondles on."

" Well, it's wonderful ! "

" Theau remembers owd Juddie once makkin' a potter's wheel, when he're gooin' to mak' his own garden pots ? "

" Aye, aw do."

" He geet eaur Dick for t' turn for him, an' th' lad never liked turnin' a wheel. Well, Juddie had getten a barrowful o' clay eaut o' Pee Ryder breek croft, an' this clay had bin tempered for breek, an' wur like owd Olive's porritch, rayther thin. He put a daub o' this on th' wheel, an' set th' engine agate ; but eaur Dick yerd some childer playin' i'th' lone, an' th' wheel went very slow. ' It's time aw fired up,' owd Juddie said, for he couldno' mak' his clay into ony sort o' a shape beside a flop. ' Just oil thi elbow, Dick, an' put on steeam ! ' Dick did so, an' he whizzed away till th' wheel wur as cleean as if it had bin swept, an' owd Juddie looked like somb'dy ut had bin tryin' to commit suicide in a clayhole ! He never tried to mak' another garden pot. But let's look reaund a bit."

Aw took th' owd ticket a lookin' at some model cottages, an' rarely hoo're set up wi' 'em. Ther one speshly, a two reaumd un, ut hoo could live in till hoo're ninety, if th' owd Mower didno' come reaund. Ther an owd fashin't sideboard, ut looked as if it had bin ta'en eaut o'th' ark,

P

wi' drawers ut Shem, Ham, an' Japhet kept the'r collars in, an' the'r sisters—the'r wives, aw meean—the'r pocket napkins. An' ther a cubbort wheere Noah kept his meawse peawder. An' ther' an owd corner cheear ut aw're no sooner sit deawn in nur aw toped o'er asleep! That ud be nice, th' owd rib said, for me to sit in ov a neet i'stead o' gooin' to th' "Owd Bell." An' hoo could sit on t'other side th' hearthstone in her rockin' cheear, praichin to me a sarmon neaw an' agen beaut a text, showin' me th' evils o' drinkin' an' stoppin' eaut late, an' chuckin barmaids under th' chin, an' purtendin' to go to buryins, when at th' same time they're gooin' to th' races, an' other carnal things, nobbut hoo'd ha' to stur me up wi' th' fire-potter for t' keep me wakken.

"Wouldno' it be grand?" hoo went on. "Then of a Sunday we could goo an' sit i'th' parlour after we'd bin to th' chapel, an'——"

"Here, aw think theau's gone far enoogh," aw said. "Theau's getten some cobwebs i' that yead o' thine, an' theau'rt wayvin a paradise eaut on 'em—one o' thi own soart."

"What's my soart owt to be thine!" hoo said, wi' a dignity ut ud ha' become a skoo-missis. "What's that readin' up theere? Aw conno' see it beaut my glasses."

"Far from court—far from care!"

"Aye, it isno' big fine heauses ut makken folk happy. It wouldno' be fair to us poor folk if it wur so. Theau're readin' t'other neet abeaut th' Queen livin' in a castle ut hoo'd never gradely seen; an' heaw men han bin delvin abeaut, an' fund places for shuttin' folk up in; an' wells wheere young princes mit ha' bin dropt in; an' other boggart holes ut made my flesh creep as theau're readin'

abeaut 'em. Ab, ther's noane o' that soart i' Walmsley
Fowt. Th' mophole's th' only danger, an' theau con keep
eaut o' that if theau'll keep sober. Let's look at that
Palace next dur."

"Dunno' thee tumble i' love wi' it, an' then. Theau
may look at grand things till thi soul gets dazzled, an'
theau'll want to live i' fairy-lond."

"Thee never fear, Abram! Aw couldno' sleep amung
o these grand things, knowin' at th' same time ut ther'
hunderts o' folk hadno' a stick to sit on ; an' others wur
bein' turned eaut o' the'r whoams, ut are set of a blaze
afore the'r e'en. Nawe, Ab, aw couldno' live in a palace
like this, an' know th' misery ther' wur reaund me. Aw
should be feart o' seein' a pair o' horns pop through th'
floor, an' yerrin summat like hosses i'th' cellar! Aye, it's
true, ' far from court—far from care. ! "

"Aw could do wi' a peep reaund th' corner o'th' Irish
Section neaw," aw said, feelin' as if mi steeam wur deawn.

"Go thisel', then, theau'll never be weant."

AT THE MANCHESTER EXHIBITION.

THINGS ARE NOT WHAT THEY SEEM.

" ARE we at th' Exhibition, Ab ? " th' owd rib axed
me, as we sat under a tree ut raked tall bonnets
or hats, or whatever yo' may co' thoose things o' straw
an' ribbin ut ud do for hivin' hummabees in.

" Wheere else con we be ? " aw said.

" Aw're just wonderin'," hoo said. " We'n bin through
twice, an' fund very few inside ; an' look what a lot o'
folk ther' is eautside. If aw could ha' yerd a roll o'
wayter aw should ha' thowt we'd bin at Blackpool."

" But ther's nowt like Blackpool here," aw said. " We
couldno' ha' bin sittin' under a tree if we'd bin theere."

" But look at th' women heaw they're dressed. We
dunno' use seein' owt o' this sort nobbut at th' seaside."

" Sarah, that's one part o'th' Exhibition. They'n
come'n here to be seen. What dun they care for machinery
or pictur's, or pot makkin', or dolls, or different sorts o'
soap ? They're o' moore importance the'rsels nur owt
i'th' Exhibition beside. Every finely dressed dromedary
is sayin' to hersel', ' Look at me ! my hump's th' biggest
o' ony i 'th gardens.' "

" An' ther' are some wappers (big ones). Ther's one

wagglin abeaut theere, an' a gentleman's had to push it o' one side, like oppenin' a gate, afore he could get past it. Shawmful! It ud sarve 'em reet if they could be born so. Aw'm satisfied wi' a breadbasket."

"They'n be browt reaund to th' front next, theau'll see; an' then they'll be farthingales, like they wore i' Queen Bess's time; an' then they'n ha' to walk i'th' middle o'th' road, like geese. Theau sees shoother-o'-mutton sleeves are comin' up agen."

"Aye, aw see they are."

"Bonnets 'll ha' a turn next, aw reckon. I'stead o' wearin' 'em stuck on th' top o' the'r yead like a fleawer pot, they'll begin o' slidin' deawn to'ard th' back. Then they'n put a bit moore to th' front, an' put a cap screen inside; an' then another owd fashin 'll be on th' carpet."

"Th' owd coal-box fashin, like mi Aint Lucy used to hoide her yead in. An' what wi' dresses wi' shoother-o'-mutton sleeves, an' stummager fronts, we shall be ready for owd times agen. But one dress had to do then wheere twenty are worn neaw; an' bonnets are eaut o' fashin in a week. My Aint Lucy wore her bombazine dress a dozen year to my knowledge, an' when hoo'd worn her bonnet till it wur as breawn as an owd stockin', her gron-childer made it in a rappit cote. Ther's noane sich times neaw. What dun theese yung chaps carry sticks for?"

"Aw reckon to walk wi'."

"Nay, that conno' be. They carryin' 'em like carryin' besoms, as if they'rn gooin' to sweep a fowt. Is that a fashin, too?"

"Aye, aw reckon it is. Sticks are very hondy for pokin' one another i'th' ribs, or tappin' 'em on th' shoother, or bobbin folk i'th' een when they're gettin' on th' top o' a tram-car. Aw dunno' know what other sarvice they're for."

" Owd Silver-yead, theau remembers, carried a stick for a different use. It wur welly as tall as hissel', an' he'd grip it i'th' middle to help him on th' road. These are noane to help 'em on th' road."

" Nawe; infirmities get mony imitaters. Hast noticed th' colours o' these dresses?"

" Aw've noticed one thing—ther's a good deeal o' white worn. An' nice an' cool it looks. It reminds me o' mi younger days, afore theau coome whistlin' at owd Johnny o' Sammul's gate. Aw'd a white frock made for t' walk wi' th' scholars in. An' aw'd a white cap, lined wi' pink; an' white stockin's, an' buckled shoon ; an' when aw're turn't eaut mi Aint Lucy said aw looked like a little angel."

" It's a good while sin' then ; an' theau'rt a little bit changed booath in appearance an' temper. It's a pity that frock wouldno' fit thee neaw. Aw could like to see thee in it."

" Theau meeans theau wishes aw're th' same age agen."

" Theau's just gexed it."

" An' ha' o to go through agen ut aw've gone through?"

" Well, it couldno' happen so neaw. Theau sees, if we'rn th' age we wur then, an' life before us, theau'd be a lady, an' aw should be a gentleman, before we'rn fifty. We shouldno' be sniggin' at a loom, an' skamin' heaw to mak' booath ends meet. At th' rate things are gooin' on machinery 'll do o th' wark. We should ha' nowt to do but live ! If this Exhibition had bin fifty year sin', th' visitors wouldno' ha' averaged 20,000 a day. Folk had summat else to do nur goo abeaut showin' heaw weel they could be dressed. If this state o' things 'll howd eaut aw dunno' care, but aw'm feart it winno'."

" An' aw'm feart, too. What are they buildin' o'er theer, Ab ?"

" Another switchback; one isno' enoo. They're buildin' 'em up an' deawn th' country—Lunnon, Liverpool, Newcastle, Belle Vue, an' aw've yerd it said they're havin' one at Daisy Nook an' Blackpool. That shows folk liken to be tickled, same as childer."

" Heaw fain everybody seems to be when they meeten one another!"

" Aye, theau may weel say seems. Let 'em part, an' the'r true character 'll come eaut. One 'll bite her lips till they bleed becose t'other has getten a broad red sash reaund her. Aw dar'say if truth wur known it covers a hole in her dress. Sich like little deceptions are carried on everywheere. Thoose white dresses theau's bin praisin' happen covern rags ut are no' fit to be seen. If theau's getten it i' thi yead ut everythin's what it seems, sweep it eaut, for sich notions are no' wo'th harbourin'. These yung swells theau sees—caned, an' booted, an' collared, theau'd imagin' had the'r pockets lined wi' brass."

" Well, an' ha' no' they ?"

" Some on 'em may be, but it's a question who it belungs to. A lot on 'em han feythers howdin' a tight grip on 'em. Others are clerks wi' less wage nur mechanics, an' are puzzled to know heaw they mun meet the'r londladies. But they mun show off."

" Well, let's get fro' under this tree an' goo somewheere else."

" For a change, then, we'n go reaund th' boozeries."

" Nay, theau'll no' get me i' one o' thoose places."

" No' for t' drink, but to look reaund. We'n tak' th' fust shop, this grand Pagoda. Look heaw it's hived reaund! Happen ther' isno' one o' that lot ut are sheautin for drink as if they'rn deein for it, ut ud ha' wanted it if he'd bin awhoam, or at his wark. But th' minute a mon gets loce, an' i'th' fresh air, he goes as dry as a chimdy. Some are affected bi the'r clooas. Aw yerd a mon say ut if he gets his Sunday duds on he begins a-thinkin' heaw nice a pint ud be if he could get at it. An' he wishes every day wur Sunday, so ut he could be gettin' at th' last gasp abeaut twelve o'clock. He'd never think abeaut it if he'd his clogs on. Theau may depend on't ther's a deeal o' habit an' sentiment abeaut drink. Theau knows little Dan, aw reckon ? "

" Who doesno' know him ? "

" Well, Dan wur so i'th' habit o' gooin' to th' Owd Bell every Setturday at four o'clock, an' gettin' i' singin' fettle, an' talkin' fine, ut he couldno' break off it. Abeaut three o'clock his tongue ud be gettin' glued fast to his meauth. At hauve past he could abide no lunger. So he'd jump off his loom, sweep reaund his treadle-hole, pike his breeches, an' at four o'clock he'd go leatherin' deawn th' lone as if he're tryin' t' catch a train ut had bin gone a minute. At five o'clock he'd be singin' ' On board of the Arethusa.' At six he'd be waddlin' whoam—singin' an' sheautin' as if he'd bin a giant. But one time Dan had a cut to get eaut for Monday mornin', an' it couldno' be done unless he wove late o' Setturday. This wur a sore trial to him. At three o'clock symptoms o' alephobia coome on him. At four he couldno' abide unless he sung. So he begun wi' ' Arethusa,' an' it reliev't him. At five he felt his yead gooin' an' his feet couldno' keep on th'

treadles. At six he fell into th' treadle-hole as drunken
as if he'd bin at th' Owd Bell! Th' force o' habit, theau
sees."

" He'd ha' a pitcherful in his pinbox, aw reckon."

" Did't ever know a wayver drink o'er his wark ? "

" Aw've known one leeave his loom when a finger has
bin put up."

"That may be. But theau never knew th' sanctity o'
a loomheause invaded by drink. A wayver ud as soon
think o' havin' it i'th church. Th' very thowts on't ud
set him o' of a tremble."

" Theau meeans set him a-yammerin."

" Nay, he'd be like a mad dog at wayter till he geet
eautside. They may ha' drink in a hay-meadow, becose
haymakkin' isno' regilar wark. But in a loomheause—
never! Th' nearest ut ever aw knew of a wayver wantin'
a taste o' summat when he're at his loom wur owd Jack
o' Nat's, an' he're satisfied wi' suckin' humbugs. A
wayver's loomheause is his *sanctum sanctorum*. Theere's
Latin for thee, Sarah! If theau gets so mich on't theau'll
be wearin' a four-cornered cap afore lung an' carryin'
mortar. Neaw we'n ha' a peep i' this other shop furr on."

" Well, aw'll goo wi' thee theere, becose it looks like a
teetotal place, an' aw could do wi' a bottle o' pop."

" It is a teetotal place, so far as it consarns teetotallers.
They con ha' pop, or lemonade, or coffee—owt beside
cowd wayter."

" An' why conno' they ha' cowd wayter ? "

" Becose it's warm. They conno' keep it cowd. Just
put thi yead in at that dur, an' feel if theau'd like to be
one o' thoose women at th' back o'th' ceaunter."

" Phoo-oo-oo ! Like stickin' mi yead in a oon when

it's ready for bakin'. Heaw con folk abide in here ? "

" They are abidin', an' puttin' moore coals on eaut o'th' whiskey bottle."

" Aw thowt it wur a teetotal shop!"

" It is to teetotallers. They con ha' as mich as they wanten. It's like sun an' air, free to onybody beaut conditions or limit. Neaw then, get thi pop swallowed an' let's dive into a cooler. Come on, we'n go deawn to th' Irish section neaw."

" A-lookin' at the'r lace an' fine linens, aw reckon ? "

" Just as it happens."

We went deawn to th' Irish Section, an' fund th' same thing gooin' on theere as at other drinkeries. Aw dunno' know heaw it is ut swells conno' behave the'rsel's as weel as workin' folk. They drinken whiskey wi' the'r glooves on, an' chucken barmaids under th' chin, an' keepen 'em waitin' for the'r brass, as if they hadno' enoogh to do beaut bein' hindert i' every way. But aw reckon it's becose they're eddicated, an' know no better. A workin' mon 'll goo i' these places, an' afore he axes for his glass he'll show ut he's brass to pay for it, for fear they winno' sarve him. Then, when he's getten his glass, he drinks, an' says " th' weather's warm," then drinks agen. When he's finished, an' th' waitress stares at him, as if hoo're noane used to civility, he wonders if he hasno' paid her, an' feels his pockets o'er. When hoo tells him wi' a nice smile ut he has paid, he feels hissel' so flattered ut he'll ha' another glass, an' fotch a companion in for t' see what a " good sort " of a barmaid hoo is. He doesno' seem to know heaw far civility goes i' ony sort o' society ; an' he hasno' bin eddicated to know th' difference between civility an' monkeyishness, becose he sees moore o' one nur t'other.

"Abram," th' owd rib said, "Aw thowt ther' summat drew thee here beside laces an' poplins!"

"Well, aw like to see a nice face, if it doesno' belung to me," aw said. "Theau're as pratty as ony o' these at one time."

"Th' owd ticket stretched her bonnet at th' mirror, an' said—

"Gammon, Abram! theau never thowt nowt o'th' sort." But it tickl't her, too. "What are these monkeys behavin' the'rsel's i' that road for?"

"Husht! they're fro' a lunatic asylum, an' that big chap's the'r keeper! They're kept i' confinement so mich ut th' seet o' a pratty face maks 'em beside the'rsel's. When they'n had the'r spree eaut th' keeper 'll tak' 'em whoam, wheere they'n quietly climb the'r sticks."

"Poor lads!" th' owd sympathiser said; an' hoo stood twopenno'th for mi day's good behaviour.

PHILOSOPHIC REFLECTIONS ON THE GREAT JUBILEE EXHIBITION.

"AW'M thinkin', Ab," said my owd stockin'-mender, reflectin', as hoo aulus does upo' owt hoo sees, "ut th' effects o' this Exhibition may be seen i' moore ways nur one."

"Aye, fifty roads, aw shouldno' wonder," aw said, for t' give her a bit o' encouragement.

"Theau sees th' atin', an' drinkin' ut's gooin' on—but aw'll say nowt abeaut th' drinkin', becose an Englishman 'll drink onywheere if folk trien to stop him—but theau sees th' atin' ut's gooin' on."

"Aye ther's middlin' o' jaw-waggin' to be seen," aw said.

"But what they ate'n at th' Exhibition they conno' ate i' Manchester," hoo said.

"That's logic," aw said. "Neaw then, owd crayther, what art' droivin' at?"

"It must be injurin' cook-shops an' 'toffy caverns,' as theau coes 'em."

"Theau meeans 'coffee taverns,' Sarah! Ther's no doubt on't. Ther' never wur owt invented yet, but if it benefited one class, it injured another. Theau remembers seein' that nice case o' hats."

"Aw do ; but it's so seldom aw do look at hats ut aw should ha' forgetten. Bonnets are moore i' my line."

" Aw know they are. Theau'll stare at a bonnet shop window till theau goes mazy; an' then folk thinken theau's tasted summat stronger nur warm broth. But aw're gooin' to say what chance has Sammy wi' his fine show, when his hats are made by hond, an' others are makkin' 'em by steeam ? "

" Makkin' hats by steeam, Ab ! "

"Aye, go deawn i'th' Hatteries an' theau'll find a machine ut'll turn a hat eaut in abeaut ten seconds, lined wi' patent leather, an' tipped wi' Persian satin, wi' th' buyer's name printed under th' lion an' unicorn, an' a little hole i'th' middle for let eaut steeam, an' a hole for a hatguard i'th' brim, wi' an eyelet squeezed in it ready for th' saeside ! What dost think abeaut that, neaw ? "

" Well, aw think theau'rt at thi owd gam' agen, an' ut nowt 'll get thee off it."

" Let me tell thi this, owd sceptic ! Ther a mon had his hat blown off one day when he're at top o'th' owd church steeple, an' it went like a balloon o'er into Trafford Park. Well, he had to get a new un ; but as he'd a yead as big as eaur broth pon, he couldno' get one ut ud fit him. He tried th' biggest ut Sammy had, but as his biggest wur nobbut a seven-an'-a-quarter it kebbed on th' mon's yead like queen's creawn on one o' these new sixpences. That wouldno' do. He met a tried a hat-box an' gone whoam i' that ; but he bethowt hissel o' this steeam hat machine, so he went theere. He towd 'em he wanted a hat makkin' abeaut eight-an'-three-quarters size. He said he wanted it at once, as his train started in a quarter of an heaur. He stuck his yead into summat for t' tak' his measure, an' by th' time he'd wiped th' swat off, th' hat tumbled eaut at t'other end o'th' machine ready for puttin' on!   Th' mon walked off wi' it as if he'd getten a firkin tub on th' top of his yead, an' when he geet to th' station he'd five minutes to spare. Neaw that's true!"

" Heaw dost know it's true ? "

" Becose aw seed it made.   Aw're theere when th' chap browt his yead wi' him, an' gan th' order for it to be fitted.   Aw seed th' silk an' stuff for th' shape put in; an' then th' linen, an' th' tip, wi' th' letters made o' indy-rubber for t' print th' mon's name; an' aw seed th' hat tumble eaut ready for donnin'.   Ther's no mistake abeaut it."

" Dost think they could mak' bonnets ? "

" They con mak' owt to fit a yead, or ony sort of a yead.   A mon ut has summat to do wi' it towd me they'd made a hat for a beggin' elephant; an' it fitted him so nicely ut he could tak' it off wi' his trunk like a gentleman, an howd it eaut like a churchwarden does a collection box at a charity sarmon.   They'n an order in for one to be made for that elephant at Belle Vue, ut rings a bell an' grinds coffee for th' price of a cake."

" Aw should think ut if they could mak' 'em ony width they could mak' 'em tall enoogh."

" So th' mon towd me.   He said they could mak' 'em so tall ut if a chap wur in a church, an' he sit beheend two ladies, he could go to sleep beaut th' pa'son seein' him, an' that ud be a convanience for a lot aw know, an' would save 'em summat i' snuff."

" It wouldno' save thee mich."

" Reet, owd ticket !   But abeaut this Exhibition, why shouldno' publicans' interests be considered as weel as thoose of other tradesfolk ?   They han to pay rates same

as shopkeepers an' butchers. An' neaw theau may go
through Manchester onytime an' have a whul public-
heause to thisel'. The'r customers are at th' Exhibition
or at a cricket match, or a jumpin' do. An' when they'n
had enoogh they jumpen on a tramcar an' off whoam."

" Just as it should be," th' owd moralist said ; an' hoo
thowt hoo had me. " Public-heauses wur built for
travellers an' idle wayvers. Ther' no railroads then, so
travellers had to go fro' one teawn to another upo' shanks.
An' as they'd no relations for t' quarter the'rsels on, an'
no teetotal places fit for a mon to put his yead in, they
had to go to a public-heause, wheere they could ha' every
comfort they could ha' awhoam —— "

" An' no pickled tongue ! "

" Theau doesno' get as mich o' that as theau desarves,
Abram, so theau's no 'casion to put thy motto in. They
had to go theere or nowheere. Neaw ther's railroads, an'
private hotels, an' coffee heauses, an' they'n not as mich
'casion for public-heauses as they had at one time. Goo
into one o' these public-heauses neaw, an' ax for out
beside drink, an' theau'll soon find thisel' eautside !
Theau'll find no idle wayvers theere, becose th' mooest
on 'em are oather i'th' churchyard or i'th' warkheause.
Theau may find, if theau'll go between meal times, a lot
o' slovenly women i'th' vault, talkin' like a lot o' parrots,
an' lettin' the'r childer sup. But owd-fashint public-
heauses are gone."

" Ther's a good deeal o' truth i' what theau says, owd
philosopheress," aw said ; " but theau hasno' towd o. If
ther's a public-heause tumbles loce, a brewer buys it, an'
onyone he puts in mun tak' his ale an' sperrits off him.
If customers complain ut they conno' drink sich stuff, an'

he gets some off another brewer on th' sly, his name has
to come off th' sign. Th' next ut comes finds it winno'
do, so he oppens his heause into a music place, an' gets
a lot o' lads ut thinken they con sing for t' come an' blaat
every neet for a gill o' slutch apiece. Or he encourages
dart shootin', or ringin' th' bull, or owt for t' bring
folk to th' heause ut han no need for it, or ut arno' dry.
Bi these meeans th' heause loses its character, an' gets
dirty, an' low, an' forsaken. That's one cause o' so mony
clubs bein' oppened, wheere they con drink the'r own
stuff, an' drink as lung as they'n a mind. Theau'rt reet,
Sarah ! public-heauses are made into a monopoly. After
havin' sarved the'r purpose, they'n missed the'r way.
They'n getten into onybody's honds—some ut never wur
fit—an' they're gooin' to th' dogs. We never see a jolly
owd cock stondin' at th' dur neaw, wi' a pair o' shirt sleeves
as wide as a balloon, chattin' an' laffin wi' everybody ut
goes past. Nawe, he's droivin' abeaut somewheere, an'
grumblin' abeaut trade."

"Ther's another thing aw dunno' consider reet, Abram.
Theau sees these dresses ut are walkin' abeaut ?"

"Well, what abeaut thoose ?"

"Aw'd like to know heaw mony han bin bowt i'
Manchester ?"

"Wheay, theau doesno' think they'd go to Owdham,
or Chorley, or Chowbent for 'em ?"

"Nawe; but they go'en reaund th' Exhibition, an' if
they seen summat they'd like, they conno' buy it here,
but they con order it. So what chance has a shopkeeper
ut has no stall here ? His goods may be chepper an'
betther, but becose he's no stall here he may shut his shop
up, an' goo on th' tramp. That's another road this

Exhibition works."

" Like th' van system," aw said. "Theau's no 'casion to go to a shop for owt neaw. Theau con have it browt to th' dur, an' fro' o parts o'th' country. Aw yerd a baker talkin' t'other day abeaut stuff bein' so chep they could mak' no profit on the'r bread. They owt to put th' corn laws on agen, so ut ther'd be a chance ov a bit o' profit. It met be free trade, but ther no fair trade neaw. This baker has a place i' Ash'n, an' he sarves folk abeaut Walmsley Fowt. Aw axt him heaw he'd like payin' a hauve a crown duty afore his van wur alleawed to cross Clayton Bridge ? Th' shopkeepers had to pay the'r rent, beside keepin' th' road i' repair for his van. But he'd no rent to pay i' that neighbourhood; so could afford to undersell th' shopkeepers theere. He said they'd same chance as he had. They should get vans o' the'r own. But he'd tak' care they didno' get a footin' i' Ash'n. Theau seed o thoose boilers wheere th' engines are ? "

" Aye, what abeaut 'em ? "

" Dost' think thoose wur made o purpose for this Exhibition ? "

" Aw've never gan a thowt abeaut 'em."

" Theau may depend on't some forriners han bin peepin' an' skeaulin' abeaut thoose; an' if we dunno' mind they'n be havin' 'em ; an' thoose rope engines, too, ut worken as steady an' as true as a hummin' top. Then we shan be cryin' eaut abeaut forrin competition; an i'th' same breath as we sheauten nowt con lick owd England. An' nowt could lick owd England if we mun have o th' trade to eaursels. But forriners winno' let us. We'n shown 'em by eaur Exhibitions heaw to mak' machinery for the'rsels ; an' they go'en whoam an' dun it, while we're sheautin. Eh, John Bull! theau'rt abeaut as big a jackass as ever nipt a thistle!"

"But hasno' Ameriky oppent an' Exhibition i' Lunnon? an conno' we borrow things off 'em?"

"Ther's nowt to borrow nobbut a tribe o' Indians an' keaw lads; an' they'll tak' moore back nur they browt wi' 'em. Catch th' Yankees showin' us owt ut ud do us good! They'n moore 'grit' in 'em nur that."

"Aw've yerd thee say, Ab, ut folk shouldno' live for the'rsels alone. Ut it wur selfishness."

"An' aw'll say so agen. But ther's a difference between livin' for ones sel' an' livin' for other folk. We no sooner invent summat nur we oather run reaund th' wo'ld wi' it, or inviten o'th' wo'ld to come here an' see it. An' they'n ha' copied it, an' made use on't, while we're fratchin' wi' eaur neighbours abeaut patent rights. We gi'en 'em every chance o' lickin' us. They con have eaur coals i' Russia chepper nur they con be laid deawn i' Lunnon! But aw reckon if we wur to put a tax on 'em colliers ud cry eaut ut we'rn ruinin' the'r trade. So ut if ther's a tax on onythin' someb'dy's sure to yelp; an' th' same if ther's one takken off. We conno' legislate for everybody."

"Heaw is it, Ab, we're so partial to forriners? They con get on here when an English mon or woman ud ha' to clem.'

"Well, they'n do things ut we wouldno' do. What mon or woman ud go reaund th' country wi' a box organ, or one o' thoose tinklin' boxes?"

"Well, happen theau'rt reet; but let's be gooin' whoam." An' we went.

AB-O'TH'-YATE AT THE ISLE OF MAN.

(Two Letters from Ab-o' th'-Yate to the Editor of Ben Brierley's Journal in the year 1869).

FIRST LETTER.

Walmsley Fowt,

July, 1869.

Mesther Yeadhitter,

THANK yo' for that bit o' papper yo' sent me. It coome in very weel, aw con tell yo'. If it had no' bin for that yo'd ha' had no letther abeaut Pussy-beaut-tail; for aw should never ha' gone across th' herrin'-bruck. As soon as eaur Sal see'd it, hoo went o of a tremble, an' said hoo knew aw should be gettin' misel' in a hobble wi' mi writin' an' mi nonsense. But when aw towd her it wur a bank-cheque, an' not a summons, as hoo thowt, hoo fainted, an' wauted o'er i'th' nook. Hoo said hoo could yer waves dashin' into her ears, an' cats beaut tails maawin'; an' hoo felt her bits o' pains leeavin' her quite natteral like! If that wurno' a hint at th' Isle o' Mon, it's eaut of a woman's peawer to give one; so aw took it for as mich as it meant, an' set abeaut makkin' mi calkilations for th' eaut.

It took abeaut three week for t' prepare things. Different to th' last eaut! Aw wish it had takken three year; for they'rn th' comfortablist three week ever aw passed i' mi

life. Aw could noather say wrung nor do wrung; an'
aw're never fotched fro' th' "Owd Bell" once i' o th' time!
Eaur Dick calkilated ut, if things kept on that road, his
clooas ud last twice as lung, as he couldno' remember
when he'd a threshin'. Ther' wur nobbut one point we
couldno' agree abeaut at fust, an' that wur what part
o' th' island to go to. Someb'dy had towd th' owd Rib ut
Douglas wur th' best shop, an 'ut everybody went theere,
whether they went onywheere else or not. Aw said aw
didno' care for gooin' wheere so mony folk went, as they
stared at me so, an sheauted me. Aw'd rayther goo
wheere aw could be quiet. Ther a place they co'ed th'
"Cauve," an' another th' "Chickens," wheere folk lived
i' rappet-holes, if they lived onywheere. Aw thowt we'd
best lond at one o' thoose shops, an' do a bit o' Robinson
Crusoe wark for a change! Afore we could sattle it, ther
a letter coome ut put things as straight as ninepence.
This is it :—

"Falcon's Nest,

"Port Erin,

"Isle of Man.

"Old Swell,

"A little bird has just dropped into this nest, and told
me that you and your old Rib intend coming to the Isle.
If you do, come here, and I'll see that you are made as
comfortable as two pigeons. The place is very pretty,
and the air is as sweet as a nut. Besides, the company
will just suit you. We've an old codger that's always
laughing, and he's dying to see you. Then the landlord's
a jolly fellow. He says he'll see you get pop enough;
and if that doesn't suit you, you may have as much
"jough" as you can swim in. Say you'll come, and I'll

see that a coach and pair meets you on landing. Write
at once, and say when you are coming. If you don't,—the
next time I meet you, you had better have a pair of
cricketer's leg-guards on your shins; so make up your
mind in a minute, if you value your understandings. I
have determined to stay a week longer, just to have a
good spree with you; so don't disappoint me. Give
my best regards to your old Ticket, as you call her, and
tell her I've seen nothing on the island that can equal
her: I mean nothing of the woman kind. When she
comes she will take the shine out of everybody. So no
more at present from your old companion and friend,

S. SMITHIES.

"P.S.—You had better make your will before you come,
or get a cork to tightly fit your throat!   S.S."

"An' a very nice letther too, it is," th' owd lass said, as
soon as aw'd finished readin' it. "Sam's a very sensible
chap; a deeal moore so nur aw took him to be. What
nice words he uses; an' heaw nicely he puts 'em together.
Well, aw think we conno' do betther nur go to ——wheere
is it, Ab?"

"Port Erin," aw said.

"Ay, Port Herrin;"—that's wheere o th' fresh herrin'
come fro', aw reckon. We may have 'em chep theere,
aw should think, fried i' butther an' scittert o'er wi'
parsley, as Peggy Thuston does 'em." An' th' owd lass
went off wi' her calkilations just as if hoo'd londed an'
getten hersel' comfortably sattled deawn at th' "Neest."

Aw could see at once ut th' owd damsel wur so bent
upo' gooin', ut it wur no use tryin' it on to go by misel';
tho' aw did just throw eaut a feeler for t' see heaw it
'ud work. Aw said:—

" Aw dunno' like th' thowts o' gooin' across. It's made me aw couldno' sleep for a neet or two."

" Wheay, what art unyessy abeaut ? " hoo said.

" Thee," aw said. " It's mooestly a roough vowage. If theau gets dreawnt what mun aw do beaut thee ? "

" Aw shall stond as good a chance as thee, aw reckon," hoo said.

" Aye, aw dar'say theau would, if thi tongue could help thee ony!" aw said. " But what if we booath on us went to th' bottom ? "

" We took one another for betther an' wurr, an' that ud be a bit o'th' wurr soart ; that ud be o. If we'rn booath dreawnt we shouldno' be feart o' one another gettin' wed agen, an' a stranger wearin' one's clooas. Wheere ther's as mich love as ther' is between us two it should never be parted. Eh, Ab ? " An' hoo gan me one of her owd looks ut took thirty year off mi shoothers, if it took one, an' sattled th' eaut like puttin' a seeal on a bit o' papper.

This wur Wednesday ; an' we agreed we should set sail th' Setterday after. Aw took th' bank cheque to owd Thuston, an' he gan me a hontful o' gowd for it, ut aw thowt wur very good on him. He said he could pay it i' Manchester for oil cake. Aw'd mi best woollen cords wesht, an' a canary singlet ut ud bin mi feyther's ; an' aw'd four pair o' lambs' wools ut hadno' a darn abeaut 'em ; an' if yo'd seen th' shirts ut wur getten ready, yo'd ha' thowt aw're some lord, or summat, gooin' off to Ameriky. Heaw one woman could get through o that, an' mak' 'em as white as they wur, is one o' thoose things ut mak's a mon shawm when he thinks heaw little he does !

If th' owd lass had made o these preparations for me, yo' may ha' some idea as to what hoo'd done for hersel'.

PREPARING FOR THE ISLE OF MAN

Between her an' Peggy Thuston ut had gone to Black-
pool, they'd farmed every box an' trunk ther' wur i'
Walmsley Fowt, an' wur one short at last. Eaur Sal
said if it wurno' for th' rockers hoo'd tak' th' kayther
(cradle), an' put some things i' that! But when Jack o'
Flunter's wife said hoo could mak' her a chinnon
(chignon) for her yead ut ud howd as mich as a firkin
tub, hoo gan th' owd fruit-basket up, an' said hoo'd be
i'th' fashion for once.

When th' mornin' coome for bein' off it wur like a rush-
cart finishin' abeaut eaur dur. O th' neighbour women
wur i'th' heause helpin', or purtendin' t' help, eaur Sal to
get ready. Aw dunno' think ther a pin laft i'th' fowt,
ther so mony wanted for t' tack her gears t'gether! Just
as th' last touch wur bein' made, ther a big sheaut set up
i'th' fowt, an' then a skrike as if someb'dy were bein' kilt!
Aw ran eaut to see what ther' wur up, an' seed eaur Dick
comin' to'ard th' dur as weet as a dreawnt rotten, an'
givin' meauth as leaud as a showmon. Aw couldno' get
a word eaut on him as to what he'd bin doin', but eaur
wenches said he'd bin sailin' to th' Isle o' Mon on a plank
i' owd Thuston's pit, an' he'd getten shipwrecked. Aw
dhroighed his back wi' a stick, an' promised him another
warmin' when aw coome whoam if aw yerd on him gooin'
on a chep trip agen beaut ticket!

Aw'd engaged owd Thuston's donkey cart for t' tak' us
to th' station, an' it wur drawn up to th' dur just as eaur
Sal wur ready for puttin' her bonnet on; but " Edward "
aw fund, had a hauve an heaur to wait yet. When th'
bonnet wur tried it fitted th' top of her yead like one o'
thoose tin caps they putten candles eaut with; an' hoo could
hardly raich it when hoo coome to feel for it! That ud

never do ; so th' shinnon had to be poo'd deawn, an' th'
things ut wur put inside on't crommed i' mi pockets till
aw're pannier't as weel as ever a jackass wur.

Just five minutes moore, an' then we're off. Eaur Sal
wanted that time to hersel' 'ith' loomheause. So hoo
went in an' shut hersel 'up ; an', enneaw, aw could yer her
axin blessin's for everybody, even thoose ut hadno'
behaved to her as they should ha' done ; but more par-
ticularly her own bits o' chickens, ut met be feytherless
an' motherless afore th' day wur o'er. Hoo axed
Somebody to raise up a protector for' em i' case one wur
wanted ; an' to see they didno' go wrung, but kept i' reet
ways, so ut hoo could meet 'em agen when. th' sae o' life
wur crossed, an' th' Isle o' Summat else nur Mon wur
raiched. Hoo finished up with—

" An' bless eaur owd Ab, if he eautlives me: an' dunno'
let him wed Joe Tinker's widow, ut says hoo's waitin' for
mi shoon, becose if he is a bit of a foo sometimes, he's
to good a mon to throw away upo' sich like as her.
Aw'd as lief he'd ha' Peggy Thuston as onybody, for
hoo's a dacent hard-workin' woman, an' 'ud be a mother
to mi childer. Amen ! "

This done, th' childer wur co'ed up, an' towd to be
good till we coome back, an' no' fo' eaut an' feight ;—if
they did, they'd ha' th' knots dress't off 'em wi' a rope !
Then we set off, an' geet to th' station o reet.

We'd no sooner getten sit deawn i'th' railway carriage,
nur th' train shot eaut o'th station like a dart eaut o a
gun, an' wur beawled into a tunnel afore we knew wheere
we wur. While we'rn i' that dark hole eaur Sal geet
howd o' mi arm, an' squose it till it's black this minute.
Hoo said hoo could see a dark-complexioned chap, wi'

horns an' a fishhook tail, grinnin' at her i'th' darkness, an' then a smell like brunnin' matches, ut hoo didno' hauve like on! At last we coome into dayleet agen, an' soon after we fund we'rn at Liverpool station, wi' as mony chaps i' cord clooas slappin' at carriage durs as would a bin enoogh to ha' etten us.

Ther a gentleman ut had ridden wi' us ut gan me some very good advice. Aw'd axt another chap which wur th' road to th' Isle o' Man, an' he towd me ut if aw'd get on th' reet packet aw should ha' no 'casion t' sper (to inquire), ut made me aw're as wise as ever. But this t'other gentleman towd me mi best plan ud be to get into a cab, an' tell th' droiver to droive me to th' Isle o' Man packet, an' aw should ha' no bother abeaut it. Aw took his advice, an' thanked him, an' towd him if ever he coome as far as Walmsley Fowt, we'd ha' a pint together for bein' so obleegin'.

So, wi' mich ado, aw geet th' owd Rib into a cab, an' th' luggage wur pil't up so hee, ut aw're feeart on ther' bein' some lumber wi' it upo' th' road. Heawever, we managed to get deawn safe, an' geet amung a creawd o' folk ut wur runnin', an' pushin', an' jostlin' abeaut as if they'rn gone crackt', an' we'd summat to do to get eaut o'th' cab for th' creawd o' lads ut wur bobbin' ther' honds in at th' dur, offerin' shoe-tees for t' tee mi hat on, so as it wouldno' be blown off bi th' wynt. Aw had to gi'e two on 'em a cleaut o'th' side o'th' yead afore they'd shift. One on 'em sheauted eaut—

"Yo'll want arf a dozen for that old pot o' yours!"

T'other sheauted—

"Buy a cable for the old girl's bonnet! Get yer one cheap!" Then they clapt the'r thumbs to the'r noses, an' scuttert off wi' a yeawl.

While this wur gooin' on, eaur Sal stood lookin' at a great lot o' summat ut wur rooarin' away i'th' front o' wheere we stood, an' ut wur sendin' as mich reech up two red chimdeys as would ha' driven two factories.   Hoo're axin a chap what that big thing wur, an' when he towd her it wur a "boat," an' it wur co'd th' Tinwil', hoo oppened her peepers wider nur ever.   Hoo thowt it wur quite big enough for a ship.   Ther' no ships upo' Hollin'o'th Lake hawve as big.

" Isle of Man packet," th' chap said, " an' a very fine craft she is ! "

" It's a woman ship, then!" th' owd lass said, makkin' th' chap look as if he thowt hoo're trottin' him.   " Well, aw'm fain o' that.   Aw'd rayther trust misel' with it nur a mon ship.   Come, Ab, we'st ha' to get on this—this— Tinwil, aw reckon, as everybody else is gettin' on.   Help me o'er that plank, an' see ut th' boxes are safe.   Theau knows which they are, aw reckon."

Aw did just happen to know which they wur then ; but when they'rn weel mixed up wi' a lot ut aw see'd abeaut, aw'd some misgivin' ut o wouldno' be reet at th' fur end.

We'd no sooner getten upo' th' ship nur we parted, never to meet agen for an heaur at leeast.   Aw seeched th' owd lass up an' deawn, but could see noather top nor tail on her !   Aw thowt they'd happen letten her deawn i'th' hole amung th' boxes, but as aw could see nowt wick deawn theere, aw looked reaund agen.   At last aw fund her, laid deawn on a sort o' couch cheear, in a grand parlour deawn some steps.   Hoo're busy talkin' to hersel', like owd Ailse o' Beawker's when hoo's knittin', an' th' ramble ut hoo're gooin' through made me think hoo're poorly.

"He're a good Ab to me," hoo said, an' soiked; "an' heaw he could leeave me this road is moore nur aw con tell! If this be gooin' to th' Isle o' Mon, an' on a woman ship, too, save me fro' owt o'th' soart next time! Aw wonder wheerever he is! Eh, my Ab!"

Aw thowt aw'd just roose her up a bit; so aw said, just leaud enoogh for her t' yer—

"He's knockin' abeaut Liverpool yonder wi' Joe Tinker widow!"

"What!" hoo said; an' hoo sprang up. Then, seein' me, hoo set to an' gan me th' length an' breadth of her tongue for abeaut two minutes, an wonder't heaw aw could think o' leeavin' her as aw had done. But it wur just like me. Aw never cared nowt abeaut her; an' sooner hoo gan Joe Tinker widow a chance o' wearin' her clooas an' moore satisfaction it ud be to everybody.

Aw towd her it wur her ut had gan me th' slip when aw're gettin' th' boxes put deawn i'th' saw-pit. But hoo'd have her own road abeaut it, an' said aw'd done it becose aw're feart hoo'd be some trouble to me. After that hoo quietened deawn, an' laid her yead upo' th' pillow agen.

"Heaw soon is th' ship gooin' to start, Ab?" hoo said, coverin' her face wi' her shawl. "Aw dunno' like this ranty-pow wark; it mak's me feel so quare. It's like ridin' in a swingin'-boat. Oh, dear me!"

Aw towd her we'd bin on th' road above an heaur, an' we'rn gettin' eaut o'th' seet o' lond. We should be at th' fur end in abeaut four heaurs if o went weel.

"Eh, aw didno' think we'd stirred!" hoo said. "Aw'm so thankful! Is ther' a pig-cote somewheere abeaut, Ab?"

" Nawe. What dost ax that for ? " aw said.

" Becose," hoo said, " aw con yer a lot o' little pigs squeakin. Wheere are they ? "

" Aw think theaw'd best not know wheere they are," aw said. " Sae pigs are no' very partikilar abeaut folk's clooas, if they getten nee 'em. Lie thee still, an' never mind ship bacon."

" What's that bell ringin' for, Ab ? "

" Aw'll just ax. Oh, it's dinner-time, aw see. Couldto' do wi' a meauthful o' summat ? "

Hoo put her hont eaut as if hoo meant to say "husht!"

" Heaw would some mutton broth do, wi' th' fat skimmed off ? "

Another puttin' eaut o'th' hont.

" Or some fresh herrin' fried i' butther ? "

" Hub ! "

" Or a plateful o' Scotch collops ? "

" Hub hub ! "

" Aw'll get thi a bit o' boilt ham, if theau likes."

" Hub—hub—heugh ! "

" Theigher ! If theau doesno' mind theau'll be sae-sick. Howd up ! "

" Bucket, Ab !—tub !—owt ! Heugh ! Oh, dear my ! "

Just as aw're wonderin' what to do, a sailor chap, wi' a face made eaut o' ballis leather, coome creepin' in ; an' he'd summat with him like a tin grindle-stone ut he put deawn upo' floor o'th' side o' wheere eaur Sal lee. He said summat very kind to her, an' towd me to go on deck, as aw're gettin' very white abeaut my nose. Aw should want a tin grindle-stone misel' if aw didno' mind.

Aw unteed th' owd lass's bonnet-strings so as hoo wouldno' be throttled ; then aw scrambled up steers to what they coed th' deck to see heaw things wur gooin' on theere.

Th' seet as aw seed wur hardly calkilated for makkin' me i' fettle for my dinner! Folk lee abeaut like carrits after a scrimmage in a pantymime; an' aw con hardly say ut it wur quite as pleasant as bein' in a garden filled wi' roses, an' wallfleawers, an' honeysuckles. Aw may say it wur owt but that. Aw geet to th' wynt side as soon as aw could, an' looked eaut upo' th' sae.

Waves wur tossin' abeaut like a lot o' sheep havin' a fifty-hond reel in a fielt; an' they dashed agen th' ship as if they wanted to climb o'er th' side an' have an odd twell amung us! Th' owd Tinwil wur workin' away like one o' thoose rockin' hosses in a toy shop, an' churnin' sae wi' her paddles, ut looked like two big bobbin wheels, till aw expected seein' some o' owd Daf Jones' butther turn up, if he deeals i' owt o'th' sooart. Aw axt a chap ut stood at th' side o' me if he didno' co it roough.

"Oh, no; not at all, it's only merry! It may be a bit lumpy when we get further out. I call this very nice!"

Just then th' ship gan a yead-fust plunge, an' aw're sent wilta-shalta crash agen summat like a big cage-top, wheere aw could see th' engines pumpin' away like as if th' very owd lad wur droivin' 'em! Aw geet a waft o' summat like th' smell o' brunt oighl, ut made me feel as if somebody wur liftin' mi inside eaut, like takkin' a clock i' pieces. It wur a case wi' me, aw fund. Aw could howd up no lunger; so o'er aw went, as sick as a wench when hoo's havin' a tooth drawn.

Aw remember nowt no furr!—nobbut neaw an' then yerrin th' plungin' o'th' engines, an' what eaur Sal coed th' squeakin' o'th' little pigs, till someb'dy said lond wur i' seet.

Aw gethert misel' up then, an' fund my legs wur very
bad to manage, an' my singlet wur as slack as if th' back
had bin takken eaut.   Aw looked reaund, an' seed ut folk
ut had bin laid deawn wur neaw on the'r feet, walkin'
abeaut as aw've seen patients do i'th' Infirmary gardens ;
an' a woful lot they looked !   Aw went deawn i'th' parlour
for t' see heaw th' owd Rib wur gettin' on, an' fund her
nicely asleep.   So aw leet her snooze on till th' ship gan
o'er marlockin', an' we'rn gettin' within a stone's throw,
as aw thowt, o'th' Isle o' Mon.   Then aw roosed her up ;
an' hoo soiked. an' said—

"Wheere am aw ? "

"We're gettin' very nee to th' fur end," aw said.

"Eh, thank goodness !" hoo said, an' soiked agen.
"Aw thowt aw must never ha' seen lond no moore ! Aw
wonder heaw eaur childer are gettin' on ! Eh, Ab, aw
ha' bin prayin' for 'em ! Tak' me eautside, wilta, for aw
feel welly smooart ! "

So aw gethert her up, an' took her up steers, an' put her
on a form eautside, wheere hoo could see a lot moore ut
had bin like hersel'.   Then th' ship begun a gooin' slower.

"We're gettin' close to th' sod neaw," aw said, " an
ther's mony a hundert folk waitin' on us ! "

"Does t' see ony cats beaut tails ? " hoo said.

"Aye !" aw said,—" ther's three or four runnin' upo'
some slates yonder !"

"Catch me one as soon as theau con, for aw want to
see what they're like."

Before aw'd time to ha' mi laaf at her, aw're sent bang
thunge deawn th' ladder, wi' a streeam o' folk after me,
scramblin' for the'r luggage.   Boxes wur knockin' abeaut
mi shins like clogs at a foout-bo playin', an' aw're as nee

as a toucher bein' tumbled yead-fust deawn th' sawpit, wheere th' luggage wur bein' wun up. For't soart mine eaut o' that pack o' lumber wur like seechin' a wench when hoo's eaut wi' her chap!—aw should aulus be lookin' i'th' wrung place, aw thowt. One o'th' sailors seein' me powlerin' abeaut like a dog in a fair, took pity on me, an' axt me what mi cargo wur like, an' he'd try t' find it for me. Aw towd him aw didno' know; but aw thowt it wur like nob'dy's else; an' that wur o th' chance aw had o' ownin' it.

"Haven't you got your name on?" he said, lookin' at me as if his temper wur breakin' eaut, an' he couldno' howd it.

"Nawe," aw said, "ther's nowt nobbut a weight-rope or two tee'd reaund. If aw conno' own th' lot by thoose, aw shall be like t' wait till everybody else has soarted theers, an' tak' what's laft."

Th' owd lad gan me a look, an' then spit on his honds, an' walked away, mutterin' summat abeaut a "lubber," ut aw da'say meant me, if it wur nobbut explained reet.

Heawever, aw waited till th' place wur middlin' weel swept eaut; an' then aw collared o ut wur laft, an' fund aw'd th' reet keawnt, whether they'rn th' reet boxes or not. By th' time aw'd getten th' lumber on th' deck, aw fund we'rn th' last upo' th' ship; an' th' owd rib wur havin' a fluster wi' th' sailors becose hoo wouldno' stir beaut me. Aw towd 'em aw'd talk to the'r betthers abeaut 'em when aw geet upo' dry lond; so they drew the'r hurns in, an' went abeaut the'r wark. At last we londed, an' wur daded up some steps on to what they coed th' "pier," but when we wur laft to eaursel's we booath on us dawled abeaut as if we'd bin drunken! Th' pier rocked like th' ship, or favvort doin'; an' heaw folk could keep the'r feet ony betther nur us wur a puzzle to me, becose a lot on 'em had fuddled on th' road, an' we'd had nowt!

We hadno' getten mony yard deawn th' pier, pushin' amung folk ut wur starin' at us as if we'd bin curiosities ut had bin catcht i'th' sae, when a gentleman in a white shoiny cooat an' a straw hat, coome an' tapt me on th' shoother.

"Isn't your name Fletcher?" he said, lookin' me full i'th' face.

Aw said it wur; or he met have it Ab-o'th'-Yate, if he liked; oather ud suit me.

"Well, I've orders to arrest you, and take you to Port Erin Castle," he said; so you'd better follow me!"

"But he's never done nowt wrung!" th' owd Rib put in, lookin' in a great flusterification. "He wouldno' hurt a worm; aw'm sure he wouldno'."

"That may all be very true," th' gentleman said; "but it has to be proved. I'm afraid you'll have to go with me."

"Well, aw dar' face up owt ut aw've done," aw said; "so come on! But someb'dy 'll ha' to carry these boxes, too; aw shall no'."

"Oh, I'll see to that. This way, please."

"Theau's bin dooin' summat wrung, Ab!" th' owd lass said, turnin' to me. "Aw con see it i' thi face! Aw reckon that wur what theau gan me th' slip for. Eh, 'at we'd never come'n! But wheere theau goes aw'll goo, at ony rate; so let's know th' wust."

When we geet t' th' gates, th' gentleman ut wur wi' us, ut aw took to be a policeman i' disguise, winked at another ut come up to us, an' this mon said :

" Oh, I see you've caught him ! "

" Yes, fairly nobbled !" t'other said. " Where's the van ? "

" Getting ready."

" Well we'll just have a nip at the hotel before we go;" an' whether it wur wi' th' woful look ther' wur upo' eaur Sal's face, or they couldno' howd no lunger, aw conno' tell, but they booath brasted eaut o' laaffin' an' then geet howd o' me an' th' owd Rib, an' shook eaur honds till they fairly wartcht !

Aw went as leet as a fither o at once, an' mi owd stockin'-mender's face breetent up like summer when hoo see'd they'd nobbut bin havin' us on. So we went into th' hotel, an' we'd a dose o'th' best physic they could get for curin' sae-sickness ; an' bi th' time we'd finished, ther' wur a two-hoss coach at th' dur, waitin' for t' tak' us eendway. We wur honded in like a king an' a queen; an' when we'd getten sattled deawn aw looked reaund me. Th' whul wo'ld an' his grondmother, an' two or three cousins fro' th' moon, met ha' bin theere, it wur so thrung wi' folk !

It wur like a wakes; an' what they could see i' maulin' abeaut theere aw conno' tell, for it isno' one o'th' sweetest places aw've bin in, no' by a lot. Aw could see mony a face ut aw knew; an some wur middlin' weel oppent when they seed me peearched as aw wur, wi' th' owd Rib at side on me. They seemed to say, " Yond's owd Ab doin' it grandly !" or summat like it; an' one or two sheauted, but aw couldno' tell what they said, as we'rn droivin' off, me an' eaur Sal i'th' carriage, an' th' two gentlemen gooin' on before in a " trap," as they coed it, carryin' th' luggage.

We'd hardly getten eaut of a bit o' nice country eaut-side Douglas nur aw yerd my queen wur takkin' it cozily, bein' gradely knocked up. Aw followed th' suit, for aw're quite done o'er misel'; an' we booath slept like two tops till we geet to eaur journey's end.

It wur getten' abeaut th' edge o' dark when we londed at Port Erin; an' th' Falcon's Neest, aw fund, wur in a blaze o' welcome. Aw wurno' soory ut th' journey wur o'er, as we'd ridden lung enoof, aw thowt, to ha' browt us to th' wo'ld's end. Th' tits had behaved weel, aw thowt, when we just calkilaten what they'd had to draw; an' they'd kept the'r yeads up for fifteen mile i' fust-rate style, an' coome in as fresh as if they'd just getten ready for gooin' to a main brew.

We fund we wurno' quite by eaursel's when we geet to th' "Neest," for ther' a lot o' ladies an' gentlemen stood i'th' front waitin' on us comin' in, beside some ut wur lookin' eaut o'th' windows; an' these waved the'r hats an' napkins, an' sheauted—"Hurray for Lankeyshur!" "Bravo Ab!" "Welcome to Port Erin!" "One for th' owd Rib!" "Hurray!"—till it made me feel as preaud as if aw'd won a ribbin at a doancin' match. Aw rose up off mi seeat, an' geet upo' mi pegs, an doft mi hat to 'em, thinkin' they wur sheautin' for me, till th' owd Rib wakkent up an' poo'd at mi cooat laps, an' said they wur sheautin' for her; an' if hoo could ha' getten her bonnet off hoo'd ha' showed me that too; but th' owd lass had it teed on wi' a knot, an' couldno' losen it.

After th' sheautin' wur o'er, aw geet deawn fro' mi peearch, an' helped th' owd lass deawn, tho' hoo said hoo "needed no helpin', thank goodness." Aw felt a bit stiff

abeaut th' angles o' mi shanks wi sittin' so lung, an'
lookin' after folk ut couldno' look after the'rsel's ; but aw
believe if aw'd bin shreawded up i' mi coffin-shirt, wi'
tuppence upo' mi peepers, aw should ha' had to shull eaut
agen ; for ther th' smartest lot o' duleskins ut ever aw
coome across i' my life ! They coome at me as if they'd
ha' worried me, an' then etten me wick at afther ; an'
they'rn reawnd eaur Sal till nowt could be seen on her
nobbut th' bonnet, ut looked like a buoy in a roough sae !

When this squeezin', an' slappin', an' ado makin' on
slackent a bit, we'rn pushed whether or not into a reawm
wheere ther a lung table laid eaut wi' o sorts o' things
for atin', as if ther a regiment o' so'diers for t' feed, or
a colliers' club. Aw shuttert my knees under beawt
waitin' to be axt, an' geet howd of a knife an' fork ready
for t' tackle summat as soon as it wur put afore me.
Th' owd Rib said hoo're hardly ready for a job o' that
soart yet. Hoo felt as if th' heause wur rowlin' abeaut
like a ship ; an' hoo wondered what it wur built on' an' if
it wur safe ! It must be a neest wi' rockers on, hoo
thowt, as it made her feel a little bit in a gooin'-o'er way,
as if hoo're gooin' to have a beawt, same as hoo'd had
upo' th' wayter. Hoo'd just have a sope o' tae an' a
cracklin', an' then hoo'd go to bed, an' see if hoo should
be a bit betther i'th' mornin'. Ther a very nice lady
made tae for us, an' beside that, made sich ado of eaur
Sal, ut th' owd lass said it wur as good as physic to her,
an' hoo thowt hoo should be able to stop up a bit lunger.
Her tung geet so loce, an' her face geet so nicely French
polished,ut aw fancied ther summat else i'th' cup beside tae;
but when aw named it, hoo said it wur sae-air ut had done
it ! Aw've some deauts yet, but dunno' like to say mich.

After aw'd etten as mich as ud ha' sarved a gang o'
navvies, aw're shuttert deawn th' steers into as nice an'
snug a fuddlin' shop as ever aw reddent my nose in ; an'
afore aw could get misel' plankt into a cheear, aw'd as
mony glasses afore me as ud ha' done for neet-caps for
a whul week.   Sam Smithies wur as red abeaut th' ears
as a turkey's bonnet, an' he're flourishin' abeaut as if th'
place belunged to him.   Th' londlort coome in an' said—
"Ab, mak' thisel' a-whoam; if t' doesno' theau'rt a foo'!"
Th' londlady coome in too, an' said th' same, obbut hoo
laft th' *foo'* eaut, an' didno' squeeze my hont as hard.
To my thinkin' hoo's th' finest woman i'th wo'ld obbut
one !   Well, aw met say the *very* finest, obbut aw like
quietness a-whoam, an' sayin' that met mak' things a
little bit lob-sided i' Walmsley Fowt.

As soon as aw'd getten my pipe, an' had dipt my nose
a time or two inside a reechin' tumbler, aw begun a-feelin'
a-whoam, as if aw're at th' "Owd Bell," gettin' misel' i'
singin' fettle.   Someheaw it wur like windin' a curtain
up to me, as aw hadno' seen th' company gradely before ;
an' aw must say ut moore aw see'd on 'em an' moore aw
felt a-whoam.   Ther th' husbant to that lady ut made tae
for us ; an' aw fund it eaut ut he coom fro' Manchester, an'
had yerd abeaut Walmsley Fowt afore.   He pointed to a
little reaund barrel of a chap, wi' a straw hat on, sit in
a corner, an' makkin' th' place fair ring agen wi' laafin'.
They said he're th' Bishop o' Port Erin, gettin' hissel' i'
tiff for Sunday wark.   He had to praich at Castleteawn,
they said, an' walk theere i'th' mornin' ; an' as th' distance
wur a good five mile, he couldno' manage so weel—as a
jolly-lookin' captain said—witheaut "takkin' plenty o'
coal on board."   Ther' wur a coalin' station abeaut th'

hauve road, ut went by th' name o'th' "Shore Hotel,"
but they never filled bunkers of a Sunday, so he had to
prime hissel' o'er neet.

Aw thowt he're th' quarest bishop ever aw coom across,
an' ut if o bishops wur like him ther' wouldno' be as mony
Dissenters as ther' is. Aw should say he'd more laffin'
tackle abeaut him nur ther' is i' th' whul church beside,
for it coome rowlin' up fro' under his waistcooat as if he'd
had a little steeam engine theere ut worked off condensed
whiskey! His face wur made for fun, if ever ther' wur
one formered for owt o'th' soart, for it rollicked abeaut
his meauth an' his een, an' sit stroddle-leg on his nose,
an' peeped fro' under his double-barrelled chin, as if it
knew it had to be boxed up o' Sunday, an' wur havin' a
extry fling o' purpose. It wur "Ha, ha, ha! ho, ho, ho!
heigh, heigh, heigh!" if nob'dy said nowt; so what must
it be if somb'dy had th' luck to mak' a joke? Wheay, his
white neck-napkin favvort hangin' him, an' his waistcooat
buttons flew as if they'rn a lot o' keys blown off a flute
wi' playin' merry music! If he'd had a hat-peg heheend
his shoothers, an' a cappel put on his nose, he'd ha' done
for Punch. Oh, yo' "owd tooad!" yo'n a good deeal o'
soreness abeaut my ribs to onswer for. If aw'd stopt' wi'
yo' a week lunger yo'd ha' to ha' said 'dust to dust' o'er me!

Well, we spent a jolly neet, an' aw fund it wur th'
forerunner of a lot o' jolly neets—aye, an' days too; an'
th' fun we had wur too mich to tell yo' abeaut i' one
letther; so aw'll let yo' wait another month for it, when
aw con tell yo' what wur th' consequences o' not puttin'
tickets on my luggage, an' other quare things. For th'
present aw'll wish yo' good neet, an' say aw'm

Yo'r own,　　　　AB.

AB-O'TH'-YATE AT THE ISLE OF MAN.

Second Letter.—*Conclusion.*

Walmsley Fowt,

August, 1869.

Mesthur Yeadhitter,

IT'S a common sayin' ut after a storm comes a calm.
It wur so wi' me after londin' at Port Erin. If yo'
recollecten it wur Setterday when we went, an' th' day
after wur Sunday—that grand day o' rest, when if a mon
doesno' feel different to what he does other days, ther's
summat wrung wi his clockwark.

As it happened, aw'd a good deeal o'th' mornin' to
misel'. Th' owd Rib had made up her mind to see an'
yer as mich as hoo could ; so hoo wur up an' eaut as
soon as th' larks had wesht an' donned the'rsels ; an' aw
conno' say but hoo went upo' th' wisest plan. Aw lee a
good while collectin' my Sunday feelin's t'gether, an'
harkenin' a jackdaw praich upo' th' window-stone, ut put
me i' mind of owd Pa'son ——yo' known whoa aw meean.
Aw could just mak' as mich eaut o' what this fithert
praicher said, as aw could of ony sarmon ut he ever geet
folk asleep wi' !

Aw're havin' a bit o' my vowage o'er agen. Aw could feel th' bed rock like a ship; an' aw fancied aw could yer th' plungin' o'th' engines, an' th' squeakin' o'th' little pigs, an' th' wynt makkin' bagpipes o'th' chimdies. Th' jackdaw did for th' captain; so ut my bedchamber wur as weel fitted eaut as th' owd Tinwil. Then aw'd a wakken dreeam abeaut a sleepy ride in a coach; a great sheaut, an' a deeal o' hondshakin'. An' it coom o'er mi abeaut a straw hat, an' summat under it like a piece o' red gutty-perchy, ut had a deeal o' strain on it betimes; an' lower still a waistcooat ut had getten St. Vitus' doance, an' wouldno' be cured; but kept jowtin' up an' deawn, like that little engine ut used to grind coffee in a shop window i' Manchester.

Well, aw swung misel' eaut o' bed at last, an' fund aw wurno' quite as weel as aw'd calkilated on. My yead wur a good weight, an' my legs wur bad to steer. Aw reckon it wur th' change o' air ut made me feel poorly, though eaur Sal said it wur summat else, moore likely. Aw'd bin playin' wi' a tae-spoon to mich th' neet afore! Tae-spoons are dangerous playthings when they're i' company wi' owt beside cups an' saucers. They met knit comfortable neet-caps wi' 'em, but they didno' fit so weel in a mornin'.

Bein' Sunday aw thowt aw'd don me in my best black short-legs, so ut if aw went to th' church ther' wouldno' be so mich starin' at me. So aw sit misel' deawn upo' th' bedside, an' looked at my box. Whether change of air didno' agree wi' it, or my e'en wur a bit quare, aw couldno' tell, but th' owd bit o' lumber looked as if it had bin havin' a marlock, an' knocked itsel' into a fresh shape. Then th' rope ut wur reaund it seemed to ha' wasted

itsel' oather wi' frettin' or sae-sickness, an' gone thinner.
It wur a weight-rope when aw put it reaund; but neaw
it wur gone quite genteel, as if it wanted to be a clooas-
line. Th' knots aw'd teed on it wur quite changed, as if
th' Davenport Brothers had bin abeaut, doin' some sperrit
conjurin'. Heawever, aw set too, an' untee'd th' rope
wi' mich ado, an' hove th' box lid up, an' had a peep
inside.

Strange! my best Sunday short-legs had changed fro'
black karseymere to white calico, wi' summat like window
curtains reaund th' bottoms, i'stead o' buttons an' ribbins!
Thoose ud never do for me to go to th' church in, at
onyrate. Aw thowt aw should be sheauted wi' th' childer,
as if aw're a pace-egger paradin' th' lones. Aw threw
'em o' one side, an' put my studyin' cap on, an' wondert
heaw this had bin browt abeaut. Then aw looked a bit
furr to see if owt else had changed. Divin' deawn i'th'
box aw fished up a shirt beaut oather sleeves or collar;
an' another thing ut wur like a balloon wi' palisades
reaund th' bottom. Then aw coome on a square box
made o' pastbooart, ut had summat inside on't like a
white capscreen wi' silk strings to it! After aw'd getten
my spectekles aw made it eaut ut this thing wur a
bonnet o' some soart; but which wur th' back an' which
wur th' front wur eaut o'th' peawer o' mon to tell. Aw'd
an idea once ut eaur Sal had swapt me boxes; but aw
thowt agen aw'd never seen her wi' no soart o' gears like
these abeaut her. Th' next thing aw geet howd on sattled
o. It wur a letther! As it had bin read afore aw thowt
ther'd be no hurt i' just lookin' through it; not as aw
wanted to know other folks' consarns, but to find eaut
whoa it belunged to. So aw read—

" George Hotell, Dale St.

" Liverpool July 1869

" Dearest Polly

" I rite these few loines hopping they will foind you all
" right as they've left me. I got in Liverpool all right
" after a very pleasant gorny the train was very punctil
" the old chap dosnt know but i am in Yorkshire buying up
" pottatus wodnt he be wild if he knew where I was and
" what I was doing. O my dear Polly you should see the
" ring Iv boght a regilar bobbydazler it is I do so long for
" the toime that I shall put it on your sweet finger I boght
" it to fit the propper finger as I got some stuff to fetch the
" wart off in an hour's toime. I shall get the lisens
" to-morrow and be happy dont be too late you know wat
" toime the train leeves Bolton I will meet you at the
" station so no more at present from your ever ever ever
" loving   ———

" N.B. * * * * * 50 toimes over these is kisses.
" N.B. after the wedding hurray for the Isle of Man."

Theigher ! Aw thowt to misel' as a put th' letther
back, somb'dy's bin makkin' foo's o' the'rsels ! havin' a
runaway weddin , as if it wurno' a trial big enoogh doin'
it wi' o'th' help they con muster. Aw felt wurr hobbled
nur ever when aw fund this eaut. What must be done ?
Aw could see plain enoogh ut gooin' to th' church wur
sattled for that day ; so aw'd a plash i' some wayther,
an' donned misel' i' my tother clooas, an' prepared for
gooin' deawn th' steers, as ther a bell ringin', an' a
scutter gooin' on up an' deawn th' heause, as if everybody
had made it up to go deawn at th' same time. Just as
aw're teein my napkin on ther a knock coome to th' dur.

" Yo'r at th' wrung shop," aw said, thinkin' it wur

somb'dy ut had missed the'r road.

" Is it Ab ?" they said; an' aw could yer it wur a mon's voice.

" Well," aw said, " aw'm hardly sure abeaut it. If appearances are owt to go by, aw'm a mixture. What dun yo' want ? "

" Heaw's thy yead ? " th' chap said.

"It's a bit on th' ramble," aw said. "It 'll happen be a bit betther when aw getten my bonnet on."

" Well, aw've getten a bonnet for thee here," th' mon said.

What's up neaw ? aw wondert; some moore mystery ? Heawever, aw oppent th' dur, an' fund it eaut ut it wur th' londlort wi' a glass o' summat like milk in his hont.

" This is th' bonnet," he said, howdin' th' glass up. " A rare thing to fit on after to' mich neet-cap !"

" What's it made on ? " aw axt.

" Manx milk," he said. " Nowt like this i' Walmsley Fowt! Just try heaw it fits."

So aw did try; an' rare stuff aw fund it wur—warm fro' th' keaw an' o ! Aw never tasted nowt like it ! Aw thowt if owd Thuston's keaws gan milk o' that soart he'd never get through t' fowt wi' it. He'd be sowd up, snap! Aw axt him what made th' difference; but o ut aw could get eaut on him wur ut they fed keaws at th' Isle o' Man different to what they did i' England. Happen it wur so !

Aw said nowt abeaut me havin' getten a wrung box just then. Aw thowt if aw did aw should never yer th' last on't. So aw bundled misel' deawn th' steers, an had a meawthful o' sae wynt afore breakfast. Aw see'd th' owd Ticket scramblin' up th' broo at th' end o'th' neest, an' a warm job hoo had afore her. Hoo'd bin deawn

amung some heauses at th' bottom, cat huntin'; but had
seen noane nobbut what had tails. Folk towd her ut
they wurno' owd enoogh yet for 'em t' drop off, so it
seems they areno' born beaut. Th' owd lass wanted to
know if th' breakfast wur ready; an' aw dar'say hoo met
weel, considerin' what hoo'd gone through th' day afore.

"It's just gooin' on th' table neaw," aw said; for aw
could yer a clatter o' pots, an' spoons, an' knives, an'
forks, ut made me fair yammer agen.

"That's reet!" hoo said; an' hoo geet howd o' mi arm.
"Aw're never so hungry i' mi life! We'n goo in linkin',
like quality folk dun; for, we are a bit quality neaw, when
we con ride in a carriage. So come on!"

Well, we went into th' neest; an' aw geet mi knees nicely
stabled agen, wi' summat i'th' front on me ut looked like
Hazlewo'th bridge on a plate as big as a coal riddle.
Black eautside, an' red an' white inside it wur, wi' gravy
wheezin' eaut o' bits o' crivices, ut made it so temptin'
aw could hardly keep off it.

"Rare stuff for th' yure, Ab!" Sam Smithies said,
seein' me grinnin' at it. An' he winked at some chaps
across th' table.

Then aw yerd someb'dy to'ard th' bottom sayin':—

"Theau conno' cut that wi' th' scithors!"

When Sam begun operations, he shoived it deawn i'
tremblin' slices as thin as an owd sixpence, an' went
through his wark as if he'd bin browt up to it; an' he
honded a plateful o'er to me, ut aw made to look wizzent
in abeaut two minutes or so.

Aw fund ther nob'dy for havin' beef beside me, as ther'
wur plenty o' things beside, sich as ham an' eggs, an'
cowd summats wi' parsley scattert o'er, an' fresh herrin'

as big as yung whales, an' aw dunno' what beside. When aw fund ut nob'dy wanted no beef aw made a deeal o' trouble o' axin 'em, but wur desperately feart on 'em sayin' aye. A gentleman axt th' owd Rib if hoo'd have a mackerel; but hoo shaked her yead, an' said hoo'd ha' nowt ut ud mak' her ill; hoo'd bin bad enoogh th' day before; but hoo thowt ut hoo could do summat i'th' ham an' egg way. Aw'm o'th' same way o' thinkin' misel' neaw, after seein' th' lot ut hoo polished off. Aw'd abeaut five cups o' coffee, an' as mich beef as would ha' made a leather appron if it would ha' howden t'gether; an' aw consider ut that wurno' bad doin'!

Well, after abeaut an heaur's good heausin' we finished eaur breakfast, an' thanked Somebody for it, as we'd occasion. Aw stroked mi waistcoat deawn, an' felt as if th' wo'ld an' me wur gettin' on very weel t'gether. If thoose foo's across th' wayther, ut wur gooin' to cut one another's throats, had had sich a breakfast as that, they'd ha' shaked honds wi' one another, an' gone whoam!

Th' day ut had started middlin' breet, had begun o' gleawmin', an' warnin' us 'at it wouldno' be safe to venture far eaut o' civilized quarters. But nowt 'ud stop th' owd Rib fro' gooin' to oather church or chapel or summut o'th' sort. Other folk met carry on as they dar' no' do awhoam, an' couldno' forshawm, if they durst; but for hersel', while th' same Heaven wur spread o'er her, an' th' same Somebody watched whether her feet went reet or wrung, hoo'd do just th' same at Port Erin as hoo would if hoo yerd th' owd Hazelwo'th bells ringin' the'r mornin' peeal, an' th' childer wur musterin' for th' skoo.

So hoo went up th' steears for t' have a word or two wi' th' lookin' glass, an' put a bit moore black abeaut her fithers, for t' mak' her look solem. Aw nipt up afther her, an' wur just i' time for t' see her howdin' up what should ha' bin mi black karseymeres in a way aw didno' like on.

"What's th' meeanin' o' *these*, Ab ?" hoo said. An' th' way hoo said "these" had the same effect upo' mi nerves as if aw'd clapt mi ear to th' dur of a hummabee cote, after givin' th' inside a bit of a roozer.

Aw put on as innocent a look as aw could weel muster, considerin' ut it looked a very bad case, an' towd her heaw th' mistake had bin made,—heaw ut some woman had takken mi box, an' laft me her's i'th' place, as hoo met see.

Hoo looked at th' box, then rummaged it through— natteral enoogh for a woman, aw thowt ; an' when hoo'd done, an' aw'd read her th' letther aw'd fund, hoo set up one o'th' yead cracks o' laafin' ut ever aw yerd for one ut's a bit kilt for her wynt.

"Eh, Ab," hoo said, when hoo'd getten eaut of her laafin' fit, " Aw see neaw what theau wouldno' goo to th' church for. If theau'd "——an' hoo went off agen wi' another brast.

Aw never seed a thunner storm blow o'er so nicely i' mi life, an' gi'e th' matrimonial sky sich a cleean sweep. Th' only bit o' cleaud ther' wur abeaut it wur—heaw must th' mistake be reeted ? When aw towd her ut th' th' londlort said advertizin' i' one o'th' Douglas pappers 'ud put things square, that bit o' dimness past off, an' gan her face sich a polish, ut aw railly think a mistake o' that sort 'ud be wo'th while bein' made every day, just for th' fun o' stretchin' up agen.

Well, after this hoo set off to th' church,—her an' th' londlady, an' that lady fro' Manchester. Aw wondered mony a time while hoo're away if hoo could manage to keep her face i' th' reet shape when hoo should look as sollit as a hommer. Aw know heaw aw should ha' bin misel' when aw thowt abeaut th' mistake.

Th' day glided o'er nicely an' calmly, as Sundays should. I'th' mornin' part i'stead o' gooin' wi' th' wife, aw did mi bit o' th' sarvice by th' sae-side,—hearkenin' th' waves sing the'r anthem, an' watchin' th' sky rowl deawn it's flocks o' cleauds intu a grand congregation, ut didno' seem to care whether that great praicher ut spoke to th' sae, an' th' mountains, an' th' woods, an' th' valleys,—praiched in a black geawn or a white un, or brunt candles an' incense, or worshipped as thoose fishermen of owd did, wi' nowt nobbut th' love o' the'r Great Mesther to help 'em. Aw con recommend this sort of a sarvice to mony a one i' England.

Afther breakfast next day (that wur Monday) th' male portion on us went for a sail. We engaged a captain an' made th' londlord into th' steward. We sailed to Th' Cauve o' Mon, wheere th' only seaunds we yerd wur th' slushin' an' bangin' o' th' sae an' th' cry o' th' saegulls as they skimmed abeaut that lonely but bonny bit o' moorlond purpled o'er wi' heathery blossoms.

Wurno' aw i' fettle for mi' dinner when we geet back! Rayther! an' so wur one or two beside. We fund th' owd Bishop o' Port Erin waitin' for us, an' as straight as a new pin, he wur. Th' fust inklin' aw had ut th' owd laatin' machine wur abeaut, wur a two-thri cracks o' summat comin' up stairs eaut o'th' snug. Aw went deawn, an' fund him i' one o' his humours, havin' a bit of a dust wi' an owd lady ut wur knockin' abeaut. He purtends to hate women ; but he's a quare way o' showin' it.

" Now, my dear lass !" he're just sayin', "what must I have to drink? Eh! Ha, ha, ha! D'ye hear, you old toad? Ha, ha, ha, ha, ha, ha! Well, well, well—I think I'll have bitter. Ha, ha, ha!"

He'd a mop yured dog wi' him ut he coes "Fido," an' he's taiched it hate women, too, for it never barks nobbut when it sees a skirt.

"Here, Fido!" he'd say,—"Fi, Fi, Fi! There's an old toad coming, Ha, ha, ha!"

"Bow, wow, wow!" an' Fido 'ud skeawl through th' yeald yorn ut hung abeaut it's e'en, an' hutch between it's mesthur's shoon, as if it had gotten three or four lion peawer an' wur gooin' to ha' a meauthful o' legs, if a dacent pair coome nee.

As soon as th' owd lad seed me, he fired off some of his best artillery, an' set his senglet buttons o doancin' like mad. He said he're gooin' to dine wi' us, an' then if we'd a mind he'd tak' us to Castleteawn, just for an afternoon's walk. Th' day had breetent up into a good sort o' one, an' as it wurno' so very wot, it ud be a nice walk. Just as he're layin' th' plan eaut, th' dinner bell rung ; so aw clattered upsteears, an' had howd o' a knife an' fork afore th' owd bishop could get eaut o' th' snug, for aw could yer him tumblin' up after me.

As we sit at th' table th' owd rib said to me—

"Ab! is that a gradely bishop ?"

"To be sure, for owt aw know," aw said ; "look at his skin ;—as red an' as smoot' as an apple. An' look heaw he's filled up at th' back o' th' ears. A curate, or a common pa'son hasno' getten to that yet. Aw reckon he doesno' wear gaiters becose ther's no danger o' his legs gettin' starved this weather. But what made thee to ax if he're a gradely bishop ?"

"Well," hoo said, "aw're talkin' to him a bit sin' an' he co'ed me an' *owd tooad*, an' aw thowt that wur quare talk for a bishop.

"Oh," aw said," that's just what theau owt to be preawd on. A tooad theau knows, is reckont fort' ha' th' nicest een in it yed ov owt ; an' when he'd seen thine, aw dunno' wonder at him co'in' thee a tooad."

" Aye, well, it may be reet," hoo said ; "but it's like a crackt shillin', it's a quare seaund wi' it."

" It matters nowt," aw said, " when we seen he meeans weel. It's nobbut his way."

" But he's aulus laafin'," hoo said. " Aw thowt bishops shouldno' laaf."

" Aw shouldno' like to be one, then," aw said. " If eaur religion taiches us nowt nobbut heaw to poo a long face, it's time we'd a doctor to it. But get on wi' thi atin', if theau doesno' meean to come beheend. Aw'm two plates afore thee neaw. We han to go to Castleteawn, theau knows."

Well, after th' dinner wur fairly heawsed, we made a party up to go to Castleteawn, an' agreed to peg it o' th' road. Manx miles seemed to be lung uns, aw thowt, for they kept stretchin' eaut as we went ; but it's a nice walk, an' that mak's up for th' distance. Ther's nobbut one baitin' shop upo' th' road noather, an' that's th' " Shore Hotel ;" an' snug it is, an' a pleasant body is th' londlady, an' nice uns are th' chickens. We didno' wonder at th' owd Bishop gooin' theere, if he *does* purtend to hate women. We fund eaut ut he're weel known theere ; for we hadno' bin in above a minute when he co'ed 'em owd tooads an' yung tooads o' reaund.

It wouldno' be possible, even i' this lung ramblin' letther fort' tell yo' everythin' ut we see'd an' enjoyed. But Tuesday wur a grand day, an' we spent it grandly! To Fleshwick Bay i'th' mornin', getherin' shells an' white stones fort' put reaund th' fleawer-pots; an' to Port St. Mary i'th' afthernoon, wheere we lost th' owd bishop for an heaur or so, an' at last fund him cooartin' an owd damsel in a garden. We should never ha' fund him, noather, if we hadno' yerd someb'dy saying, " you old tooad ! " as we passed.

O' Wednesday th' carriage wur browt eaut agen fort' tak' us back to Douglas. Aw'd yerd abeaut my box, ut it wur o reet at————Hotel, waitin' for th' swap.

Ther a leaud sheaut for us as we set eaut; th' Owd Rib axt everbody to come a seein' us at Walmsley Fowt; an' they said we'rn quite as welcome at th' " Falcon's Neest."

Farewell !

We see'd moore o'th' place as we drove back. " Rushen Abbey," a ruin stondin' i' one o'th' nicest bits o' country to be fund i'th' island, an' cozy villages scattered here an' theere, an' far away. We drove eaut of eaur road a bit to see " Kirk Braddan ;" an' if ever ther' wur a nook made o' purpose for sleepin' a last snooze in, surely this is one; for it's like a garden, wheere th' seeds of a past life are sown i' fit company, to spring up in a new life that shall blossom to eternity!

We geet to th' pier i' plenty o' time to get on board th' Tinwil, an' had a nice sail to Liverpool, an' managed to catch a train ut londed us whoam i' time for eaur tae. O Walmsley Fowt turned out to welcome us and to inquire heaw we'd enjoyed eaur eaut to Isle o' Man.

Your own,   AB.

HEAW WE SUNG TH' KESMAS HYMN
IN THE OLDEN TIME.

LADS had no brass i' thoose days, an' if a yung chap
could muster th' price of a pint o' fettled porter for
hissel' an' his sweetheart of a Sunday neet, he're reckoned
to be a " don," an' cocked his cap o' one side, an'
swaggered i' other ways. A wench couldno' change her
frock three times a day, but wore one till it wur done; an'
bonnets, unless they'rn owd uns, wur nobbut worn o'
Sundays. If we'd ony music, it wur singin', unless it
wur a little fiddle, a big un, an' a flute—aw meean hearth-
stone music. Ther no payannos. Ther' wur th' Frog
Lone band for big doos, but they could nobbut play three
tunes—"Owd Billy," "Halifax," an' th' "Owd Hundert."
Well, yigh, they could play th' morris tunes for doancin'
to; but these wurno' coed music. They wouldno' ha'
done to ha' bin played i'th' front of a Sunday skoo pro-
cession at a charity sarmon. If we'd no payannos we'd
no maudlin songs, nor thoose empty comic things ut are
bein' cabbaged fro' music halls. What we sung wur
sollit singin', an' generally spakin', ther a good deeal o'
weft put into it. Aw dunno' think ther oather a lad or
a wench i' Hazlewo'th ut couldno' ha' sung th' Kesmas
Hymn reet through, an' ha' sung it th' year reaund, too.

We'd no need to go starin' deawn to Manchester if we wanted to yer a concert. We could ha' had one ony neet ut ud ha' cost nowt. An' everybody ud ha' bin theere at th' time, becose we'd no carriage folk to come in when it wur hauve o'er, so ut they could mak' a noise, an' be seen. Nor we'd no "swells," noather, wi' short sticks, ut ud rayther misbehave the'rsels nur hearken to th' music. If we'rn simple we'rn i earnest ; an' that's moore nur con be said o' some folk neaw-a-days. Jammie Ogden, wi' his " owd oon-dur," as he coed his bass fiddle ; an' Joe Travis, wi' his "hoss-leg," as we coed his bazzoon ; mi Uncle Bill wi' his little fiddle ; an' Tunnacliffe wi' his flute ; these, wi' abeaut eight singers, would ha' made a row i'th' Fowt ut ud' dreawnt a church organ, th' choir an' o. They'd o four played at an " oratoryio " when Deborah Travis wur in her pomp. An' ther nob'dy liked puttin' the'r knees under a full table betther nur they did They'r never known to stir as long as ther owt to bite or sup at ; an' it's just a question whether they wouldno' rayther ha' played a tune wi' a knife an' fork nur wi' the'r instriments. Aw've seen Joe Travis an' Tunnacliffe, booth on 'em so full, they couldno' blow ; an' th' two fiddles han had to do o th' wark. Aw've yerd mi Uncle Bill say ut if he had to larn music o'er agen he'd be a blower ; an' then he could get off playin' if he're chock full. Aw know nob'dy neaw-a-days ut con play as good at a table as they could.

It wur a year's lookin' forrud to, wur Kesmas mornin' ! It wurno' a time for gettin' drink, an' rowlin' abeaut th' lones, swearin' an' yeawlin', an' feightin' an' doin' wurr things. We'd a bit o' thowt abeaut what Kesmus wur for. We'd bin towd by thoose ut had th' mooest to do wi' us ut it wur a time when everybody should be good one to another.   When Christ, Him ut praicht " Peace on earth—good-will to men," coome a-dooin' us a good turn; an' we tried in eaur own poor way, to show heaw thankful we wur for it.   We didno' goo whoam wi' a turkey by th' neck, or a goose under one's arm, an' a gallon o' whisky banging abeaut one's legs, like a pavor's hommer.   An orange apiece, a mince-pie, an' a penny to put into a screw-lid box, wur as mich as wur wanted, or as could be expected.   Whether "tips" wur known i' thoose days aw canno' say ; but aw never seed a hamper i' Walmsley Fowt yet.   Aw've had a duck gan me for praisin' th' breed ; but that wur nobbut a sort of a reminder ut job couldno' be done too oft, not as payment for what had bin done ; so that isno' takkin' a bribe i' one like me, though it would be i' someb'dy else case.   Kesmas wurno' looked on as a squarin'-up time becose we'd nowt to square up.   We'rn on th' level o' th' year through, unless ther'd bin misfortins amung us ; an' thoose han to be met as they come by booath rich an' poor alike.   It met be a time for squarin'-up wi' one's God, an' promisin' we'd ne'er goo in his debt agen ; but wo'ldly things wurno' mich thowt abeaut, unless ther a bit o' good ice, or somebody had brewed.

    Well, one Kesmas—it may be a year or two o'er thirty sin'—we mustered for singin' abeaut eleven o'clock o' Kesmas neet.   Neaw, aw bethink me, its just above thirty year sin' ; aw know by summat very particular to go by. It wur th' fust time aw ever whispered a soft word or two to eaur Sal ut is neaw.   Th' chapel we met in wurno' then above th' size o' a dacent cauve cote.   It's bigger neaw, wi' an alewarmer on th' top.   " Owd John " wur

livin' then ; an' he'd th' stove nice an' warm for us,
becose it wur gradely Kesmas weather—that sooart ut
gets howd on yo' abeaut th' shoothers, an mak's yo' feel
ut yo'r not angels. Crisp an' frosty it wur, wi' a blue
sky ut wur wearin' o its diamonds at once. as if it wur a
time to be extry grand in. Owd Johnny o' Sammul's
wur among th' lot ; an' aw thowt he kept eyein' me o'er,
becose her ut's neaw my owd rib lived wi' him ; an' aw
dunno' think he wanted to lose her. He's had mony a
race after me sin then. But he's gone his lung journey
neaw, an' dribblets han followed him. Joe Travis wur
feart his hoss-leg wur a bit touched wi' th'weather. He'd
lapt a stockin' reaund its neck; but when he coom to
blow it, th' notes crept eaut wi' a sort o' a grumble, as if
they wanted to stop wheere they wur till warmer days.
Jammie Ogden said it didno' matter heaw he rosint, his
fiddle-stick whistled o'er th' strengs like playin' on a hoss
yure wi' a cinder. He thowt it ud be betther when we geet
toart th' " Hollies," becose it ud get thawed theere even
if th' North Pow stood at th' dur.

Aw dunno' think there's owt so pratty as th' muster
for a Kesmus singin' do ! A wench shows her face then
to th' best advantage. Yo' may look at a face when its
bordered reaund wi' summer blossoms, an' no feel tempt-
ed to get within nose distance on't ; but let th' same face
be peepin' eaut of a shawl, when it's a nice bloom on it
ut th' frosty air has varnished, an aw wouldno' give a
snow-bo' for yo'r peeace o'mind if hoo winno' let th' cowd
end o' her little bit o' weather-peg touch yo'r cheek.
(" Get eaut wi' thee !") An' stondin' reaund a stove, too,
wi' one clog on th' end o'th cinderbox, an' seein' th' brass
buckles twinkle, breeter nur th' stars o'er yead, an' th,

milky way o' white wool stockin', makkin' yo'r een wartch wi' starin' at it—wheay, ther's nowt o'th' sort to be seen neaw! It's o fleaunce, an' fringe, an' flip, an' flop, wi' breawn stockin's barkled wi' dirt, an' ut never want weshin'. It's a wonder pins are no' a good deal dearer nur they are.

We met i'th' little chapel, as aw've said, an' it wur a full muster. We mun have a sing afore we turned eaut, to see if we'rn perfect. So th' hymn wur led off wi' th' band, an' a nice mess they made on't! Th' frost, an' th' stove, had played th' very hangmont wi' th' fiddles. Th' notes kept slippin' lower an' lower, till Owd Jammie said he should ha' to feel for his in his shoon if they kept on. " But," he said, when he'd screwed an' strummed till his temper wur gettin' th' betther on him, " pitch yo'r voices wi' th' flute, an' never mind us. We'st happen be reet when we getten eautside."

We pitched to th' flute an' th' bazzoon; an' when th' fiddles put in a note it wur as dismal a seaund as a cry o' murder; or as a clerk followin' th' pa'son. Owd Jammie would have it they'd come reet when they'd bin eautside a bit.

Aw think ther's no music aw ever yerd ut byets th' owd Kesmas Hymn when it's *sung!* I' thoose days we sung it i' different time to what they dun neaw. We didno' go through it helter-skelter, as if we'rn singin' in a heavy sheawer, an' wanted to get eaut on't. It went slow, as hymns should do; an' when it's sung by thoose ut con sing, an' it's yerd i'th' still mornin' air, an' thoose ut are hearkenin' are mussled up i' blankets, it's like a foretaste o' summat grander, an' ut's never yerd till we'n done wi' this wo'ld's music.

After th' practice we set eaut. We'd two lanterns—aw carried one, an' Jack o' Flunter's t'other. Billy Softly helped to carry th' owd oon-dur, an' a *drop* o' rosin for th' singers, as some o' th' places we had to co at wur far off one another. Th' fust place we oppent eaut at wur owd Jerry Bramble's farm. Jerry wur a crusty owd dog at other times, an' he wouldno' let us punce th' foot-bo i' ony of his fields. But this Kesmas mornin' his betther nature crept through his crust, an' after we'd finished singin' th' dur swung oppen, an' owd Bramble stood theere wi' his neetcap on, an' a candlestick in his hont.

" Come in, lads an' wenches !" he said' an' he snufted th' candle wi' his fingers. "Ther's a good warm foire, an' summat on th' hob to gargle yo'r throat wi'. Bring that owd gronfeyther, an' that scythe-pow wi' yo'; aw dar' say they wanten weetin' too."

It wur a welcome invitation, speshly as comin' fro' owd Jerry, an' we wurno' slow at followin' it up, becose noses wur gettin' pinched, an' throats a little bit frosty. We'rn shown into th' kitchen, ut wur very nee as wide as Walmsley Fowt; an' we could feel th' warmth o' th' foire reet across, for th' flames wur swarmin' up a piece of an owd tree ut reared itsel' i'th' chimdy, like a foire king on his blazin' throne.

" Poo up !" owd Bramble said, an' he motioned to some cheears ut wur very nee as heavy as so mony looms. " An' yo' met as weel blow yo'r candles eaut, becose aw'm no' gooin' t' part wi' yo' o at once. Yo'n ha to sing th' owd Rockingham afore yo' go'n. Let's see, what is it theau coes it, Jammie ?"

" Th' owd Hurn-button," Jammie said, as he hauled his cheear to'ard th' hearthstone.

"Aye, th' owd Hurn-button," Jerry said. "Theau's fiddled that mony a hundert times, an' aw dar'say theau never played it yet wi'eaut booath thee an' th' fiddle gettin' fuddlet. Let's see if aw con find th' depth o' thi throttle neaw." We'd o on us getten sit deawn, an' owd Jerry lifted a big mug off th' hob, an' began a-ladin summat eaut o' th' inside. "Try a vessel o' this," he said, hondin' a pint pot to Jammie Ogden. "Th' men mun ha' pints, an' th' wenches gills, as they hanno' as big swallows as we han. Neaw, Jammie, what dost think abeaut that? Theau looks as if thi een wur gooin' t' have a bit of a swither."

"Grand, Jerry," owd Jammie said, smackin' his lips leaud enoogh for t' drive a hoss with. "Theau's put summat i' this beside ale an' milk."

"Aye, ther's rum, an' spice, an' sugar," owd Bramble said, hondin' me the next pint.

"An' eggs, Jerry," wur sheauted fro' to'ard th' top o'th' steears. Hoo're a thin-eared un, wur owd Mary, an' hoo could yer as hoo lay i' bed.

"Aye, an' eggs," Jerry said. "Th' owd butter-makker's noane so weel this frost, but hoo'd ha' come'n deawn th' steears if awd letten her. Well, what does theau think abeaut it, Ab?" he said to me. "Thy nose hasno' bin polished enoogh yet for thee to be a gradely judge."

"Aw'm so far a judge," aw said, "ut it tastes very moorish. Aw could tackle this till dayleet."

"Theau'rt a yellow-legged un, aw yer," th' owd farmer said, wi' a chuckle. "It wur no addle egg ut hatched thee!"

After th' men, th' women wur sarved. Aw thowt they should ha' bin sarved th' fust. An' didno' it bring th'

colour eaut! Yigh, an' th' polish, too! Paint and bees-
wax couldno' ha' touched it. Her ut's neaw my owd rib
gan me a look, after hoo'd mopt her gill up, ut aw ha'no'
forgetten yet. It wur a sort of a "Whistle, an' aw'll
come eaut, my lad," look. An' it wurno' lung after that
ut aw did whistle. When th' rosin wur finished, we sang
th' owd "Rockingham," an' aw believe we never did it
betther. Whoa couldno' sing the'r best after dippin'
the'r bills i' sich a seed-box? Then, feelin' abeaut hauve
way on to glory, we sallied eaut for th' next shop.

We wurno' quite as lucky as we wur at th' start, till we
geet to th' finish. Ther' no axin-ins, but owd Johnny o'
Sammul's pockets kept gettin' heavier, so ther' wur a bit
o' satisfaction i' that. At last we coome to th' "Hollies,"
an' theere we knew th' wind-up would be a grand un. It
wur, an o!

We fund gates oppen when we geet to th' Hollies, not
one gate, but booath; an' they looked like a pair o' arms
sprad eaut to welcome us. We'd abeaut two hundert
yards to walk before we geet to th' heause, an' as owd
Johnny o' Sammul's were rockin' abeaut i' th' front, for
the posset had takken howd on him, aw'd getten hutcht
close to his journeymon,* an' when aw held th' lantern to
her face—aw shall catch it for this—aw could see ut hoo're
in a fluster.

"Dust think it would be ov ony use me comin' to yo'r
gate, an' whistlin'?" aw said.

"Aw shall no' tell thee," hoo said. "Ift' doesno' try
it on, theau'll never know."

"Has owd Johnny that dog yet?" aw axt.

---

* Weavers who were not of the family were used to be called
journeymen. Ab takes the liberty of calling his sweetheart one.

"Aye, but it's festened up every neet." That wur enoogh for me. Aw could see a clear road to cooartin'.

Nowt no moore wur said. We geet to th' Hollies, an' chus wheere aw put misel' aw aulus fund th' owd gal at mi side. Hoo're aside on me seven times a week afther that, till we geet wed. Hoo's bin aside on me ever sin', an' sometimes leaudly.

We gan th' singin' some bant when we knew it wur th' last time reaund. Beside, th' posset wur helpin' us. An' when we finished, an' yerd th' clatter o' knives an' plates inside, it wur enoogh to mak' one wish it wur Kesmus mornin' every day.

Aw felt when aw geet into th' lobby, an' seed th' owd captain's face ut wur as rosy as his wine, an' his yure ut wur as white as th' hedges eautside, ut we'd dropt on eaur feet agen. Heaw should we be when th' dur wur oppent for t' let us eaut? Owd Marigowd had th' name o' never lettin' onybody leeave his dur-step as lung as they could see the'r road. But Jammie Ogden said he'd slip him this time. An' so owd Johnny o' Sammul's said.

Th' table wur a seet to look at, wi' th' owd captain at th' yead, an' his heausekeeper at tother end. We'd broth ut wur th' colour o' mi fustian jacket; an' when aw tasted mi jaws went o of a wakker. It wur different to Shoiny Jim's "*Soup au Oldham.*"† Aw're towd it wur made eaut o' hare beef. That wur enoogh to mak' one turn poacher. We'd turkey—gradely turkey, after that; an' summat i' little glasses for t' drink to it. Then we'd a hauve a brid a piece as black as a coal, wi' toasted bread made into crumbs to it. Th' puddin' followed, blazin' up like fireworks; an' that sattlet us as far as th' atin

---

† See "Shoiny Jim's Kesmus Dinner," in Vol. III.

went. Then th' punch wur browt on th' table ; an' owd Johnny o' Sammul's drew his sleeve across his meauth.

" Aw'll just ha' one tot an' no moore," he said ; but aw could see by his yammerin look ut he'd goo above one.

" Neaw aw'll see heaw firm aw con be," Jammie Ogden said, "for if aw get two glasses o' that stuff aw dunno' know heaw aw mun get th' owd oon-dur whoam."

Whether they had ony moore or not aw conno' swear. But this aw do know, ut when th' gardener went to his wark at breakfast time he fund th' owd bass fiddle lyin' on th' lawn, wi' two strengs brokken, an lookin' o together as if it had had a war time on't ! Heaw t'others fared they wouldno' tell ; but Billy Softly wur seen at dinner time scutterin' reaund th' end o' the'r heauses, wi' a napkin teed reaund his yead. That towd a tale abeaut th' last time ut ever aw went eaut a Kesmas singin'.

HEAW TO DO BEAUT COAL.

THIS is th' road it wur fund eaut—
Aw wur sit one neet windin' a bobbin or two for misel', so as th' childer could ha' time to get a bit o' larnin', an' no' be browt up as aw wur, wi' very little day-leet put into mi yead to show me th' road a gradely mon should goo. A cowd, cuttin' wynt coome whistlin' under th' dur, an' lapt reaund mi legs, as if someb'dy wur coverin' 'em up wi' snow. Ice-pointed pins wur stickin' i' mi sides, an' th' waft fro' mi wheel made mi face springe like corns when it's gooin' t' rain. As coal wur hardly to be getten howd on at ony price (God help thoose ut are beaut!), aw'd a fire abeaut th' size an' colour o' owd Hollant's nose, ut gan no moore warmth nur th' candle ut hung fro' th' wheel-yead. Fause Juddie had come a-neighbourin', an' he hutched as close to th' bars as th' fender ud let him; an' he'd his elbows pegged on his knees, an' his yead very nee i'th' chimdy-hole. Th' childer wur gone to th' "Warmin' Skoo," wheere they payn a penny a neet for foire an' larnin', an' the'r mother had gone to a merry meal, wheere hoo likes bein'; so Juddie an' me had th' heause to eaursel's.

"Aw'll tell thee what, Ab," th' owd lad said, givin' a shiver an' howdin' his knuckles abeaut an inch off th' reddest cinder, " we'd no 'casion to pray for cowd weather. If this howds on we'st be starved to deoth afore lung ! What dost think these colliers intend doin' wi' us ?"

" Yo' meean colliers' mesthers," aw said, becose aw knew ut folk i' some quarters laid o th' blame upo' th' men.

" Well, they're booath alike," he said. " Th' mesthers dunno' know when they'n pocketed enoogh o' brass ; an' th' men winno' work as lung as they con get howd o' tuppence for a pint o' drink."

" That's moore nur yo' know," aw said. " Aw dunno' think they're o alike i' that respect, though, fro' what aw've sin mony a time, we'n no right to expect findin' mony angels amung 'em. But aw believe ther's dacent colliers, as weel as wayvers an' shopkeepers."

" But they winno' work above eight heaurs a day neaw, an' hardly that," owd Juddie said, snappin' me up like a duck does a frog.

' An' if yo'r wark wur like the'rs," aw said, "yo' would- no' work one heaur a day, if ever yo' started at o. Let's say what's fair abeaut everybody, even if it's that chap deawn below."

" But they'rn used to work i' th' teens o' heaurs, an' for abeaut a third o' 'th' wage ut they're gettin' neaw," he said, " an' aw never yerd 'em grumble abeaut it."

" An' what sort of an animal wur a collier then ?" aw said. " A week at once an' never seein' dayleeet, nobbut of a Sunday ; an' i' danger every minute o' bein' oather blown up or brunt to a cinder ! He's what we'n made him—when we looked at colliers as we did so'diers, as men fit for nowt nobbut to face danger, so ut we could be safe an' comfortable eaursel's. Ther' isno' a feyther i' this fowt neaw ut wouldno' rayther bury o his family nur trust 'em to wurtch i'th' coalpit!''

"Ther's a bit o' truth i' that Ab!'' owd Juddie said. "If we could groo coal, like grooin' cotton an' nettles, we shouldno' ha' had this bother abeaut it. Dost think we should?''

"Not if we could groo it beawt land!'' aw said. "But so lung as we conno' shift a hon'ful o' soil, nor plant a twig, beawt axin' leov' o' one o' thoose lords yo'r so fond o' talkin' abeaut, an' payin' ony price they'n a mind to put on, we should just find eaursel's i' th' same mess we're in neaw.''

"Well, an' heaw would t' auter that?'' owd Juddie wanted to know.

"Put th' lond i' moore honds,'' aw said, "so ut it conno' be lock'd up, nor laid eaut for nowt nobbut shootin' o'er; an' yo'd find we should ha' booath beef an' coal chepper.''

Juddie put on his studyin' cap, an' scrat back o' one ear, as if he wur turnin' o'er an idea or two. In a while he said—

"Aw'm gettin' i' thy way o' thinkin', Ab, if theau does come off a breed o' yorneys. If summat is no' done ut's never bin done yet, an' soon too, we'st be squozen into a corner ut we connot get eaut on yezzily. Like mony a one beside me, ut never wore eaut the'r brains wi' thinkin' abeaut these things, aw've bin content to say—

> Let laws and learning, trade and commerce die;
> But leave us still our old nobility.

"But when a mon con pocket his theausants in a year eaut o' lond ut he never paid a bodle, nor wurcht a day's wark for, it's time one begun a singin' another sung.''

Aw turned reawnd, an' looked at owd Juddie as he said that ; an' aw thowt—" Owd lad, are yo'r clogs pinchin' yo'r toes ? Or han yo' getten' another window put into yo'r yead, ut yo'n fund a thing or two eaut ut yo' could never see afore ?" Just then aw poo'd a bobbin off th' spindle, an' i' doin' so nipt mi hont away rayther sharply.

" What's to do wi' thee, Ab ?" owd Juddie said, seein' me jump.

" Aw've brunt mi finger an' thumb," aw said.

" Heaw's that ?" he said. An' he geet up fro' his cheear, an' coome to mi. " Hast had 'em i'th' candle ?"

" Nawe," aw said ; " aw've brunt 'em wi' touchin' th' spindle. Feel at it. It's as wot (hot) as a tallyiron !"

Juddie felt at th' spindle, an' his hat fairly rose on his yead.

" Ab," he said, an' he trembl't as he said it, " what's caused that ?"

" Friction," aw said.

" That's a word larned folks usen," he said, " an' meeans one thing rubbin' agen another."

" Exactly," aw said. " Th' spindle's bin made wot by turnin' reawnd."

He shaked his yead, an' soiked.

" This is a great day for us, Ab, if we'n a mind to mak' it so," he said, fausely.

" Aw hope it's th' wu'st wi may ever see," aw said, " whether it's a big un or not. But what mak's yo' say that ?"

" We'n fund summat eaut," he said, " ut may happen be th' cause of as great a change i' th' wo'ld as ever steeam wur. Heaw wot con that spindle be made, aw wonder !"

"Just put yo'r finger an' thumb to it," aw said, "an' aw'll gi' th' wheel a turn. Yo'n soon find it eaut!"

He did so; an' aw gan th' owd bit o' timber a whiz reaund middlin' briskly.

"Oh, by dang!" he said, "theau's raised two blisters," an' he stuck his finger an' thumb in his meauth for t' cool 'em. "But never mind; science mun ha' its martyrs. Ab, ther's no tellin' what this may leead to. Let's keep it to eaursels, an' we may happen mak' a fortin' or two eaut on't. Aw'll rub these owd wits o' mine up a bit, an' try if aw conno' plan summat for makkin' yeat (heat) beaut fire. Theau knows aw geet to within a wheel or two o' findin' eaut perpetual motion, an' belike aw con do summat wi' this."

"But wheere win yo' get yo'r turnin' peawer fro'?" aw said, seein' ut he're knockin' his yead agen science rayther clumsily.

"That's just wheer aw'm fast in it," he said, wi' a bit of a lowerin' of his botham jaw. But theau sees, Ab, o th' great inventors han had great difficulties to o'ercome. If they hadno', everybody ud be plannin' summat, an' th' wo'ld ud be filled wi' fause folk. Aw'll go straight whoam an' sleep on't; an' happen bi mornin' aw shall ha' planned a contrivance ut 'll tak' Walmsley Fowt bi storm some o' these cowd days!

"Aw hope so, if it's nobbut for th' sake o' poor folk," aw said.

"Poor folk be hanged!" he said. "We mun think abeaut number one if we meean t' get on. Just thee fancy, in a month or two—'Taylor & Fletcher, Patent-Fire-without-Furnace Machine Makers!" Dost co that nowt?"

" It ud be a grand consarn, no deaut," aw said.

" Grand !—aye. Aw'll tell thi what, Ab," an' owd Juddie knock'd his honds t'gether like a praicher, " we'n ruin these coal mesthers straightforrad. Aw'm like as aw con see 'em neaw offerin' folk coal for th' price o' gettin' on't, an' happ'n givin' summat eawt o' the'r own pockets for t' get 'em off the'r honds. Aw'll come o'er i'th' mornin', an' let thee know heaw aw've gone on. Keep dark, an' eaur fortins are made."

Wi' that he whizzed eaut o'th' heause, an' gan th' dur a bang ut shook o th' timber abeaut it, wi' bein' i' sich glee.

Aw turned to mi wheel agen an' thry'd to wind a bobbin or two moore, but it wur no use. Th' thowts o' owd Juddie, an' wonderin' what sort of a plan he'd hit on, took th' wark eaut o' mi fingers ; so aw blew mi candle eaut, an' went deawn to th' " Owd Bell."

Well, th' mornin' after, just as we'rn finishing breakfast, owd Juddie coome scutterin' into th' heause in as big a hurry as if he'd a dog after him, an' as soon as he'd banged th' dur to, he said, an' aw'se never forget th' way he said it in,—

" Ab, aw've done it !"

" Yo' never han, surely !" eaur Sal said, jumpin' up fro' th' table quite in a gloppent way. " Heawever could yo' do it ?"

" Do what ?" owd Juddie said, starin' at eaur Sal like a wild cat.

" Wheay, yo' said t'other neet ut if yo' ever catch'd yo'r Betty wi' a sweetheart agen yo'd hang her up by th' yure o' th' yead !"

" Aw will, too, if hoo con find no betther a bargain nur

T

ony o' Thrutcher lads. But theau'rt a bit off thi hoss, neaw, Sarah. Yo'r Ab knows what aw meean. Stir th' foire up, wench, we'st soon ha' coals chepper." An owd Juddie planked hissel' deawn at th' hobside, an' put his feet i'th' hesshole.

"Oh, so as yo'n done nowt wrung aw dunno' care," th' owd Rib said. An' hoo stuck th' foire potter i'th' bars, an' raised a bit of a blink, ut favvort bein' feart some mistake had bin made, an' it wur nobbut shoinin' upo' sufferance.

"Well, neaw, Ab," owd Juddie said, as soon as he'd getten his clogs comfortably amung th' cinders, "aw've getten o'er every difficulty. O ut we han to do is to set to wark straightforrad, an' put a machine up; aw've fund a peawer eaut ut never fail't yet, an' never will while th' wo'ld turns an' th' say rowls."

"Wayter?" aw said, thinkin' ut as th' bruck ran by th' back ov his garden he'd happen bin calkilatin' o' gettin' his turnin peawer eaut o' that.

"Wayter, nawe," he said, "though that's useful wheere ther's plenty on it; but if theau'rt buildin' a consarn o'th' top o' Blackston' Edge theau'd get little wayter peawer theer. But ther's one thing theau could ha' plenty on—wynt!"

"Aw never thowt abeaut wynt," aw said. An' summat like th' A B C of owd Juddie's plan crept into mi noddle.

"Wynt, Ab; ther's plenty o' that, owd lad! Sometimes we'n moore on't nur we liken; but that we conno' help. Let's put it to some use while we con ha' it for nowt. Aw shouldno' wonder but in a very short time we'se be havin' a tax on it; so mony folk 'll be usin' it!" An' owd Juddie chuckled to hissel' as he spekilated upo' what wur likely to be th' upshot of his new invention when it coom into use.

" Well," aw said, an' aw squared misel' for harkenin', " what's this plan like ? Con yo' mak' it understood to common brains like mine ?"

" Simple as wheelin' a barrow," he said. " But, as its my invention, aw think aw owt t' ha' th' fust benefit eaut on't ; an' owt ut's manufactured after should go to th' firm."

" That's nobbut fair," aw said.

" Well, neaw then," owd Juddie said, " aw've a green-heause i' my garden, theau knows ; an' aw've fund it very expensive keepin' a foire gooin' in it this winter. Suppose neaw, ut th' fust machine ut's made is put to warmin' that ? Aw'll be at o th' expense o' timber an' stuff, if theau'll gi'e thi wark in."

" Oh, aw'll agree to that," aw said, " if it winno' tak' so very mich time."

" Two days 'll do it, after aw've getten things ready," owd Juddie said. " Aw've plenty o' wood ut wur laft eaut o' th' last heauses aw put up ; so ut aw con set to wark at once."

" But yo' ha' no' towd me what th' plan is like yet," aw said.

" Just as simple as this," he said, an' he put th' flats of his honds t'gether, an' begun a rubbin' 'em. " Theau sees that action ?"

" Aye !" aw said.

" Well, aw'll get two pieces o' hard wood turned abeaut th' size o' barrow trindles, an' abeaut th' thickness of a thin cheese. They'd be moore like two o' thoose cheeses ut aw sell at sevenpence a peaund nur owt else. One

should rest upo' t'other, th' flat sides t'gether, an' turn
reaund contrary ways; an' mi drivin' peawer shall be a
wyndymill put up i' th' garden."

" Brayvo!" aw said.   " Aw con see it neaw straight-
forrad.   But dunno yo' think ther's a chance o'th' wood
gettin' o' foire?"

" Not a bit!" he said.   " Good owd oak—an' aw've two
fine pieces on't, as seawnd as a box, they are—would
throw off a deeal o' yeat afore they raised a blaze.   Iron
ud do betther, aw dar' say, but we're like to put up wi'
sich material as we con get for a trial."

" Sartinly," aw said.   " Aw hope it'll turn eaut betther
nur eaur cellar-navigation skame."

" What wur that?"

" Sailin' o'er for bacon."

" Thee go to Jericho!" he said, givin' a twitch reawnd.
" That wur thy skame, an' not mine.   Besides, ther's
no danger i' this, unless someb'dy gets wun reawnd th'
wyndymill.   It's a wonder, Ab, ut summat o' this soart has
never bin fund eaut afore, becose aw've read abeaut folk
i' some parts o' Scotland, when they'n bin too far off a
foire, warmin' the'rsel's wi' rubbin' agen a stump!"

" Aw think aw've read summat o'th' soart," aw said;
" but Scotchmen are so modest, they never boast abeaut
it the'rsel's, an' are noan so weel pleast if other folk
mention it."

" That's th' charikter aw've yerd on 'em afore," owd
Juddie said.   " But neaw abeaut business.   Are we to goo
on?"

" Bi o meeans," aw said.

" Then aw'll goo an' mak' a start."   Owd Juddie geet
up off his cheear as he said it, an' strode across th' floor

at two strides, an' stretcht hissel' like a paecock when it knows someb'dy's lookin' at it. " Theau fairly understonds th' plan ?" he said, as he took owd o' th' dur latch.

" Quite," aw said.

" An' th' bargain, too ? "

" Aw think so."

" Share th' profits after puttin' so mich o one side for extendin' th' business."

" That's understood."

" Then aw'm off!" an' Juddie dashed deawn th' fowt like a rent collector when somebody wants some repairs doin'.

" What's yon crazy-pate getten in his yead neaw ?" eaur Sal said, as soon as th' owd lad had turned his back.

" He's gooin' t' bring th' price o' coals deawn," aw said. It wur th' least aw could say.

" Him !" th' owd Rib said, in a way ut very few con say like her. " If we'en never coals chepper nobbut through what yon skylark does we may wait a while."

" Dunno' say so mich," aw said. " Ther's a chamber or two i' yond owd yead o' his wi' summat beside cobwebs in 'em. Aw've seen into th' plan, an' aw believe it'll do."

" Humph !" eaur Sal said, an' hoo beawled off into th' loomheause. " Let's see, Ab," hoo said, when aw'd followed her, " owd Juddie wur gooin' t' mak' a loom ut ud wayve by itsel', wurno' he ?"

" Well, aw believe he did try," aw said.

" An' what become on it ? "

" He brunt it."

" Aye, an' if he doesno' brun th' next thing he tak's i' hond it'll cap me. An owd witch as he is !"

Ther nowt no moore said.

It took owd Juddie a fortnit to get ready for puttin' th' machine t'gether—turnin' th' " rubbin' cylinders," as he coed th' foire mill ; makin' pulleys, an' axles, an' th' sails o'th' wyndymill. At last he said he're ready for my help; so aw spent a Friday an' a Setterday i' owd Juddie's garden, fittin' up an' makin' bits o' trials as we went on. Everythin' turned eaut quite satisfyin'; an' we could see a chance o' coals comin' deawn at a gallop.

No' bein' so mich wynt at fust, th' mill went rayther slower nur we expected. Then th' ropes, ut had to do i'stead o' straps, kept slippin' an' hinder't th' thing a bit. Th' grindin' part o'th' machinery wur fitted up i'th' greenheause ; an' th' turnin' tackle went through th' wall to th' wyndymill, ut Juddie calkilated wur abeaut four jackass peawer. We couldno' get th' cylinders up to a yeat ut ud melt a candle ; but if th' wynt ud brisken up a bit aw could see summat could be done. Abeaut th' third day ther coom a keen north-yeaster, an' th' mill went reaund finely. Th' cylinders wur as wot as a oon, an' rare spekilations owd Juddie made as he stood i'th' green-heause, feelin' at th' yeat.

" If th' cylinders wur made o' iron, Ab," he said, " an' went reaund twice as fast, they'd soon be red. Is no' it wonderful ?"

" Floggin' !" aw said.

Heaw mich would t' give for a coal pit, neaw?" he said.

" Aw'd hardly ha' one gan me," aw said.

" Th' Co-op. folk munno' know nowt abeaut this till its patented," he said.

" It shanno' get eaut through me," aw said. " Aw've

to' big an interest at stake."

" Eaur folk wondert what wurt' do yesterneet, when th' wynt wur gettin' up," Juddie said. "They could yer grindin' an' craikin', an' rumblin' an' whistlin', but could no' mak' eaut what wur th' cause on't. Aw knew at th' same time what wur do'in' it; an' wur very nee gettin' eaut o' bed o seein what height th' momiter wur."

" Yo'r wenches ud think it wur a boggart," aw said.

"A boggart!" an' owd Juddie rubbed his honds, an' chuckled in his fause way. "Ther moor folk beside eaur wenches thowt it wur a boggart. Mally-at-th'-rain-tub wur i' eaur bake-heause this mornin', an' sayin' ther'd bin summat seen i' eaur garden neet afore, at no ackeawnt could be made on—summat at kept throwin' it arms abeaut like a dozen morris doancers drunken. Robin o' Peggy's browt his gun eaut, an' had a shot at it, but it took no effect; th' arms kept flying abeaut just th' same. Aw thowt misel' aw yerd a gun goo off i' th' neet time; but aw laid it upo' th' poachers, so took no fur notice on't. Th' neighbours ull be rarely bothert till they find it eaut, winno' they, Ab?"

lt's likely," aw said, "ther' never wur sich a contrivance afore."

"Bangs Tummy Tootlers poetry does no it?" he said. "Theau mun recollect, Ab, its my invention; so 'at if we share th' profits, aw mun ha' th' name o' bein' th' finder-eaut. Aw may have a moniment when aw'm deod!"

"Aw'm sure yo' win," aw said. "At ony rate, aw winno' spoil yo'r chance."

"Suprisin' is no it?" he said, "'at wynt has no bin put to moore use, when it costs nowt? Look what

millions o' tons o' coals are wasted every year i' doin'
summat 'at th' stormy winds met be put to! An' th'
danger ther' is i' usin' steeam, too! Owd Thuston, theau
sees, met have a wyndymill for to do his churnin' an' hay-
choppin', an' turmit-cuttin', i'stid o' havin' yond steeam
jiggerty-jig puffin' away at it. It must cost him summat
neaw for foire. Then aw expect th' end o' his kitchen
bein' blown in sometime, for the'r Peggy is no' mich o'
an injuneer."

" Steeam's a dangerous thing for a woman to meddle
wi'," aw said.

" Aye, or a mon oather," Juddie said. " But wynt yo'
may trust i' onybody's fingers. Theau sees aw may put
this wyndymill o' mine to grindin' maut, for lads turn up
the'r noses neaw at sixpence a day an' baggins for turnin'
th' maut mill. Aw con save o that, theau sees. Then
agen, we'n had no organ music at th' church these three
Sundays, becose they con get nob'dy t' blow sin crazy
Johnny shut up. Why no' put a wyndymill upo' th'
steeple ut ull do th' wark? It ud look as weel as yond
ale-warmer they'n put o'th' top. Mon, we dunno' know
ut we're born yet! Dost no' feel as warm as if theau're
in a bakeheause ?"

" Not quite," aw said.

" Then theau'rt of a nesh natur'," he said. " Aw'm
sweatin' neaw. If th' speed keeps up I'se ha' t' goo eaut
a-coolin' misel'."

" Yo'r plants dunno' seem to know what to mak' o'
this consarn," aw said.

" Nawe," owd Juddie said. " They keepen hangin'
the'r yeads deawn, an' lookin' what's gooin' on. They
ha' no' bin browt up to bein' warm't wi' machinery; an

plants are a bit quare as weel as Christians. Th' mill's gooin' bravely, is no' it, Ab? Dost no' smell a smell o' brunnin'?"

"Aye, aw do," aw said. "Thoose cylinders are gettin' warm. They should no' foire."

"Will theau foire?" he said wi' a huff. "They'd strike sparks off, an' then they would no' brun. Gradely owd oak that is, mon! But come, let's go deawn to th' 'Owd Bell', an' have a pint or two for t' drink success to eaur new invention. We'st be above drinkin' fourp'ny eenneaw."

So to th' "Owd Bell" we went, wheere we tarried till punsin'-eaut time, owd Juddie fairly hutchin' o th' while we'rn theere for t' let th' cat eaut o' th' bag, an' tell abeaut his warmin' machine. He geet coed summat beside a truth-teller mony a time for sayin' coals 'ud come deawn wi' a rattle afore lung. Aw thowt Jack-o'-Flunter's 'ud ha' hoven him into th' fowt once for tellin' him he'd be clemmed to deoth afore th' winter wur o'er. Jack's begun a-workin' i' th' coal-pit, an' says he're never betther off in his life, so he're hardly likely for t' stond owd Juddie's talk. Every time ther a bit o' quietness i' th' heause owd Juddie ud say, "Yer thee, Ab, heaw th' wynt's blowin'! Th' engine's gooin' rarely neaw, aw know." Just as we're turnin' eaut the'r Betty coome runnin' to th' dur, an' said her feyther must be sharp whoam.

"Wheay, what's up?" he said, lookin' quite takken.

"Th' greenheause is o ov a foire!" Betty said, "an' we darno' go nee it. Do be sharp!"

Th' owd lad set eaut like Dicky Misfortin',* an' me after him as hard as we could leather; an' when we geet

---

* A famous race-runner fifty years ago.

to eaur fowt we could see his greenheause wur o ov a hallybash, an' th' wyndymill workin' away as if nowt had happened.   We set to work at once, an' geet th' foire eaut as soon as we could; but o th' glass i' th' roof wur brokken, an' a lot o' th' plants looked as if they'd wintered badly somewheer.   He'd covered th' floor wi' straw for t' help th' warmin', never thinkin' th' cylinders ud tak' foire.   But it seems they had done, an' brunt the'rsel's black, beside settin' foire to th' straw, ut wur as dry as tinder, an' ud soon catch.

" Heaw are shares sellin' ?" aw said to owd Juddie, as soon as we'd getten th' foire eaut.

He never spoke, but walked away, an' never sin then have aw yerd a word abeaut " Taylor and Fletcher, Patent-Fire-Without-Furnace Machine Makers."   But th' wyndymill's workin' yet.

" Ther mony a one said ut owd Juddie had dropt his 'bacca amung th' straw, an' it had takken foire through that.   But some folk ull say owt."

OWD PIGEON.

" THE ·RULING PASSION STRONG IN DEATH."

———

OWD PIGEON wur as droy a brid
   As ever swiped his drink ;
He liked to see a frothy pint
   Smile at his nose, an' wink.

At morn or neet, 'twur aulus reet,
   A quart, or pint, or gill
Wur th' same to him ; if th' pot wur full,
   He never had his fill.

If e're he geet his breeches' knees
   Beneath a·tapreaum table,
He'd sit, an' drink, an' smook, an' wink,
   As lung as he wur able.

He'd grown so firm to th' aleheause nook
   An' swiped so mony mixtures,
'At when it coom to changin' honds
   He're reckoned amung th' fixtures.

Whene'er their Betty brewed a " peck,"
   If he could find a jug,
He wouldno' wait till th' ale wur "tunned,"
   He'd lade it eaut o'th' mug.

One neet Owd Pigeon flew to'ard whoam,
   Wi' a very wobblin' flutter ;
Sometimes he'd tumble into th' hedge,
   An' sometimes into th' gutter.

He knew he're late, an' didno' want
   Their Betty t' see a leet ;
So crept upsteers to bed i'th' dark,
   An' in his stockin' feet.

He groped abeaut i'th' sleepin' cote,
   An' felt for th' drawers an' th' bed ;
But nowt he touched, till th' bedpost flew
   An' banged agen his yead !

"Theigher," said Pigeon, "that's a go ;
   Someb'dy's bin workin' charms ;
It's th' fust time e'er aw knew mi nose
   Wur lunger nor mi arms !"

But poor Owd Pigeon's time had come,
   An' when his will he'd signt,
He said he ailed nowt nobbut "drooth,"
   An' begged for another pint.

His " rulin' passion " stuck till death ;
  An' as th' Slayer raised his dart,
He licked his lips, an' faintly said,
  " Just mak' it int' a quart ! "

" Aw wouldno' care a pin for th' grave,
  Though totterin' upo' th' brink,
If aw could come back wi' th' buryin' folk,
  An' ha' mi share o'th' drink."

HARD TIMES.

(Song).

"YO may talk o' hard times," said owd Abram o' Dan's,
    " But yo'n nobbut touched th' fringe on 'em yet.
They'rn harder when bacon wi' th' scithors wur cut,
    An' porritch no wayver could get ;
When th' wynt would blow through yo' as if you'rn a sieve,
    An' whistled the keener it froze ;
When we'd nothin' to fence eaur cowd bodies 'gen th' cowd,
    But creep-o'ers an' howd-teh-bi-th'-wohs.*

" They'n hard times when a crust o' Breawn George wur
      too hard
    For rottans to drag i' their holes ;
When childer wur moore scientific nur rats,
    An' bored for 't, like borin' for coals.

---

   * *Creep-o'ers* — "Creep over stiles." *Howd-teh-bi-th'-wohs*—
" Hold-thee-by-the-walls," a kind of gruel sweetened with treacle.

They made a big hole i'th' timbers o'er th' shelf,
    Heaw they did it, wheay, nobody knows ;
But th' crust o' Breawn George disappeared like a ghost,
    Then 'twur creep-o'ers, an' howd-teh-bi-th'-wohs.

"It wur dangerous t' turn eaut wi' yo'r owler new graised,
    For yo'rn sure to be tracked by dogs.
If they'd smelt mutton fat they'd ha' set yo' i'th' lone,
    An' etten both tops off yo'r clogs.
If a bakin'-day happened, though seldom one coome,
    Mi feyther'd get ready for blows.
He'd ha' guarded th' oon dur like a sentry i'th' wars,
    More creep-o'ers, an' howd-teh-bi-th'-wohs.

"No pawnbroker throve eaut o'th' custom he geet,
    Becose folk had nothin' to pop.
They'd takken the'r rags till they'd noane they could spare,
    Unless they'd ha' stript 'em i'th' shop.
Little help could be squeezed eaut o'th' rich i' thoose days,
    Noather i' mayte, foire, nor ' thank yo' sir ' clothes ;
They walled reaund the'r heauses, an' shut up the'r hearts,
    When we'd creep-o'ers, an' howd-teh-bi-th'-wohs.

"Aw've worn eaut mi owler i' lookin' for wark,
    But of wark ther wur noane to be had ;
When th' mice emigrated, an' deed upo' th' road ;
    An' wi' th' rottans—wheay, things wur as bad.

When th' brids coome i' flocks to a cottager's dur,
    An' showed 'em the'r frost-bitten toes,
An' heaw slackly the'r fithers hung on to the'r backs,
    They couldno' ate howd-teh-bi·th'-wohs.

" Aw think it quite time these owd limbs wur at rest,
    Or on the'r long journey to'ard whoam,
Wheere ther's no frost nor snow, an' no yammerin' hearts
    Nor hauve naked bodies con come.
Aw yerd a voice sayin', ' Ye sufferers on earth,
    Come hither, and try your new clothes !
For the poor shall be rich, and the rich all alike,' -
    No moore creep-o'ers, or howd-teh-bi-th'-wohs ! "

END OF VOLUME I.

www.ingramcontent.com/pod-product-compliance
Lightning Source LLC
Chambersburg PA
CBHW031155050726
47495CB00019B/1755